LES SIRÈNES D'ALEXANDRIE

ACTES NOIRS
série dirigée par Marc de Gouvenain

Ouvrage publié sous la direction
de Nelly Bernard

ISBN 978-2-7427-8076-1

FRANÇOIS WEERTS

Les Sirènes d'Alexandrie

ACTES SUD

PRÉLUDE

DU CHATOIEMENT DES NÉONS QUI EMBRASENT L'ÉCRIN DES VITRINES JUSQU'A CONFIER AUX DÉRÈGLEMENTS DE LA CHAIR DES ÉCLATS PARADISIAQUES

Dans la bruine d'automne qui brouille les lumières de la nuit bruxelloise, la lueur des néons projette sur les pavés inégaux une mosaïque extravagante de jaune criard, de rouge sang, de vert fluo, tranchée par l'éclat blanc des phares. Tête contre cul, les voitures s'enfilent dans le dédale des rues proches de la gare du Nord. Les conducteurs ont mis en marche leurs essuie-glaces à la vitesse maximale pour savourer la moindre parcelle de la chair étalée derrière les vitrines. Parfois, un mamelon pointe hors d'un corsage. Echappée purement accidentelle. Un rapide geste de la main suffit à rentrer l'impertinent dans sa tanière. Et si les galbes sont forcés, les formes appuyées, les fesses tendues, inutile d'être à l'affût d'une toison qui jaillirait d'un entrejambe et sur laquelle se cristalliserait la convoitise des passants. Inutile *a fortiori* de guetter un sexe épilé offrant toute la gloire de sa nudité extrême. Car dans le quartier l'impudeur a les mêmes limites qu'au poker. Pour voir, il faut payer.

Dans les vitrines, elles sont quelques-unes à préférer des panoplies d'un érotisme académique, jarretelles, bas, cuissardes, pièces de lingerie bon marché auxquelles des reflets phosphorescents confèrent un tour raffiné. Beaucoup arborent des tenues de plage d'autant plus décalées que la pluie cingle les piétons et les pare-brise au-delà des écrins vitrés. Les maillots de bain, très échancrés, irradient la nuit de teintes californiennes, de roses floridiens, d'oranges scintillants, de cyans électriques. Les spots ultraviolets cuivrent les peaux les plus laiteuses, saturent les couleurs, renforcent l'impression d'assister à une parade nuptiale dans un genre clinquant que la nature, pourtant peu économe en délires chromatiques, n'aurait l'audace de concevoir.

Dans la nuit de ce samedi, les phares caressent les femmes de leur lumière blanche, les auréolent de la projection du désir bouillonnant des mâles en maraude. Depuis 20 heures, le cortège des voitures ne cesse d'enfler. Les automobilistes se faufilent dans la ronde en quittant les boulevards place Rogier. Ils longent la tour Martini, effleurent l'embouchure de la rue du Progrès et s'infiltrent à gauche dans une étroite venelle, la rue des Croisades, surplombée par le building du *Sheraton*. Une mise en jambes seulement, avec une ou deux vitrines ternes, à l'éclairage discret. Puis c'est à droite qu'il faut tourner, rue du Marché. Une cascade de néons et, tout de suite, la procession adopte une allure de piéton, entrecoupée de fréquentes haltes. Plus loin, les badauds motorisés virent encore à droite dans la rue Mathéus. Ils ralentissent à nouveau pour ne pas perdre une miette du spectacle. Un couple se bécote à pleine bouche dans une encoignure. Une délurée ose un strip-tease sur la table d'un café. Un soiffard vomit dans le caniveau. Trois types tentent de forcer une fille affolée à accepter leur abordage collectif. Des groupes de jeunes, étudiants ou ouvriers, se croisent, chope à la main. En riant à pleine gorge, ils s'attroupent devant une sirène. Se hèlent d'un trottoir à l'autre. Se hurlent des encouragements virils pour s'enhardir à culbuter la belle.

Poussées dans le dos par une meute impatiente, les voitures s'extraient à regret de ce goulet enfiévré. Canalisées par les sens uniques, elles retombent dans la rue du Progrès, perpendiculaire à la rue Mathéus. Plus de vitrines ici, un alignement de cafés. Fébriles, les automobilistes plongent sur leur gauche dans la rue de la Bienfaisance pour retrouver la rue du Marché. Ils s'attardent ensuite devant des filles frigorifiées. Autant pour se réchauffer que pour déployer leurs courbes, ces infortunées battent le trottoir le long d'une palissade interminable. Avide de boucler un nouveau circuit, le convoi retourne à son point de départ, la rue des Croisades. Quelques déçus se défilent cependant sous le pont du chemin de fer et rallient les vitrines de la rue d'Aerschot, à trois cents mètres de là. A cette heure-ci, rares sont ceux qui s'engouffrent dans les grands boulevards. En tournant le dos au quartier, ils rentrent chez eux, rejoignent une autre ville, un autre monde. Auront-ils apaisé leurs sens ? Assouvi leurs désirs ?

Rue des Croisades. Rue du Marché. Rue Mathéus. Rue de la Bienfaisance. Dans ces voies de traverse, avec leurs pavés moyenâgeux émergeant des crevasses de l'asphalte, les vitrines sont nichées au rez-de-chaussée d'immeubles en voie de dislocation. Les bâtiments debout paraissent avoir échappé de justesse aux bulldozers. Les démolisseurs ont commencé leur œuvre destructrice sans plan apparent, abattant ici un mur, là une maison entière, épargnant ici une masure, abandonnant là une parcelle emplie de décombres. Un peu plus loin, une rangée intacte de cinq ou six maisons semble prête à sombrer dans la profonde saignée d'un chantier en déshérence. Parfois, les orifices d'un bâtiment sont occultés de parpaings empilés à la hâte, les coulures de mortier séché témoignent de la précipitation des maçons. Ailleurs, de vagues contreforts de brique ou d'acier consolident un édifice plus branlant. Pas pour le préserver, pour protéger les piétons de l'effondrement.

A la limite du point de rupture, sauvé *in extremis* de l'arasement final, le quartier doit sa survie précaire à la première crise du pétrole qui avait sonné le glas, onze ans plus tôt, des projets ambitieux des promoteurs. Dans cette friche, dans cet enchevêtrement d'éboulis, dans ce no man's land urbanistique, ni tout à fait bâti, ni tout à fait détruit, l'énergie du désir a forcé son chemin. Elle s'est agrippée, faufilée, incrustée pour accoucher d'un invraisemblable Disneyland carré blanc.

Entre ces immeubles vacillants, la musique fuse de partout. D'une voiture dont la vitre se baisse parce que le conducteur, gêné par la brouillasse, cherche à mieux jauger une croupe. De la porte jouxtant une vitrine quand un homme parlemente avec une tourterelle. Trente secondes plus tôt, elle menaçait de rompre l'élastique de son slip en se déhanchant sur un air brésilien. Du juke-box d'une taverne aussi dans laquelle pénètre un buveur de bière. Les multiples cafés du quartier sont pris d'assaut par une population dévorée d'appétits variés. Les filles des vitrines se dépêchent d'y avaler un bouillon brûlant ou un alcool fort pour se donner le courage d'astiquer des verges jusqu'au bout de la nuit. Certaines en profitent pour fuir le coin de trottoir où elles sont reléguées et draguent le micheton au chaud. Des types seuls s'envoient au comptoir des pils et des whisky-Coca pour se mettre dans l'ambiance, ou attendre celle qui leur fouette les sangs. A moins qu'ils ne s'en jettent un dernier avant de rentrer chez eux, comme une cigarette après l'amour. D'autres sont là parce que c'est l'unique endroit de Bruxelles où déguster à toute heure une pression bien froide, bien mousseuse. Si la quête de la jouissance sexuelle, essentiellement masculine, est le carburant du quartier, rien n'interdit de s'y adonner à des plaisirs moins libidineux.

Quand la nuit s'avance, d'intrépides fêtards arrivent en bande. Ils s'encanaillent joyeusement, avec épouse ou fiancée légitime, après une soirée entre amis ou une sortie en boîte. La musique est étourdissante. Les plus euphoriques dansent où ils peuvent. On se pelote beaucoup, au bar, sous les tables, dans le couloir des toilettes infâmes, entre deux urinoirs. Des filles aguichent de futurs clients. Des clients tentent de convaincre des filles épuisées de monnayer une dernière fois leur entrecuisse. Des bourgeois entreprennent leur régulière, stimulés par l'atmosphère de frénésie sexuelle à laquelle, dans cet enclos, il est permis de succomber.

Dehors, les néons projettent toujours leurs lueurs flamboyantes sur la noria de voitures. De temps en temps, l'une d'entre elles s'immobilise à côté d'une demoiselle plus aguicheuse. Derrière, on ne s'impatiente pas. On en profite pour mater la vitrine devant laquelle on se retrouve coincé. Et l'on se lit la litanie des enseignes, *L'Alexandrie*, *A l'As de Cœur*, un incongru *Jolly Jumper*, *Chez Rosa*, *Le Blue Lagoon*. Une comptine enfants non admis récitée pour aiguiser le désir. De cette patience, ces automobilistes n'en montreront plus une once lundi matin dans leurs embouteillages habituels. Mais ce soir aucun coup de klaxon ne retentit et l'on n'entend pas d'injures de conducteurs pressés de rejoindre leur destination. Ici, on ne va nulle part. On y est déjà. Au paradis. Un mot qui, dans le quartier, a un sens très relatif. Et même, tout en trompe-l'œil.

1

Ce que je voudrais, disait Antoine, c'est raconter l'histoire, non point d'un personnage, mais d'un endroit.

ANDRÉ GIDE, *Les Faux-Monnayeurs*.

— Bordel.

Antoine Daillez trébuche pour la septième fois sur le gravier inégal du ballast. Il s'arrête un instant pour se masser la cheville à travers le cuir de sa santiag. En contrebas de la voie ferrée, l'insistance de la pluie finit par adoucir les illuminations violentes de la rangée de vitrines. Des femmes y prennent des poses outrancières, multiplient les invites péremptoires de la main, envoient des baisers insistants aux passants. En rajustant le col de son blouson d'aviateur, Antoine reprend sa pénible marche sur les cailloux de la jonction Nord-Midi, cette ligne ferroviaire qui transperce Bruxelles de part en part, enfonçant dans les entrailles de la ville des tunnels effilés et creusant dans ses quartiers des saignées mortelles.

Le jeune journaliste s'avance désormais sur une voie surélevée. Les rails culminent à cinq ou six mètres au-dessus du trottoir de la rue d'Aerschot et reposent sur un terre-plein dont le contrefort est paré d'un mur de briques. Cette façade aveugle bouche l'horizon des vitrines et forme comme un écran où s'agitent les ombres de celles et ceux qui miment les parades de la séduction. Le blouson d'Antoine commence à percer dans l'humidité glacée de ce samedi de novembre. Son jean lui colle aux cuisses. Les boucles désordonnées de ses cheveux blonds s'aplatissent sur son crâne et s'égouttent sur ses épaules. Démoralisé, il évalue la distance à parcourir avant d'atteindre sa destination, une zone brutalement éclairée par les projecteurs des pompiers, là-bas sur la voie, à deux cents mètres, autour d'une locomotive à l'arrêt.

Depuis sa sortie de l'université, un an et demi plus tôt, Antoine travaille pour un quotidien bruxellois populaire. Un journal plus sérieux aurait eu sa préférence : celui-là est le seul à lui avoir offert la chance de réaliser sa vocation. Pour l'instant, cette opportunité reste précaire. Pas de contrat de salarié, juste l'assurance verbale de lui confier le tout-venant des faits divers de la capitale. A charge pour lui de dénicher un bureau en dehors de la rédaction, de se débrouiller pour le vivre et le couvert en échange d'une rémunération à la pige. Alors, sur le clavier de son IBM électrique, Antoine crache du signe. Il alterne les arrachages de sac et les braquages de fourgon, les rivaux mis en charpie et les coups de couteau portés pour les motifs les plus imbéciles. Ou, comme ce soir, les suicides sur une voie de chemin de fer.

Justement, en cette année 1984, une litanie sans fin de fermetures d'usines, la dévaluation du franc et le blocage des salaires se conjuguent pour pousser les candidats au voyage ultime à sauter le pas. Les désespérés sont de plus en plus nombreux à se faire hacher menu entre l'acier des roues et l'acier des rails. Du haut de ses vingt-quatre ans, Antoine est frappé par la relation qui semble se nouer entre la désolation sociale et la détresse individuelle. Avant-hier encore, un gaillard de machiniste rendait tripes et boyaux sous ses yeux, à deux pas de restes humains informes. C'était dans une gare secondaire de la capitale, un comptable fraîchement licencié pour cause d'informatisation galopante. Et ce soir, Antoine crapahute sur la caillasse pour rejoindre la scène d'un nouveau drame, avec corps supplicié, cheminot en déconfiture, pompiers affairés à collecter les morceaux, magistrat au mouchoir sur la bouche et flics de permanence vidant en douce une flasque de genièvre.

Antoine en est conscient, un suicide, c'est tomber bas dans la hiérarchie des sujets. Mais les sacrifices ferroviaires ont des conséquences globales intéressantes pour ses lecteurs. Le trafic s'interrompt. Les passagers en rade s'interrogent sur la raison de leur retard. Les témoins croient avoir tout vu et ont tout compris de travers. Alors, quand un sans-grade de la police des chemins de fer lui a signalé le cafouillage provoqué par un inconsolable, un de plus, il a enfilé son blouson et pris son carnet de notes sans rechigner. Et le voilà enfin qui débarque, dégoulinant, sur le théâtre d'opérations. Posté en sentinelle, son informateur lui barre le passage.

— Fichu samedi soir, lui dit-il, trempé malgré son poncho en plastique transparent.

— Merci de m'avoir prévenu, répond le journaliste.

— Pas de quoi, écris-nous un bel article et pense à citer la courageuse flicaille des chemins de fer. Avoue, on serait mieux dans son lit.

— Au moins, s'il ne pleuvait pas…

— Plains-toi, je fais le poireau depuis deux heures… Reste pas planté, ça se passe là-bas.

Le planton lui indique à une vingtaine de mètres un groupe d'officiels agglutinés comme pour se réchauffer les uns les autres.

— Tiens, voilà notre *freelance reporter*, ironise Pol Van Inghelghem. Abrité sous un parapluie brandi par un inspecteur, le patron de la section criminelle de la police judiciaire de Bruxelles souligne ces mots d'un accent américain caricatural. L'officier ne perd jamais une occasion de le rappeler : il est l'un des premiers policiers belges à avoir suivi, au début des années 1970, un stage à la DEA, l'agence fédérale de lutte contre les stupéfiants. Ses mentors US, mi-flics, mi-barbouzes, lui avaient enseigné certaines techniques spéciales incompatibles avec la procédure pénale belge. Le super-flic les avait-il mises en application avec un zèle excessif ? Antoine s'est déjà demandé si les libertés prises avec le cadre réglementaire expliquent son départ de l'élite des stups pour s'abaisser aujourd'hui à traquer le meurtrier du conjugo. A se passionner pour la rixe d'après-boire tournant à l'aigre, la querelle entre voisins résolue au taille-haie. Sans omettre les morts violentes sur les voies de chemin de fer.

— La Crime au complet, s'emballe Antoine. Si vous êtes là, le suicide serait exclu ?

Question de pure rhétorique. Pour le salut de la victime, la différence est mince. Pour le journaliste, l'homicide laisse entrevoir un papier sensiblement plus juteux. Le commissaire lui jette un œil excédé. Un mètre soixante-dix, cheveux gris fer taillés à une longueur qui ferait merveille dans une revue de détail de la gendarmerie, élégant manteau bleu sombre, ce Flamand parle français sans accent. Pour l'avoir croisé dans des conditions météo moins détrempées, Antoine se doute qu'en dessous de l'épaisse laine de son pardessus il est nippé comme un sapeur de Kinshasa : complet de facture anglaise, chemise blanche coupée sur mesure à la douzaine, nœud papillon de fantaisie aux couleurs chatoyantes. Sa coquetterie lui garantit une touche exclusive dans un monde où les jeunes enfilent T-shirt, jean et blouson, où les vieux casent leur dernier costume en polyester dans leur caddie, entre le pack de bières et les saucisses de Francfort.

— C'est un meurtre, alors, insiste-t-il.

— Vous vous adresserez au substitut de permanence demain, rétorque Van Inghelghem. Je n'ai pas l'habitude de tuyauter les journalistes.

Malgré l'hostilité ambiante, Antoine estime avoir droit, pour prix de son déplacement, à un peu d'avance sur ses confrères.

— Vous avez quoi ? reprend-il. Déjà une piste ? L'identité de la victime ?

— Arrête de le tarabuster, monsieur le commissaire ne te répondra pas. De toute façon, nous ne savons rien, sauf deux ou trois détails. C'est bien un homicide et la victime est une femme, on a découvert les restes d'une robe. Je te l'accorde, ce pourrait être aussi un travesti.

Antoine identifie l'intervenant, Martial Chaidron, un inspecteur de la PJ fondu jusque-là dans la brouillasse. Il l'avait croisé au début de ses études. Devenu fait diversier, il l'a retrouvé dans les couloirs de la police judiciaire et s'est lié avec lui. D'ordinaire, son ami arpente les trottoirs du quartier pour le compte de la brigade des mœurs. De temps à autre, les débordements de son secteur gagnent les hauteurs ou les souterrains de la Jonction. Martial déboule alors sur les voies pour partager sa science du milieu qui grouille au ras du macadam. Le voir voler à la rescousse de l'as de la Crime l'amuse. Le commissaire, lui, tire la gueule.

— Bravo, Chaidron ! Maintenant, la presse en sait autant que nous, râle-t-il. Remarquez, votre copain a peut-être envie de jouer les voyeurs. Montrez-lui le spectacle. On verra s'il est si courageux…

— Je vous prends au mot, commissaire.

— Je te préviens, je suis rarement tombé sur plus répugnant, lui dit Martial.

— Faites gaffe aux flaques, ricane l'un des lieutenants de Van Inghelghem alors que les deux hommes quittent le groupe.

Martial progresse vers le convoi à l'arrêt en portant sa quarantaine comme une charge rendue trop lourde par les Belga filtre et l'excès d'aliments. Sur place, il cherche où jeter son mégot. Un vague sentiment de respect l'empêche de le balancer dans une coulée d'hémoglobine.

— Meurtre garanti, commente-t-il. Les candidats au suicide se menottent exceptionnellement aux rails. Sauf s'ils veulent être sûrs de ne pas foutre le camp au dernier moment.

Antoine glisse un œil prudent sur la voie. Son estomac se crispe. En passant sur la victime, la loco a emporté l'essentiel du corps. A l'endroit où Martial s'est arrêté, seuls subsistent un tronçon du bras gauche et le pied gauche, encore coiffé de sa chaussure, une bottine plutôt féminine. Ces deux moignons sont pris l'un et l'autre dans des menottes attachées à des chaînes elles-mêmes accrochées aux traverses. Etonnamment, ce bricolage paraît avoir résisté à l'impact. Difficile d'en juger avec précision : les lieux sont inondés d'un sang éclairé par les projecteurs. Un sang d'autant plus brillant que la pluie l'empêche de coaguler.

Antoine se détourne du tableau.

— Filons, cinq minutes de plus et je gerbe.

— Pareil pour moi, retournons chez Van Inghelghem.

Soulagés de fuir ce bras et ce pied orphelins, Antoine et Martial rejoignent l'équipe de la Crime. Les flics attendent le juge d'instruction en luttant contre l'humidité ambiante à coups d'hypothèses. Au chômage technique pour cause de membres humains sur le réseau, le chef de gare adjoint se risque à jouer les détectives amateurs.

— C'est bizarre, se lance-t-il, encouragé par un silence curieux. Tenez, la victime, on l'a ligotée sur une voie inexploitée pendant la nuit. Mais des travaux sont en cours sur l'un des axes principaux. Alors, les trains passent par ici. Les meurtriers l'ont-ils attachée au hasard ? Savaient-ils qu'habituellement cette voie ne sert plus après 22 heures ?

— Si ça se trouve, l'andouille n'a pas eu de bol. Un autre jour, elle s'en serait tirée, déduit l'un des péjistes, le porteur de parapluie.

— Ou alors, c'est une mauvaise blague, relance un autre. Tu seras le cow-boy, moi l'Indien, je t'attache là, ne te bile pas, aucun train ne circule à cette heure-ci...

— Et si c'était une secte, des adorateurs du rail, la seule voie à vous garantir un aller simple pour le paradis...

— Arrêtez de déconner, coupe Van Inghelghem avec agacement. Le commissaire se tourne vers Antoine. Vous êtes satisfait ? La visite vous a plu ?

— C'est dégueulasse. La pauvre, il n'en reste rien.

— Cessez de pleurnicher. Pour votre canard, c'est de la bonne copie, non ? Un scoop juteux...

— Dites, je fais mon métier, c'est tout.

— En parlant de métier, il paraît que vous êtes aussi devenu patron de bordel ?

— Et pourquoi pas mac ? s'indigne Antoine.

— Ne vous emballez pas, commissaire, intervient Martial. Il a juste hérité une maison de son grand-père, là en bas, de l'autre côté des voies, rue de la Bienfaisance.

— Jusqu'à mon passage devant le notaire hier après-midi, je ne savais pas que cet établissement appartenait au patrimoine familial. Je n'ai même pas encore eu le temps d'y mettre les pieds. Le bar s'appelle *L'Alexandrie*, je crois.

— Vous voulez un conseil ? Débarrassez-vous-en le plus vite possible, tranche Van Inghelghem.

Antoine ne répond pas et s'écarte du groupe. Il griffonne des annotations d'ambiance, le convoi immobilisé, les morceaux de cadavre, le nom des services officiels sur place et la pluie, la pluie qui brouille ses notes. Pas grave, juge-t-il, on verra demain au parquet. Une idée lui vient pour pimenter son futur article. Antoine retourne vers le chef de gare adjoint.

— Je peux parler au machino ? Je voudrais l'interviewer.

— Pas de chance pour vous, le malheureux était en état de choc. Nous l'avons expédié à l'hôpital.

— Tant pis, dit Antoine, je l'appellerai plus tard. Bon, vous ne m'en voudrez pas, je vous laisse à votre puzzle... D'un large geste du bras, le journaliste englobe la loco là-bas et la zone illuminée par les projecteurs. Il lance un salut au commissaire. Pas de réponse. Il s'en retourne alors vers les quais de la gare du Nord. Martial le rattrape en soufflant.

— Je t'accompagne. Je vais te présenter aux filles de *L'Alexandrie*. T'en voilà le proprio maintenant... On a bien le droit de s'y faire offrir un verre, tu crois pas ?

2

L'Alexandrie *est une maison propre. Chez moi, je ne veux pas de vice.*

GUDULE, gérante de l'établissement précité.

Après une longue marche le long des rails puis dans les couloirs souterrains, Antoine et Martial sortent de la gare du Nord par un passage secondaire et débouchent dans la rue d'Aerschot. Sous le crachin persistant, ils se faufilent entre les voitures de police, garées pêle-mêle. L'amas de véhicules officiels complique l'écoulement du trafic. Les automobilistes butent contre l'obstacle, freinent, le contournent, redémarrent, lorgnent sur leur gauche l'exposition des corps tout en ignorant le mur de briques qui bouche leur horizon à droite. Sur le trottoir, des types se précipitent vers un bar bondé aux fenêtres opacifiées par la buée. Des michetons se traînent de vitrine en vitrine, enfants au paradis des jouets incapables de se décider devant l'abondance du choix. Plusieurs filles tirent énergiquement le rideau de leur devanture, signe qu'elles s'apprêtent à encaisser avant de se mettre au turbin. Partout, le bruit est assourdissant. Antoine est bombardé de musique de fête foraine, de rengaines à danser, de tubes à pommader le cœur, à remuer les idées noires pour mieux les expulser. Les moteurs des voitures tournent au ralenti, montent en régime, décélèrent. Un gros rythme de boîte de nuit jaillit d'une Capri rutilante, passages de roues dilatés, jantes larges, double sortie du pot d'échappement chromée. Et son propriétaire se pavane comme s'il draguait les midinettes un soir de juillet sur la côte.

— Grimpe, crie Martial à Antoine. *L'Alexandrie* est de l'autre côté des voies.

Antoine s'assied dans la bagnole de service de l'inspecteur, une affreuse Kadett à la carrosserie d'un jaune pisseux. L'Opel déboîte sportivement, encore capable en première d'une certaine vivacité. Elle évolue à une allure déjà plus poussive sous le pont de chemin de fer et se traîne vers la rue du Progrès. La rue de la Bienfaisance s'ouvre tout de suite à droite. Martial se gare le long d'un trottoir bordé par une palissade interminable. Un bloc entier d'immeubles a été dynamité quelques années plus tôt. L'énorme cavité attend toujours de recevoir son béton.

— Où perche *L'Alexandrie* ? demande Antoine impatient de localiser l'établissement de son grand-père.

Sur le côté gauche de la rue, en face de la palissade, les maisons à trois étages s'alignent sans grâce. Les enseignes sont discrètes. Trois mots badigeonnés sur une vitrine, parfois un simple carton griffonné ou, moins rudimentaire, un placard qu'encadrent deux publicités pour une marque de bière.

— Ton bar est un peu plus loin, vers la rue du Marché, indique Martial en sortant de la voiture. Pile à l'endroit où ces gens s'agglutinent. Merde, ça sent l'embrouille…

Une meute de curieux entourent à distance respectueuse deux jeunes types qui bombent une vitrine. Celle de *L'Alexandrie* comme le proclame à la ronde une enseigne lumineuse clignotante, du luxe dans le quartier. Pantalon kaki, battle-dress, cheveux ras, les vandales trimbalent divers colifichets provenant de la Seconde Guerre mondiale. Côté haine exclusivement. L'un porte des Doc Martens aux pieds, l'autre des chaussures de gymnastique, des Stan Smith. Antoine regarde les mots s'inscrire sur le verre et sur la brique. Les lettres pulvérisées par les porteurs de svastikas se forment à traits énergiques, de façon un peu mystérieuse, comme s'ils apparaissaient par génération spontanée. On lit déjà quelques slogans : "à bas la décadence", "halte au vice", "étrangers *go home*". Un troisième voyou, affublé d'un uniforme identique, tient la foule en respect en brandissant une batte de base-ball. Il la fait tournoyer d'un mouvement du poignet élégant, très fluide. Son assurance suffit à ôter tout courage à ceux que prendrait l'envie d'intervenir.

— Bande de dégueulasses ! Pourris !

Une femme d'une quarantaine d'années, un mètre soixante pour un bon quatre-vingt-dix kilos, vient de surgir de *L'Alexandrie*. Boudinée dans une courte robe de chambre rose, elle hurle contre les peinturlureurs.

Son intervention provoque un flottement chez les maniaques de la bombe. Le type à la batte est le premier à réagir. Il se précipite vers le bar et pèse sur la porte derrière laquelle la matrone se réfugie en catastrophe.

— C'est Gudule, la patronne de *L'Alexandrie*, indique Martial.

— Ces salauds vont la massacrer, s'alarme le journaliste. On ne peut pas les laisser faire.

— Tu as raison, on fonce !

Antoine et Martial bousculent les spectateurs et dans le brouhaha inquiet de la foule entendent trois portières se refermer en rafale. De la portière allemande. Le bruit a une ample richesse harmonique, des aigus pour marquer le claquement et une basse confortable, luxueuse, qui exprime l'ajustement au dixième de millimètre, le caoutchouc de première qualité, le poids du bon acier de la Ruhr. Trois costauds, costume, cravate, chaussures de ville, se précipitent vers *L'Alexandrie*. Ignorant les manieurs d'aérosol, ils s'attaquent au détenteur de la batte. Le premier la lui arrache. Le deuxième lui expédie une baffe monumentale et le catapulte sur le trottoir. Le troisième appuie son genou sur la poitrine du skin tombé à terre et lui immobilise les bras. Celui qui a récupéré la batte prend un élan de golfeur. Le bois poli s'élève haut dans les airs, retombe sur la jambe du voyou et la brise net.

Un silence sidéré s'est imposé depuis le début de l'intervention des malabars. Même Antoine et Martial se sont figés. Dans ce silence, le craquement de l'os résonne avec une clarté cristalline. Celle de la violence impossible à affronter parce qu'elle n'a pas de retenue. Absence totale de pitié. Commisération nulle. Empathie zéro.

Atterrés, les deux autres ont lâché leur bombe de peinture. Ils contemplent leur complice qui vient de perdre connaissance. Le gorille brandit sa batte dans leur direction.

— Ramassez-le et caltez, dit-il sans la moindre trace d'énervement, pas du tout essoufflé.

Les nazillons s'exécutent, la peur ayant, pour la circonstance, changé de camp. En traînant leur camarade, ils décampent vers un Ford Transit garé au coin de la rue de la Bienfaisance. Ils ouvrent la porte latérale de la camionnette, hissent le blessé sur le plancher et grimpent à bord. Une fois assurés du départ des fauteurs de troubles, les trois colosses remontent paisiblement dans leur Mercedes.

Martial doit tirer Antoine par le bras pour l'arracher à sa fascination. Un vrai fait divers s'est joué sous ses yeux, l'irruption d'une violence non simulée, sans l'interposition d'un écran de télévision, sans la médiation d'un témoin. Antoine en a oublié son carnet de notes. Non qu'il en ait besoin, les détails de l'action sont gravés dans sa mémoire. Mais ce manque de réflexe professionnel le contrarie. Il se secoue et rejoint Martial devant la vitrine maculée de slogans d'un puritanisme belliqueux. Sur le trottoir, un cochon vivant est attaché par une laisse à un piquet de fer enfoncé entre deux pavés. Ni l'un ni l'autre ne l'avaient aperçu : l'animal était dissimulé par les premiers rangs de l'attroupement.

— Symbolique primitive, aussi primitive que ces abrutis en uniforme paramilitaire. Tu les connais ?

— Les skins ? renvoie Martial. Non, jamais croisés. Leurs protestations morales, je n'y crois pas. Ils doivent avoir des mobiles différents. En général, les ligues de vertu ne viennent pas nous emmerder dans le quartier.

— Et les brutes, les mafiosi de cinéma ?

— Ce sont les gros bras de Monaco.

— Monaco ? demande Antoine, pris en flagrant délit d'ignorance, deuxième faute professionnelle de la soirée.

— Le caïd du coin. Ses bars appartiennent officiellement à une société basée à Monte-Carlo. D'où son surnom. Il a pigé que le maquereautage rapporte plus quand on s'affiche en costard et en cravate. Et la respectabilité, même apparente, constitue une protection efficace.

Antoine note dans la voix de Martial la pointe d'amertume provoquée par l'impuissance. Il n'a pas le temps de relancer la conversation pour essayer d'en savoir plus sur les états d'âme policiers de son ami. Gudule sort de *L'Alexandrie* et prend à témoin le flic de la PJ.

— Ah, Martial, tu as vu le massacre ? Les salauds !

Sa robe de chambre largement ouverte, elle est encore tout émue par l'offensive des vandales. Sa poitrine abondante déborde d'une espèce de nuisette incapable de la contenir. Au point d'attirer irrésistiblement le regard d'Antoine.

— Dis, Martial, c'est qui ce blondinet qui s'en paie une tranche ? Un copain à toi ? En fait de cochon, avec celui du trottoir, je suis servie, hein !

— Gudule, je te présente le nouveau tôlier, le petit-fils de feu ton proprio.

— Oh, pardon, reprend la maquerelle d'un ton plus engageant. Ne t'inquiète pas, je suis une excellente locataire. Je règle mon loyer rubis sur l'ongle. En nature si tu préfères. Bâti comme tu l'es, ce sera un plaisir…

Puis à Martial :

— Je ne comprends pas pourquoi ces coincés du calcif s'en sont pris à moi. Tu me connais, *L'Alexandrie* est une maison propre. Chez moi, je ne veux pas de vice, assène-t-elle avec un certain sens du paradoxe.

3

Je demande aux architectes d'oser trancher dans le vif, de raser sans remords. Une ville comme Bruxelles a besoin de chirurgiens que n'effraie pas l'amputation.

LÉOPOLD II, roi des Belges (1835-1909).

Antoine dévale les coteaux de la commune de Saint-Josse pour rejoindre son bureau de la tour Martini, à côté de la gare du Nord. Il vient de quitter son domicile, une maison bourgeoise dessinée par un petit maître de l'art nouveau. L'élégance de ses volumes l'avait séduit sur-le-champ, au point de signer la promesse de vente à la première visite. Mais son coup de foudre avait failli se révéler ruineux. Deux générations d'héritiers incultes avaient mis ce joyau à sac. Il s'était alors attelé à rénover la bâtisse lui-même, pièce par pièce. Seules les interventions trop lourdes pour un amateur avaient été confiées à des professionnels. Au fil des travaux, à force de manier la gâche et la truelle, la restauration était devenue son passe-temps favori. Une passion. Ce dimanche matin, il a encore consacré plusieurs heures à la réfection d'une mosaïque située dans son hall d'entrée. Activité apaisante après l'accès de brutalité, hier soir, des séides du parrain de la prostitution.

Antoine descend maintenant le boulevard du Jardin-Botanique, large voie bordée sur sa gauche par la Cité administrative. L'usine à fonctionnaires est composée d'une enfilade de bâtiments conçus dans le style moderniste des années 1950. Cassure verticale, un donjon de cent quarante mètres surplombe cet alignement à l'horizontalité rigoureuse. Cette tour, la tour des Finances, est flanquée d'une cage d'ascenseur en béton brut d'un seul tenant qui lui colle au côté comme un contrefort massif. En passant à l'ombre de la paroi, sans ouverture, sans aspérité, sans ornement, Antoine lutte contre une sensation désagréable d'écrasement. Lutte vaine, tellement la falaise est imposante. Le colossal beffroi marque la dernière velléité de résistance d'un Etat central entré en décadence, menacé dans son existence par les aspirations centrifuges de ses sujets flamands et wallons. Ce sursaut de puissance a le don d'irriter Antoine. Car, même déliquescent, l'Etat conservait suffisamment de forces pour pulvériser toute une vie urbaine. Dans le temps, un quartier animé s'étageait jusqu'au bas de la ville, vers la Grand-Place. La traversée de ces rues où voisinaient cabarets interlopes et commerces industrieux devait constituer une promenade divertissante. Aujourd'hui, le béton de la Cité administrative rend toute balade impraticable. Seules les voitures font la navette entre la crête et le fond de la vallée. La plupart empruntent une voie rapide qui se creuse un chemin dans un tunnel sous le sommet de la colline. Puis elles émergent à l'air libre à côté du boulevard où marche le journaliste. Arrivé dans la cuvette, le trafic se précipite à l'assaut du viaduc, provisoire depuis plus de vingt-cinq ans, qui remonte loin là-bas, de l'autre côté de la vallée.

Générosité inhabituelle dans la ville, les urbanistes ont abandonné à la circulation des piétons un très large espace sur le boulevard du Jardin-Botanique. Pourtant, les passants se font rares sur cette interminable pente, épuisante à grimper, lassante à descendre, sans rien pour distraire l'œil qu'un environnement de pierre et de bitume. Rien, sauf le jardin qui prête son nom à l'artère et s'ingénie à déployer sa végétation maigrichonne entre les autoroutes urbaines et les voies de chemin de fer. Ce trajet ravive chaque fois l'exaspération d'Antoine contre les bétonneurs. Il s'enorgueillit de partager avec les vrais Bruxellois une aversion commune envers ces catégories socioprofessionnelles méprisables que sont ici les architectes et les promoteurs. Revigoré par cette sainte colère, goûtant l'air piquant de ce début d'après-midi de novembre, il quitte le boulevard d'un bon pas et s'avance vers la tour Martini, sur la place Rogier.

Dans son bureau, au douzième étage, Antoine se prépare à moissonner quelques détails pour boucler son article sur le meurtre de la voie ferrée. D'abord, téléphoner à la PJ, au chef de la Crime, certainement à son poste. Bingo ! Mais comme prévu aussi, Pol Van Inghelghem l'envoie sur les roses. L'entretien ne dure pas plus de trente secondes.

Soupir d'Antoine contraint de se rabattre sur le porte-parole officiel du parquet, rôle endossé par un substitut de permanence. Aucune information exclusive à attendre, ses confrères et concurrents recevront une copie conforme du communiqué. Antoine l'interroge d'abord sur l'actualité de la nuit, arrachages de sac ou vols à la roulotte. Rien de spécial, la bagarre entre les skins et les hommes de Monaco n'a pas retenu l'attention du magistrat. Les turpitudes du quartier de la gare du Nord doivent lui paraître indignes d'intérêt. Le journaliste en vient au plat de résistance, la victime menottée aux rails. Econome de ses mots, le permanencier lui en révèle le moins possible. Il lui présente brièvement la scène du crime, évite les détails scabreux. Une plainte de voisinage transcrite dans la main courante d'un commissariat de banlieue serait plus diserte.

— Avez-vous réussi à l'identifier ? demande Antoine.

— La PJ a retrouvé son sac avec ses papiers, répond le substitut. Nous avons passé le nom au fichier. Complicité de proxénétisme. Le labo a réussi à obtenir une confirmation grâce à ses empreintes. Une seconde. Voilà, Marthe Van Geluwe, née en 1918.

— Vous avez un domicile ?

— Rue de la Bienfaisance, numéro 17, à Saint-Josse.

Antoine raccroche aussi sec, sans même prendre congé, de peur que son interlocuteur ne détecte son trouble. Cette adresse, c'est celle de l'établissement de son grand-père. La victime vivait donc à *L'Alexandrie*... Coïncidence fortuite ? Ou preuve d'une offensive en règle contre sa toute récente propriété ? D'abord le meurtre d'une locataire. Puis l'attaque contre la patronne des lieux, avec cochon, badigeonnage et pire si les balèzes de Monaco n'étaient pas intervenus...

Perplexe, Antoine dépose sur sa platine la face B d'un disque de Jimi Hendrix. *Are You Experienced ?* La langueur répétitive du morceau, fracturée par les distorsions de la guitare électrique, s'accorde à son humeur. Il sort sur le balcon qui épouse l'ondulation de la façade de la tour. Sur sa gauche, la flèche de l'hôtel de ville de la Grand-Place perce le ciel bruxellois. Vers la droite, il aperçoit le début de la rue de la Bienfaisance, celle de *L'Alexandrie*. Plus loin s'étendent les voies de chemin de fer et la gare du Nord. Un train roule à vitesse réduite à l'endroit où la locataire de son grand-père est morte hier soir. Les stridulations de la Stratocaster couvrent sans peine l'entrechoquement des wagons, le claquement des roues sur les aiguillages, la circulation apaisée d'un dimanche en ville.

Propriétaire d'un bordel... L'ennui avec *L'Alexandrie*, songe Antoine, c'est que pour une raison mystérieuse Maurits Daillez, son grand-père, lui a enjoint dans ses dernières volontés de ne pas s'en séparer. Comme le notaire le lui a expliqué, la loi ne l'oblige pas à respecter cette demande insolite. En l'écoutant lui exposer les antécédents de l'immeuble, dans le patrimoine des Daillez longtemps avant la Première Guerre mondiale, Antoine s'était dit qu'il pourrait réfléchir, faire une croix sur ses réticences au nom de la tradition familiale. N'empêche. Pas commode de se retrouver patron de claque à vingt-quatre ans. Devra-t-il revêtir le costard croisé crème, les pompes bicolores, et pourquoi pas le borsalino ? A moins de s'inspirer de l'accoutrement des *pimps* de Harlem, Cadillac rose, coupe afro, froc en velours violet...

Hier soir, en effaçant les graffitis sur la vitrine de *L'Alexandrie*, il avait parlé de ses scrupules à Martial et à Gudule. La tôlière l'avait rassuré. Il n'aurait à s'occuper de rien. De son côté, Martial l'avait chambré, l'imaginant très bien, lui, un borsalino sur la tête.

— Revenons à mon problème, avait dit Antoine. Grâce au bas de laine légué par Maurits, je pourrais arrêter de travailler. Vous le savez peut-être, il dirigeait la filiale d'une compagnie pétrolière. Alors, pourquoi s'encombrer d'un bordel décrépit ? Et pour me l'imposer après sa mort encore.

— Excuse-moi cette question personnelle, avait demandé Gudule. Pourquoi hérites-tu de lui ? Le vieux avait renié ton père ?

— C'est plus simple. Mes parents sont morts en 1980, disparus en mer du Nord avec leur voilier.

— Désolée de l'apprendre. Dis donc, leur voilier à eux ? T'es pas rien rupin, toi...

— N'exagérons pas, mais justement, pourquoi je devrais m'embarrasser d'un lupanar, toucher de l'argent sale ?

— Chez moi, rien n'est sale, Antoine, avait rétorqué Gudule. Mes filles tiennent leurs clients. Elles n'acceptent pas n'importe quoi. Et j'impose la capote, on parle d'une drôle de maladie qui tourne par ici. De toute façon, si ça peut te tranquilliser, *L'Alexandrie* est condamnée. Les bétonneurs auront sa peau. Ce jour-là, tu pourras profiter de l'oseille de ton papy tranquillement, sans le remords d'arrondir ton capital avec du pain de fesse.

Sur son balcon, Antoine se souvient de l'ironie agressive de Gudule. Il n'avait pas répliqué et la conversation, après avoir abordé d'autres sujets moins vénaux et moins intimes, ce qui est très lié dans le quartier, avait fini par mourir. Martial l'avait raccompagné chez lui un peu plus tard.

Le disque s'est arrêté depuis plusieurs minutes. Un bruit aigrelet, désagréable, résonne. Celui de la sonnette, déglinguée comme beaucoup de choses dans la tour Martini. Sur le palier, Antoine reconnaît l'une des deux travailleuses de Gudule, à peine entrevues hier soir. Elles s'étaient éclipsées dès le calme revenu. Un caniche jappe dans les bras de la jeune femme d'environ vingt-cinq ans. En dessous d'un manteau en daim entrouvert, elle porte un jean et un pull angora rose. Ses longs cheveux noirs sont ramassés dans un chignon rapide. Un léger maquillage souligne avec délicatesse l'expression de son visage qui révèle une préoccupation considérable.

— Antoine Daillez ? Je m'appelle Sonia. Gudule m'envoie vous chercher. La morte sur la voie a été identifiée. C'était Mémé Tartine.

— Je ne connaissais pas son surnom. Mémé Tartine, plutôt rigolo… Antoine regrette aussitôt d'avoir utilisé cet adjectif. La visiteuse n'a pas l'air de trouver la situation marrante.

— Gudule vous en dira plus à *L'Alexandrie.*

Antoine hésite. Son article l'attend. D'un autre côté, la maquerelle pourra l'aider à étoffer le portrait de la victime. De quoi enrichir son texte, à défaut de progrès sensible à dévoiler dans l'enquête.

En la frôlant dans l'ascenseur, l'image fugace d'une Sonia s'adonnant à quelque pratique érotique traverse l'esprit d'Antoine. L'employée de *L'Alexandrie* se réfugie dans un coin. Antoine se demande si elle est intimidée. Prudente peut-être face au nouveau propriétaire de *L'Alexandrie.* Le prend-elle pour un mac en puissance ? Idée désagréable pour le jeune homme qui n'a jamais eu recours aux services d'une professionnelle et encore moins envisagé de forcer un être humain à se plier à des jeux sexuels rémunérés. Il se regarde dans la glace de la cabine. De longs cheveux blonds, auxquels des boucles apportent une fantaisie sympathique, un visage agréable, juvénile mais aux traits affirmés, une silhouette élancée et musclée sans exagération : son allure lui a toujours garanti la conquête pas trop laborieuse des partenaires qu'il convoitait.

— Tu travailles le dimanche ? Antoine est passé d'autorité au tutoiement.

— Habituellement pas. Je suis venue aider Gudule à remettre la maison en ordre. Hier soir, j'étais trop crevée.

— Mignon, ton chien, c'est quoi son nom ? dit Antoine en approchant sa main pour caresser la bête. Il se retient au dernier moment par pudeur. Le caniche est lové dans l'intimité du giron de Sonia.

— Caramel, comme sa couleur.

Dans la rue, Antoine éprouve du plaisir à marcher à ses côtés en direction de *L'Alexandrie*. Il en profite pour l'observer. Sonia bouge avec grâce sur ce trottoir habitué aux déhanchements vulgaires des belles de nuit. Ses longues foulées accusent la fermeté de ses cuisses dans un mouvement fuselé.

— Après tout, dit Antoine, mon récent titre de propriété de *L'Alexandrie* est peut-être un coup de chance.

Sonia fronce les sourcils.

— Ah, parce que tu appelles un coup de chance le meurtre de Mémé Tartine et le saccage d'hier soir ?

— Pardon, ce n'est pas ce que je voulais dire. Je parlais de la chance d'avoir fait ta connaissance.

Sonia ne répond pas. Quelques minutes plus tard, en ouvrant la porte de *L'Alexandrie*, elle laisse passer Antoine.

— Merci, c'était tout de même gentil de ta part, lui glisse-t-elle.

Assise derrière son bar, Gudule boit un verre de Fernet Branca pur, sans addition d'aucune sorte pour en adoucir l'amertume. Antoine la trouve fort secouée.

— Mémé Tartine, c'est dégueulasse ce qui lui est arrivé.

— Au fond, pourquoi l'appelait-on Mémé Tartine ?

— Les filles du quartier lui doivent beaucoup. La pauvre était infatigable, toujours au turf. Des médocs pour l'une, un conseil pour l'autre. Nous comptions sur ses connexions pour les visites aux faiseuses d'anges hollandaises. Elle s'occupait des sandwichs aussi, le midi et le soir. Mémé Tartine, quoi.

— Nous l'aimions beaucoup, confirme Sonia.

— Mon aïeul la connaissait ?

— Bien sûr, elle habitait gratuitement au premier étage. Depuis la Libération, je crois. En échange, elle s'occupait du bâtiment, l'entretien, les travaux courants, comme une sorte de concierge. Et ton grand-père lui reversait une bonne partie de mon loyer.

Antoine est surpris.

— Pourquoi tant de générosité ?

Gudule se révèle incapable de l'éclairer sur cette nouvelle cachotterie de Maurits. Puis la matrone fond en larmes. Le journaliste se perd dans la contemplation de son verre de Fernet Branca. Il ne pouvait s'attendre à mieux. L'endroit a beau se prendre pour un bar, et les jeunes femmes qui y officient ont beau avoir droit au titre pudique de serveuses, *L'Alexandrie* ne doit pas sa réputation à ses qualités limonadières. Pas plus qu'à sa musique, avec ces ritournelles inlassables de Claude François. De quoi faire fuir Antoine, malgré la présence de la craquante Sonia.

4

Le lundi au soleil, c'est une chose qu'on n'aura jamais.

CLAUDE FRANÇOIS, chanteur populaire.

La voix enthousiaste de Cloclo se déverse dans la rue de la Bienfaisance par la porte de *L'Alexandrie*. Malgré un optimisme survolté, le chanteur ne réussit pas à convaincre que ce lundi d'automne on pourrait le passer à s'aimer au soleil. D'abord, un jour blafard s'est levé sur Bruxelles. Et puis, dans ces rues voisines des voies de chemin de fer, l'amour n'a pas exactement le même sens que dans ses chansons. Les filles qui garniront les vitrines tout à l'heure n'auront pas la patience d'écouter de tendres madrigaux. Aucun client non plus n'aura l'extravagance de leur jouer la sérénade.

Les travailleurs présents dans la rue à cette heure matinale préféreraient sans doute marcher dans la forêt, se coucher dans les genêts, comme le braille maintenant le chanteur. Des fonctionnaires de la voirie, chargés de réparer les outrages de la nuit, s'activent sans conviction. Ils emportent les déchets les plus visibles, cornets de frites, sacs d'ordures, pièces de lingerie féminine aussi. Des bouteilles brisées, une brique et d'autres reliefs inquiétants d'une bagarre nocturne sont évacués avec fatalisme. Un corps de métier prend sa tâche à cœur, lui. Une escouade de laveurs de carreaux s'affaire, conscients de contribuer directement à la qualité du spectacle dont ces lieux sont le théâtre. Intérieur et extérieur, ils ne laissent subsister aucune trace, effacent la moindre entrave au regard. Les bonnes mœurs interdisent aux filles de s'afficher dans des tenues trop transparentes. Mais nul règlement ne stipule que les vitrines doivent être un rempart de la vertu. Alors, ces ouvriers scrupuleux s'échinent à polir les écrans où ces dames s'offriront en représentation tout à l'heure.

La patronne de *L'Alexandrie* brique son trottoir avec une vigueur comparable à celle des laveurs de carreaux. Claude François n'est pas pour rien dans son entrain. Sa voix est comme un fluide énergisant. Elle tonifie ses muscles, électrise ses nerfs, attendrit son humeur. Claude ne la plonge jamais dans un état de mélancolie, ne la berce pas sur l'air des ruptures amères, des occasions ratées. Au contraire. Ses chansonnettes ravivent ses espoirs de bonheur. Dans la vie et même, en amour. Gudule se prendrait presque à rêver de l'arrivée, hautement improbable en ce matin de novembre, du prince charmant.

Cloclo, c'est une longue complicité par vinyle interposé. D'abord, ils sont tous les deux nés en

Egypte. Comme lui, Gudule a connu ses jours sombres et s'en est sortie à force de courage et de détermination. C'est vrai, sa réussite est moins spectaculaire. Mais ouvrir son propre bar n'est pas une mince performance. Surtout quand on était condamnée à l'abattage sur les chantiers de France dans les années 1960. De la détermination, il en fallait. Et cette détermination, Claude François la lui insuffle à plein gosier. Elle l'avait aperçu de loin à l'occasion d'un extra dans une réception organisée pour célébrer un énième disque de platine. Elle l'avait aperçu sans pouvoir l'approcher. La braguette d'un directeur de maison de production réclamait alors son attention. Tout faraud, déjà obnubilé par l'extase prochaine, le sexe tendu d'une énergie dangereusement prête à s'épancher, le producteur lui avait promis ce soir-là de l'introduire chez les Clodettes. Vaine promesse. Dès le lendemain, Gudule réintégrait une caravane entre Arras et Bapaume, ou du côté de Saint-Avold, le long d'une autoroute en construction.

Dans son bar, Gudule laisse donc défiler l'intégrale de Claude François sur son lecteur de cassettes, jour après jour, bande après bande. Quand ses filles crient grâce, provisoirement vaincue, elle se résout à tourner le bouton de la radio. Avant de réimposer son idole. Son obsession, ses clients n'y ont jamais trouvé à redire. Après tout, les michetons ne se pointent pas à *L'Alexandrie* pour se récurer les oreilles.

Galvanisée par ce *Lundi au soleil*, Gudule en frotte son trottoir de plus belle, rejette soigneusement l'eau souillée dans l'avaloir de l'égout avant de rentrer dans son bar pour échapper au froid. A l'intérieur, elle poursuit son entreprise de nettoyage, toujours entraînée par Cloclo qui chante maintenant le printemps avec plusieurs mois d'avance. Aspirateur dans la vitrine de *L'Alexandrie*. Laver les tabourets sur lesquels ses employées installent l'un de leurs principaux arguments de vente. Evacuer un incroyable fouillis, un sandwich entamé, une brosse à cheveux, une culotte, des Kleenex, des tubes de rouge à lèvres et autres cosmétiques, des clés de voiture, un pot de vaseline, le nounours fétiche de l'une de ses filles, une plaquette de tranquillisants. Gudule s'attaque au bar. Peu utilisé, le meuble réclame un minimum d'efforts. Ses hôtes commandent rarement le faux champagne de la maison, facturé au prix d'un dom pérignon. La vaisselle expédiée, la patronne des lieux se dirige vers le siège stratégique de son commerce, les deux alcôves et leurs couches, de simples matelas de mousse posés sur un sommier rudimentaire. Après avoir enfilé des gants, elle enfourne les housses des matelas dans un sac de blanchisserie. Aspirateur encore, cendriers à vider, ramasser le fourbi, shampouiner les taches sur la moquette sans chercher à les identifier, pulvériser une giclée de désinfectant à droite, à gauche. Gudule tombe sur une boîte de préservatifs pas entamée. Elle est furieuse contre ses filles. Avec les maladies qui courent… Et puis, les frais sont déjà assez lourds sans devoir en plus leur payer l'aller-retour chez les avorteuses bataves. De toute façon, Mémé Tartine, la pauvre, n'est plus là pour organiser les pèlerinages à Amsterdam.

Gudule aurait préféré tenir un commerce plus propre. Elle a beau frotter *L'Alexandrie*, la crasse de la nuit imprègne les murs et le mobilier. Ça schlingue le tabac ranci, les poils du caniche de Sonia et ceux des clients, le sexe mal lavé, la sueur du vice. Par-dessus flotte l'odeur de moisi sécrétée par le délabrement général du quartier. Ou peut-être par la décrépitude du dernier étage de *L'Alexandrie*. Impossible à savoir. Interdiction d'entrer. Domaine réservé du propriétaire et de Mémé Tartine. Gudule se demande si Antoine lui en fera la visite guidée. Avoir vu le grand-père grimper l'escalier, l'avoir entendu ouvrir la porte blindée après de longues manipulations de clés et de verrous agace sa curiosité. Le vieux s'attardait en haut puis redescendait et s'enfuyait sans prononcer une parole. Elle se demande aussi si Antoine conservera la maison, s'il aura la délicatesse de procéder à certaines réparations. Ce plafond par exemple dans la kitchenette à l'arrière. La peinture est rongée par une humeur grisâtre. Le plâtre, lui, paraît bien avancé sur la voie de la dégringolade finale. Des fragments plus consistants penchent dangereusement au-dessus de sa tête. Dans cette saignée, le gîtage montre de quel bois il est fait. Un bois qui n'a plus bonne mine, gagné par la pourriture contagieuse des immeubles des environs.

— Bouge pas, sale pute !

La porte d'entrée de *L'Alexandrie* claque à toute volée, prête à se briser. Et les hurlements continuent.

— Salope, tu vas payer pour samedi !

Trois types sont entrés et rugissent, solides bottines de combat aux pieds pour les uns, tennis souples pour l'autre. Leurs jeans sont serrés sur leurs jambes musclées, leur cul tendu par la toile. Blouson court en nylon ou veste en cuir genre rockeur de banlieue : leurs fringues sont taillées pour la baston. Et partout sur eux, accrochées à leurs vêtements, sur la poitrine, autour du cou, aux oreilles, sur le front, des images emblématiques de la haine gammée, dessinées, tatouées, montées en pendentif, gravées, imprimées, moulées dans le métal, coulées dans le plastique. Images de violence, de mort.

Gudule les regarde investir la place comme des soudards. Deux se précipitent vers les étages, leurs pas résonnent lourdement dans l'escalier. Un craquement. La porte de l'appartement de Mémé Tartine cède. Des objets tombent par terre. Bruits de vaisselle brisée. Un choc. La chute d'une armoire ? Celui qui est resté en bas renverse les tabourets dans la vitrine, flanque des coups de bottine au hasard, arrache les rideaux des alcôves. Les tringles dégringolent et s'entrechoquent dans un tintement métallique. Le vandale n'est pas très balèze mais Gudule le sent nerveux, vif, puissant. Avec sa batte de base-ball, il vise son lecteur de cassettes, le percute et envoie des bouts de plastique à travers la pièce. Elle en reçoit un au coin de la lèvre. Les bords coupants lui entament la peau. Le sang coule. Panique. Pas d'échappatoire, nulle part où fuir : l'issue vers l'arrière, vers l'ancienne cour, est condamnée par des parpaings. Maintenant, les bouteilles de l'étagère explosent en tous sens. Elle pare les fragments de verre, ne peut éviter les projections d'un liquide, le reste de Fernet Branca de la veille. Et

Claude François est mort il y a six ans et demi déjà, pense Gudule. Quelle bête mort. Pas tellement plus bête que la mienne. Avec son air de meurtre dans les yeux, le salaud va me tuer. C'est idiot comme formule… A quoi reconnaît-on quelqu'un qui a la mort dans les yeux ? Facile, se dit-elle, suffit de regarder, ça se voit tout de suite.

Le type à la batte se rapproche en moulinant du bras. Un meuble de piètre qualité se disloque. Gudule entend les deux autres grimper vers le dernier étage et la porte blindée. Jurons. Ils cognent dans le métal avec un objet lourd. La porte renvoie un son plein, solide, inébranlable. Ils insistent. Des jurons encore. Un cri de douleur, le blindage est intraitable. Nouvelle cavalcade dans l'escalier. Dépités, les cambrioleurs entrent dans la pièce du rez-de-chaussée. Le plus petit a un couteau en main. Un truc en allemand, style mon honneur est ma fidélité, doit être écrit dessus. L'excité lacère les matelas, taillade les cloisons, se lasse vite de leur résistance. Il retourne son coutelas vers la maquerelle.

— Plus le temps de jouer, où t'as foutu la clé, donne-la-nous salope !

— Je ne l'ai jamais eue, merde.

— Et les documents du vieux, où tu les planques ?

Gudule s'affole.

— Quels documents ? J'ai pas de documents…

— Finissons-en, crie l'autre avec la batte.

Fermement empoignée, Gudule est poussée vers le bar. Le gars au poignard se saisit de son bras et le maintient sur le plateau du comptoir. La batte s'élève et retombe sur le poignet. Gudule ne s'entend pas hurler, tous ses sens sont concentrés sur la douleur.

Elle n'entend pas non plus l'aboiement insistant du klaxon d'un Ford Transit garé dans la rue.

— Y a du monde qui arrive, on se casse, les mecs.

D'un instant à l'autre, Gudule se sent lâchée par ses agresseurs. Plus rien ne la retient, même pas le bar. Elle glisse sur le sol et perd conscience.

5

A l'est, toujours plus à l'est !

Affiche de recrutement de la légion
Wallonie, 1943.

La patronne de *L'Alexandrie* est allongée dans un lit d'hôpital, une impressionnante longueur de bras enrobée de plâtre. Quand Antoine entre dans sa chambre peu après midi, elle se redresse, s'adosse aux oreillers, encore un peu pâle. Une infirmière lui a refilé en douce une cigarette et Gudule l'allume au mépris du règlement.

— Merci d'être venu, tu n'étais pas obligé.

— Tu as mal ?

— Maintenant, c'est supportable.

Elle a été admise à l'hôpital quelques heures plus tôt, son calvaire abrégé de justesse par un laveur de carreaux. Ambulance, police, Martial s'en est immédiatement mêlé. Depuis dimanche, l'incident le plus banal concernant l'immeuble où habitait Mémé Tartine lui est communiqué en priorité. Et l'inspecteur a très vite prévenu son ami journaliste. Au début, Antoine s'est fait un sang d'encre. Mais le carabin de service l'a rassuré : la cassure de l'os est propre. Et il le constate lui-même, la blessure psychologique semble limitée. La maquerelle n'est pas une néophyte au rayon des guérillas urbaines.

— Tu l'as échappé belle. Martial en est persuadé, ces types auraient pu te tuer.

Gudule tire sur sa cigarette, dépose la cendre dans une soucoupe.

— Je n'ai pas eu peur de mourir. J'étais déjà au-delà. Je ne pouvais rien faire.

Elle frissonne en écrasant son mégot.

— Ces enculés, si je les retrouve...

Silence d'Antoine. Il sort son carnet de sa poche et patiente, le temps pour Gudule de ruminer ses espoirs de vengeance. Puis le journaliste ouvre le feu.

— Tu veux bien m'expliquer ce qui s'est passé ?

D'une voix tendue, la patronne de *L'Alexandrie* lui raconte le blitzkrieg des skins, la fouille musclée de l'appartement de Mémé Tartine, la dévastation du bar, les hurlements. Le douloureux coup de batte aussi.

— Que cherchaient-ils ? réfléchit Antoine. Mémé Tartine n'avait pas l'air de rouler sur l'or, non ?

— Penses-tu... La pauvre vivait presque comme une clocharde.

— Une manœuvre d'intimidation, alors ? Un concurrent qui chercherait à te piquer *L'Alexandrie* ?

— Je ne pense pas. A mon avis, ils voulaient surtout entrer au dernier étage. Mais ces crapules n'ont pas réussi à forcer la porte blindée.

— Quelle porte blindée ?

— J'aurais dû t'en parler samedi soir ou même dimanche après-midi. Avec l'histoire du cochon et le meurtre de Mémé Tartine, ça m'était sorti de l'esprit.

Gudule se recouche sur ses oreillers. Un peu de sueur perle à son front.

— Je te fatigue. Je reviendrai plus tard, si tu veux.

— T'inquiète. Donne-moi un verre d'eau, ça va passer.

Pas de gobelet à l'horizon, Antoine lui tend la bouteille. La blessée ne s'en formalise pas et la saisit de son bras valide. Après avoir avalé une rasade, elle reprend des couleurs.

— Cette porte blindée condamne l'accès aux pièces du haut. Ne me demande pas ce qui se trouve derrière, je ne l'ai jamais franchie. Ton grand-père venait parfois. Il s'éternisait au dernier étage puis repartait. Je ne comprends toujours pas le sens de son manège.

— Bizarres, ces visites. Tu n'aurais pas la clé par hasard ?

— Les salopards m'ont posé la même question. Non, je ne l'ai pas.

— Tant pis. Dis, ça t'ennuie si je jette un œil dans ces pièces en fin de journée ?

— Eh, t'es chez toi maintenant ! Mais je te souhaite bonne chance pour forcer la lourde…

— On verra. En attendant, je te laisse récupérer.

— J'oubliais un truc, dit Gudule. Ces enfoirés m'ont réclamé des documents.

— Quels documents ?

— Pas la moindre idée. On ne conserve jamais de papiers dans un endroit comme *L'Alexandrie*…

Evidemment, c'est peut-être la raison d'être de cette porte blindée...

Antoine n'a pas le temps d'approfondir l'hypothèse de Gudule : une infirmière peu commode surgit dans la chambre.

— Oust ! Dehors ! La visite est terminée. Laissez-la se reposer.

A la sortie de l'hôpital, Antoine se dirige vers le boulevard du Jardin-Botanique pour rejoindre son bureau. Un crissement de pneus détourne son attention des documents évoqués par Gudule. Plusieurs coups de klaxon retentissent dans son dos. Il s'apprête à se retourner pour voir quel automobiliste téméraire provoque le courroux de ses congénères. Sans doute celui qui aime repeindre la chaussée avec ses gommes. Il n'a pas encore amorcé son mouvement de la tête, et déjà, des mains puissantes l'agrippent aux coudes. Deux malabars l'empoignent et le poussent vers une voiture, la berline allemande garée près de *L'Alexandrie* samedi soir. La portière arrière est ouverte, il est projeté sur la banquette. Le premier des kidnappeurs monte devant, à droite du chauffeur. Le second s'assied à côté de lui et lui passe un bras derrière la nuque, le dominant de toute sa masse. La voiture repart aussitôt dans la circulation.

Antoine reprend sa respiration. La soudaineté de l'enlèvement induit des réactions en sens divers dans son organisme. Une bouffée de chaleur d'abord. Puis des larmes de transpiration perlent sur sa peau. Le voilà pris d'un léger tremblement. Il parvient à se maîtriser au bout de plusieurs secondes.

— Je vous reconnais, vous travaillez pour Monaco, non ?

Aucune réaction de ses trois ravisseurs. Antoine commence à s'inquiéter.

— Où m'emmenez-vous ? Je vous préviens, je suis journaliste. Et j'ai des amis à la PJ.

— Relax, dit le chauffeur. M. Monaco veut vous présenter ses condoléances pour le décès de votre grand-père.

— Il aurait pu se contenter d'envoyer un carton…

— Notre patron veut avoir avec vous une conversation amicale dans un lieu public, c'est tout.

Le gorille assis à côté d'Antoine pose une main sur son bras. Cette main se voudrait rassurante, mais c'est elle qui tenait la batte dans la rue de la Bienfaisance. Le jeune homme dégage son bras avec un frisson et se renfonce dans son siège. Va pour une conversation amicale. Va pour un lieu public. A-t-il d'autre choix ?

Le trajet est court. La voiture se gare bientôt en double file dans une artère commerçante du centre de la ville. Antoine s'extrait de la Mercedes. Encadré par deux costauds, il entre dans une taverne, le *British Inn*. Le cortège contourne la salle réservée aux pékins, s'engouffre dans un escalier et s'arrête à l'étage devant une porte aveugle. *Club VIP*, annonce une plaque en laiton. Terriblement original, ricane Antoine qui n'a jamais entendu parler de l'endroit.

A l'intérieur, les décorateurs se sont échinés à recréer l'ambiance d'un club anglais. Les canapés en faux chippendale voisinent avec du mobilier en acajou plaqué. Les seaux à champagne en métal argenté s'accordent avec les appliques cuivrées. Les murs sont copieusement lambrissés, habillés d'un tissu vert bouteille dans leur partie supérieure. Une agréable pénombre favorise les rapprochements. Avec ses rangées de flacons et de verres, le bar attire une société de buveurs chic, perchés sur des tabourets en cuir. De la musique de danse, quelque chose comme du jazz funky, provient d'une piste à l'écart. Le niveau sonore est suffisamment bas pour ne pas déranger les membres qui préfèrent s'adonner aux plaisirs d'une conversation galante. Les hommes, d'âge mûr, sont accompagnés de femmes, au moins deux fois plus jeunes. Antoine reconnaît l'une ou l'autre personnalité, politiciens, sportifs ou patrons, dont on lit le nom dans les journaux. Rarement à la rubrique des faits divers.

Petite injection d'adrénaline, l'un des sbires lui saisit le bras et le conduit vers une table isolée. Un individu y est assis, environ quarante-cinq ans, costume de facture italienne, une chemise sans cravate au col largement ouvert sur un poitrail massif. La coupe est floue, l'ensemble classieux, un brin voyant. Des lunettes cerclées lui confèrent un air à la fois respectable et légèrement intello. A sa gauche, une créature collée contre lui. A sa droite, une deuxième demi-mondaine sortie du même moule. Sur la table, un assortiment de flûtes à champagne, un seau avec sa bouteille. Une coupelle en cristal contient une belle quantité de ces délicats grains gris qui vous posent en noceur raffiné. La table est encombrée d'une ribambelle d'instruments et d'accompagnements, couverts, assiettes, blinis, crème aigre.

Antoine est prié de s'asseoir sur une chaise, en face du bellâtre. L'une des deux filles glousse, visiblement partie. Le champagne ne semble pas y être pour grand-chose. Une poudre blanche plus décapante a dû l'envoyer sur cette orbite plaisante.

— Laissez-moi deviner... Vous êtes Monaco ? balance Antoine, décidé à attaquer bille en tête. Le cadre paisible lui a rendu toute son assurance. Je vous préviens, si vous convoitez *L'Alexandrie*, vous devrez m'en payer le prix. Vous y ajouterez un dédommagement pour ce rapt scandaleux.

Le parrain de la prostitution l'observe. Ses yeux sont d'un gris transparent, comme la mer du Nord par mauvais temps. La nuance exacte du caviar étalé devant lui. Congédiés d'un geste, ses seconds couteaux reculent et vont s'appuyer contre un mur. La fille la moins entamée se lève, embarque sa copine et la conduit vers un canapé un peu plus loin. Monaco prend la parole.

— J'ai bien connu votre grand-père, monsieur Daillez... J'avais beaucoup d'estime pour lui... Pour cette pauvre Mémé Tartine aussi...

L'homme se masse la tempe de la main gauche. Un anneau épais passé à un doigt renvoie un reflet jaune.

— Maurits vous aimait... Je le sais... Alors... La famille de mes amis...

Très vite, au fil de la conversation, Antoine finira par ressentir une légère sympathie pour le personnage. Malgré son activité peu engageante. Malgré ses sbires. Malgré la brutalité de l'enlèvement qui lui vaudra quelques excuses rapides tout à l'heure. Mais cette sympathie ne gommera pas son incompréhension.

Car, entre deux gorgées de champagne, entre deux cuillères de caviar, Monaco racontera une histoire déconcertante pour le nouveau propriétaire de *L'Alexandrie*. Pendant une heure, le parrain va se débonder en prenant son temps, en entrecoupant son récit de longs silences. Une deuxième bouteille de champagne arrivera puis un peu de vodka gelée à l'herbe de bison, servie avec empressement par un personnel obséquieux.

— Votre grand-père... Je l'ai connu par l'intermédiaire de mon père... Qui a signé à trente ans... Engagé dans la légion flamande... La *SS-Legioen Vlaanderen*... L'uniforme nazi... Il s'est battu contre les troupes soviétiques... Mon vieux n'était pas un criminel... Plutôt doux... Même pas mobilisé pour la campagne de mai 1940... Pas un spadassin, pas les tripes d'un mercenaire... Simplement fourvoyé... Naïf je pense... Quitter son boulot, sa femme, son gosse... Partir affronter le cosaque dans les plaines glacées de l'Est... Pourquoi... Il n'était pas plus raciste qu'un autre... Pas plus à droite ni pro-allemand... Faut croire... La guerre vous pousse à faire de drôles de choses...

Antoine a laissé son hôte parler sans comprendre où cette confession pourrait le conduire. Là-bas, sur le canapé, la fille un peu paf somnole. Monaco se sert une pleine cuillère des billes à la couleur de ses yeux.

— Dur d'être fils de collabo après la Libération... Les brimades à la cour de récré... Les profs vous méprisent... Vous rappellent constamment le crime commis par votre géniteur... Cette condamnation venait de partout... Moi, je n'ai jamais su pourquoi mon père avait signé... Ni pourquoi on me reprochait ce crime… Je ne suis pas nazi… L'ai jamais été… Le serai jamais… Voyou, dans ma jeunesse, ça m'est arrivé… Nervi, non merci !

Silence un peu plus long de Monaco. Son regard fixe un point loin au-delà du bar.

— Après… Pour mon père… La vie n'a pas été rose non plus… Trois ans de prison… A sa sortie, impossible de trouver du travail… La marque de l'infamie le poursuivait… Barré de la fonction publique… Il était facteur avant la guerre…

Antoine en convient volontiers. Qui aurait engagé un employé des Postes viré pour avoir troqué sa sympathique gâpette contre un vilain casque en acier, bordé de l'écusson ennemi ?

— Qui, sinon votre grand-père… Au début des années 1950, il travaillait dans une multinationale… Il a embauché mon vieux… A un poste de tout repos… Celui de chauffeur… Ce geste, je ne l'ai pas oublié…

Au moment où Lionel Richie remplace l'insipide funk aux accents jazzy, Monaco paraît se refermer. Peut-être à cause de l'évocation de ce passé douloureux, du souvenir cuisant de cet enfant martyrisé par ses condisciples, bien avant de devenir un caïd. Une chose expliquerait-elle l'autre ? se demande Antoine. Cet aveu implicite de faiblesse lui plaît mais n'éclaire pas un récit bourré de zones d'ombre. A commencer par les relations entre son aïeul et le père de son vis-à-vis.

— Comment se sont-ils connus ? Etaient-ils voisins ? Amis d'amis ?

Le parrain du Nord reste très vague sur ce point, éludant les questions directes.

— Leur première rencontre, je n'y étais pas... Mon père ne se vantait pas de cette période... C'était pendant la guerre... Ici, en Belgique, pas là-bas, avec les chars russkoffs au cul... Plus tard, j'ai commencé mes affaires dans le coin... Je suis retombé sur Maurits... Après la mort de mon père, je l'avais perdu de vue... Il possédait un immeuble rue de la Bienfaisance... On était dans les années 1960, le quartier prenait son visage d'aujourd'hui... Les filles colonisaient l'endroit... Donc, votre grand-père... On s'est croisés par hasard, on a parlé... Il connaissait mon influence... M'a demandé de surveiller sa maison... J'ai accepté... Une dette d'honneur à cause de mon père... Nous sommes restés en contact... L'ai encore revu quelques semaines avant son décès...

— C'est étrange tout de même. Il ne m'a jamais parlé de vous.

— Votre grand-père avait ses secrets... Vous vous en êtes aperçu, je crois... A ce propos... Il m'avait confié un jeu de clés... De peur qu'on ne les lui vole... Je vous les donne... Elles ouvrent le dernier étage de votre *Alexandrie*... Faites-en bon usage...

— Merci ! Gudule m'a parlé de l'endroit. Je suis impatient de le visiter. Encore une chose : tout à l'heure, vous avez cité Mémé Tartine, quelle est sa place dans l'histoire ?

— Maurits l'avait installée rue de la Bienfaisance... Elle était sans ressources... Son mari a été tué sur le front de l'Est... Volontaire dans la même unité que mon père... Alors, ce meurtre odieux... Je le prends comme un affront... Cette saloperie ne restera pas impunie... Croyez-moi...

Antoine le croit sur parole. A voir l'éclat dans ses yeux, le truand a remballé ses souvenirs d'enfance. Ses prunelles n'ont plus cette couleur un peu molle et nostalgique du caviar mais la nuance inflexible de l'acier dont on fait les tanks.

6

C'est beau, tous ces néons, la nuit.

JEAN-CLAUDE DECAUX, fondateur de la société de mobilier urbain du même nom.

Antoine est lâché sur le pavé de la rue du Progrès par les trois musclors de Monaco, à deux pas d'une vitrine. Avant de claquer la portière, l'une des brutes lui souhaite bonne bourre. Les deux autres se marrent, échantillon agaçant d'un humour de proxénète. Puis la Mercedes repart dans un sourd ronflement, emportant au loin leur accès de franche rigolade. Le journaliste est soulagé d'avoir établi des relations pacifiques avec le parrain du quartier. Gagner le respect de ses sbires sera une autre limonade.

Fuyant les regards des éventuels témoins de son humiliation, Antoine se fond dans le flot des passants qui musardent en ce lundi après-midi. Il suit leur mouvement et entre dans la rue Mathéus. Cet après-midi, avec leurs dégoulinades de néons, les quelques vitrines occupées lui tirent l'œil, éveillent en lui un trouble suspect. Ce trouble ne contamine généralement pas les Bruxellois obligés d'emprunter ces artères pour des raisons de circulation. Ils ne s'en trouvent ni plus satisfaits ni plus émoustillés pour autant. Lui-même, quand il se rend à son bureau de la tour Martini, il ne passe pas exactement par ces rues. Il les frôle, les contourne, en caresse l'embouchure de ses pas. Sans remords, envie réfrénée, refoulement dangereux. Sans être retenu par un sentiment de culpabilité vague ou violent. Sans se débattre dans les filets d'une morale religieuse ou conjugale. Non, Antoine passe et, habituellement, n'y pense pas.

Mais cet après-midi… Est-ce le champagne ou la vodka de Monaco ? Le souvenir de la baston en face de *L'Alexandrie* ? Cette explosion de violence culminant par le bras cassé de Gudule ? Cet après-midi, donc, Antoine jette un regard captivé sur les vitrines et leur contenu. Une brune potable à gauche. Dommage, elle ouvre sa porte à un chaland. Une blonde là, de l'autre côté de la rue. Un visage d'ange, avec un air maléfique irrésistible à cause du maquillage accentué de ses yeux. Un soutien-gorge doré prêt à tomber. Une culotte assortie couronnant des jambes de magazine. La jeune fille se retourne, secoue ses fesses dans un déhanchement qui mime avec une précision extrême, mécanique, les mouvements inventés depuis la nuit des temps par les courtisanes pour séduire leur homme dans l'intimité. Comme Salomé dansant devant son roi. Ou Schéhérazade avant de raconter ses histoires. Sauf qu'ici le geste n'est pas réservé à un seul élu. Il est impudique, d'une impudeur renversante. Antoine est alors victime d'un phénomène récurrent dans le quartier. Un phénomène qui a provoqué de nombreux accrochages, déclenché plus d'une chute sur les pavés disjoints. Captivé par le spectacle, étranger à son environnement, il traverse sans prendre garde et manque tomber sous les roues d'une BMW. Son conducteur lui envoie un rapide coup de klaxon. Antoine lui jette un œil, à cette BMW. Par l'un de ces mystérieux raccourcis qu'affectionne le cerveau humain, la nationalité de la berline fait écho aux révélations de Monaco. L'Occupation, les Allemands à Bruxelles, les collabos, et, au milieu d'eux, son grand-père mouillé dans de très vénéneuses fréquentations. Aussitôt, la blonde au bikini d'or, à la croupe affolante, se transforme en une simple prolétaire qui s'acquitte de sa besogne du mieux possible. Une besogne difficile, peu reluisante. Et Antoine débande.

Les relations de son grand-père avec le milieu des volontaires pour le front de l'Est le tarabustent. L'évidence est là. Maurits avait l'âge de porter les armes pendant la guerre. L'a-t-il faite, comment, dans quelles conditions, dans quel camp ? Sujet jamais abordé. Mémé Tartine veuve d'un légionnaire flamand, un SS donc pour ce qu'Antoine en sait. Le père de Monaco, même engeance. Mais papy Daillez, son petit-fils ne le voit pas en vert-de-gris, embusqué dans les plaines d'Ukraine ou dans tout autre lieu où les troupes belgo-nazies combattirent. Il ne l'imagine pas aux commandes d'un panzer, ou plus trivialement occupé à peler des pommes de terre dans un cantonnement slave pour nourrir ses frères d'armes. Dans son souvenir, rien chez lui n'évoquait le militaire, la caserne, l'uniforme, le lansquenet. Pas la moindre raideur prussienne dans son maintien. Pas de claquement teuton des talons. Alors ? Après avoir échappé aux roues de la BMW, Antoine s'attarde devant la vitrine de la Schéhérazade au bikini d'or. Et en écho à ses réflexions, la blonde qui a ouvert la porte l'apostrophe d'un "alors" retentissant. Ce n'est pas une manifestation directe de racolage, simplement de l'impatience. Tu rentres ou tu passes. Rejoins-moi ou dégage. Surtout ne reste pas là. Tu gâches le paysage, tu bouches l'horizon, laisses-en aux autres…

Antoine s'efface de bonne grâce. Les clés remises par Monaco lui brûlent les poches. Il pourrait s'aventurer vers *L'Alexandrie*, mais Sonia prend son service en début de soirée. La visite de l'immeuble de son grand-père, il aimerait l'effectuer en sa compagnie. Le journaliste file donc vers sa machine à écrire pour alimenter les rotatives de son journal.

7

L'odeur de l'encre d'imprimerie est comme celle de la poudre : elle réclame sa dose de sang.

YVES VANDERVELDE, rédacteur en chef du quotidien bruxellois d'Antoine Daillez.

Après l'intermède caviar, champagne et vodka de Monaco, délectable mais perturbant, après un accès de mélancolie à cause de cette blonde Schéhérazade si tentante dont les charmes ont été oblitérés par un malencontreux enchaînement de pensées, Antoine remonte dans son antre. Pas de réflexion indolente sur le balcon comme hier, foncer sur la machine à café pour chasser les remugles de l'alcool, allumer l'IBM, empoigner le téléphone et se précipiter sur les affaires courantes. L'heure avance, il faut boucler. Des brèves et, surtout, l'article de suivi sur le meurtre de Mémé Tartine.

Le début de son texte est vite torché. La police se perd en conjectures, les limiers de la PJ travaillent néanmoins d'arrache-pied, ne négligent aucune piste, etc. Antoine préfère ménager Pol Van Inghelghem même si son enquête semble piétiner. Après tout, le patron de la Crime doit phosphorer sur les rapports entre son grand-père, *L'Alexandrie*, la victime et lui. De là à imaginer une implication de sa part dans le crime... Antoine n'a pas envie d'exciter la parano du flic. Cette prudence ne l'empêche cependant pas de divulguer certains faits exclusifs. L'attaque des skins samedi soir, gardée sous le coude jusque-là, le cassage de bras de Gudule ce matin par les mêmes. Et il termine par une révélation : Mémé Tartine était la veuve d'un volontaire SS. On devine, écrit le journaliste, l'ombre de l'extrême droite dans cette affaire.

Reste un problème, la relation qui existe, acte notarié à l'appui, entre lui et le bar de Maurits Daillez. Les lecteurs ont-ils le droit de tout savoir ? Quelle sera la réaction de son rédacteur en chef ? Hésitation. Cette information, connue maintenant de la PJ, a peu de chances de demeurer confidentielle. Ses confrères l'apprendront tôt ou tard et ne se priveront pas de la balancer dans leurs colonnes. Il se résout donc à présenter son encombrant héritage dans un encadré. Son boss tranchera. A lui de décider si cet aveu doit être publié.

Antoine bâcle ensuite la narration des événements mineurs de la journée et cavale au journal. L'accueil de son rédac-chef, Yves Vandervelde, est chaleureux. Son article du matin n'était pas à proprement parler un scoop. Aucun quotidien n'aurait pu louper la découverte d'un cadavre sur une voie ferrée. Mais l'angle était inédit.

— Chouette portrait, lui dit-il, pas du genre laudatif d'ordinaire. La mère Teresa des putes, très folklorique, exactement ce que les lecteurs nous demandent. Continue dans cette voie.

Son enthousiasme retombe en lisant la copie du jour. Vandervelde se renverse dans son fauteuil, pose les pieds sur son bureau et pince les lèvres dans une mimique de dégoût redoutée par sa rédaction. Nommé à cette place pour redresser la courbe des ventes, il adopte cette mine devant chaque article qui ne vaut pas le papier pour l'imprimer. A ses yeux.

— La collaboration, les fachos, ça donne une dimension, je veux bien. Tu penses vraiment que cette histoire est politique ?

Antoine comprend sa préoccupation. Elargir le débat, parfait. Mettre sa plume au service de l'éducation populaire, qui s'en plaindrait ? Cela permet de relever le niveau du journal, excellent pour le moral des troupes. Mais point trop n'en faut.

— On n'est pas au *Monde diplomatique*, coco, reprend Vandervelde. La politique passe par-dessus la tête de nos lecteurs. Ça les soûle. Alors, tu y crois, toi, à cette piste ?

— Honnêtement, une pincée d'extrême droite apporte un tour pittoresque à l'affaire.

— Vu sous cet angle, pourquoi pas. N'en fais pas une habitude…

Son patron finit sa lecture et en arrive à l'encadré. Il sursaute, redépose ses pieds par terre comme s'il s'apprêtait à bondir sur son pisse-copie.

— C'est quoi ces conneries ?
— La vérité vraie.
— T'as un boxon ? T'es devenu mac ou quoi ?
— Non, non, lis le texte. Mon grand-père possédait une maison transformée en claque dans les années 1960. Cette maison, j'en ai hérité. Point à la ligne. J'y suis pour rien. Et d'après la tenancière actuelle, celle qui s'est fait péter le bras, mon grand-paternel n'y foutait presque jamais les pieds. Le proxénétisme n'était pas son fonds de commerce.
— Il touchait pourtant son loyer, pas vrai ?
— A peine. L'essentiel du fric était reversé à la locataire du premier, Mémé Tartine, la vieille découpée sur la voie de chemin de fer.
— Ton histoire se complique…
Plus encore, songe Antoine, si on y ajoute l'intérêt manifesté par Maurits pour les volontaires du front russe. Mais là, c'est privé, affaire de famille. Un très ancien accès de générosité pour des soldats perdus et pour leurs proches ne constitue pas une info. Rien ne l'oblige à s'en ouvrir à son rédac-chef.
— L'affaire n'est pas simple, se contente-t-il de confirmer. Qu'en penses-tu ? Doit-on avouer à nos lecteurs ma délicate condition de propriétaire d'une maison de débauche ?
— Nos concurrents sont au courant ?
— Peut-être pas. Mais la rumeur doit déjà circuler dans les couloirs de la PJ. C'est une question de temps, un ou deux jours.
— Je vois. Bon, à mon avis, ce n'est pas à toi de signer cet encadré. Je m'en charge. Je vais y ajouter deux ou trois considérations déontologiques. Du genre, tout cela est parfaitement indépendant de ta

volonté. Nos journalistes ne sont pas des maquereaux ni des assassins. Et notre respect de la vérité nous contraint à cet aveu.

Un silence.

— Ce bordel, le meurtre de la vieille, les skins, ce sont des coïncidences. Tu n'y es pour rien, tu le jures ?

— Je te dirais le contraire si c'était le cas ?

— Fais gaffe n'empêche. Si j'étais toi, je me débarrasserais rapidement de cette bicoque.

— J'y réfléchirai. Le chef de la Crime m'a donné le même conseil.

En sortant du journal, sa priorité est de visiter les étages de *L'Alexandrie*, cachette possible des documents réclamés à Gudule par les skins. La nuit est tombée. Au cours de l'après-midi, la couverture nuageuse qui plombait le ciel de Bruxelles depuis une semaine s'est effilochée. On n'apercevait pas encore de bleu dans les trouées, juste une lividité plus opaline, plus lumineuse. Il n'en a pas fallu plus aux habitants de la ville pour se rappeler qu'au-delà de ces nuages le soleil existe toujours. Et ce soir, en levant le nez, les noctambules peuvent contempler une lune flamboyante, sans même un halo pour en voiler l'éclat. Elle en ferait presque concurrence aux néons de la rue de la Bienfaisance dans laquelle vient d'entrer Antoine.

Le bar de son grand-père est ouvert. Sonia est à l'ouvrage, assise sur son tabouret, en sous-vêtements élégants, voilés d'un déshabillé canaille. L'ensemble est d'un blanc épatant sous la lumière artificielle. A ses côtés, une autre employée de Gudule gâche un physique pourtant engageant par une tenue putassière. Maquillage outrancier, bustier à paillettes avec tétons protubérants, minishort en Lycra brillant : la consœur de Sonia a choisi l'approche frontale pour dynamiser son chiffre d'affaires. Antoine distingue le vernis de ses doigts de pied qui s'écaille, un vernis carotte assorti à ses cheveux. En l'apercevant, la starlette met en route sa machine à harponner les mecs. Elle agrippe ses seins et les secoue comme des hochets. Pour toute réponse, le sujet de cette franche invite pointe son index sur Sonia qui se lève, disparaît dans le couloir et entrouvre la porte de quelques centimètres seulement. Son accueil n'est pas franchement chaleureux.

— Entre si tu y tiens vraiment. A mon avis, ce n'est pas une bonne idée.

— Une bonne idée ?

— Les filles ne manquent pas dans la rue… Ou ma copine Lydia qui fait la nuit avec moi…

Antoine coupe court à la méprise.

— Attends, je veux simplement visiter les étages…

— Oups, je n'ai rien dit. Pour ça, t'es chez toi bien sûr.

Il le comprend à son sourire de soulagement. Sonia n'avait pas plus envie que lui d'une relation commerciale.

— Tu as des nouvelles de Gudule ?

— La malheureuse se rétablit doucement. Je tiens la boutique à sa place. Tu veux boire un truc ?

— Merci, après peut-être. Je voudrais surtout monter.

Antoine se rend compte de l'ambiguïté du mot. Une étincelle dans l'œil de Sonia, ce lapsus l'amuse.

— Je peux t'accompagner ? Je ne suis jamais allée là-haut. A l'époque de Mémé Tartine, c'était exclu. Tu dois me trouver bien curieuse…

— Au contraire, tout le plaisir sera pour moi.

— Laisse-moi une seconde, le temps de passer une tenue plus appropriée.

Le journaliste l'entend donner des consignes à sa collègue, Lydia, la séductrice de choc. A son retour, Sonia porte une minijupe noire et un pull largement échancré, noir aussi. Le parfait accord avec ses cheveux, ramenés en arrière et réunis en une longue tresse.

— Je suis à toi, dit-elle.

Antoine s'avoue qu'il ne lui en faudrait pas beaucoup pour avoir très envie de la prendre au mot.

8

On ne compte pas plus de un pour cent de mariages mixtes entre francophones et néerlandophones.

Où va la Belgique ?, manifeste collectif en faveur du rattachement de la Wallonie à la France.

Quand on entre dans *L'Alexandrie*, on tombe sur un couloir avec une première porte à droite, celle du bar et de ses couchettes, et une autre dans le fond pour accéder aux étages. C'est cette porte que Sonia pousse du bout des doigts

— Elle ne ferme plus. Les flics l'ont défoncée dimanche, à l'aube, pour visiter l'appartement de Mémé Tartine. Tu t'en doutes, les agresseurs de Gudule ont achevé le carnage.

La jeune femme monte les marches quatre à quatre, suivie par Antoine. Au premier, le couple pénètre dans le logement de la locataire de Maurits

Daillez. Victimes d'une double razzia, celle de la PJ puis celle des skins, les trois pièces sont sens dessus dessous. Un vase est tombé dans l'entrée. Les fleurs pourrissantes, des magnolias, emplissent les lieux d'une odeur fadasse. Plus loin, le mobilier vieillot est renversé, fracassé. Le lit tient de la paillasse et vomit ses entrailles sur le plancher. La pauvre cuisine, installée de bric et de broc, est jonchée de débris, tessons de verre et de porcelaine, ustensiles en métal rouillés et cabossés. Les ravages laissés par les vandales rendent encore plus frappante la pauvreté de l'aménagement. L'évier de faïence est fendu mais les skins n'y sont pour rien. Un manchon de calcaire et de rouille enrobe l'extrémité du robinet d'eau froide. Un tuyau en cuivre accroché de guingois au plâtre transporte l'eau chaude depuis un appareil au gaz peu engageant. Aucun individu sensé n'aurait l'idée de le mettre en marche tellement il semble démantibulé. Les murs et les menuiseries auraient besoin d'un décapage à l'acide et d'une dizaine de litres de peinture pour commencer à retrouver un semblant de fraîcheur.

Epargnée par les casseurs, la minuscule salle de bains n'en est pas moins répugnante avec son lavabo entartré, sa cabine de douche et son chauffe-eau mural délabré. Non que Mémé Tartine fût négligente. Mais trop usés, devenus poreux, les carreaux de faïence sont imbibés de crasse. Le bac de la douche est tellement corrodé que des dépôts cradingues adhèrent aux pétales de métal en décomposition.

— Tu le constateras, Mémé Tartine ne vivait pas dans le grand confort, glisse Sonia.

— Ouais, elle ne baignait pas dans le luxe et la volupté.

Antoine se penche par la fenêtre donnant sur l'arrière. Si le logement est à la limite de l'insalubrité, il conserve cependant un reste de décence par rapport au paysage qui se dévoile sous les feux de la lune. Dans le quadrilatère formé par la rue du Progrès, la rue Mathéus, la rue du Marché et la rue de la Bienfaisance, l'envers des bâtiments souffre d'une dégradation physique qu'auraient infligée tout à la fois le passage du temps et le saccage d'une bande armée furibonde. En face, une porte intérieure s'ouvre sur le vide. Une partie de l'immeuble est à terre, sept mètres plus bas. A gauche et à droite, des arbrisseaux, des arbres presque, se sont insinués au travers de plusieurs toits. De nombreuses fenêtres sont obturées par des planches ou des parpaings. Un escalier dont la cage s'est crevée ne monte ni ne descend plus nulle part. Il tangue sous le vent à mi-parcours, près de décrocher. Les portes arrière des maisons sont toutes condamnées, soit volontairement par des blocs de ciment ou des lattes de bois, soit encombrées par une broussaille en folie. Des plantes maladives se nourrissant de brique, de béton et de métal jettent vers le ciel des tiges désespérées. Antoine distingue encore des éboulements, des gravats, des annexes écroulées, des toilettes extérieures explosées, du pavage en charpie et, par-dessus tout, des détritus allant de pleins sacs-poubelles aux épaves de voitures et, même, celle d'un camion de pompiers.

Antoine se détourne de ce cauchemar urbain. Sonia lui touche gentiment le bras.

— Nous ne trouverons rien d'intéressant chez Mémé Tartine, montons...

Arrêt des deux comparses sur le palier du deuxième.

— La fameuse porte blindée. Heureusement que j'ai les clés.

L'assemblage en impose. Le bois est massif, avec des chambranles renforcés par des plaques de fer et trois serrures costaudes. La porte doit posséder plusieurs points d'ancrage solides. Même un cric pneumatique n'émouvrait pas ce matériel de sécurité.

Antoine essaie la première clé dans la serrure du haut, le cylindre tourne, le pêne se libère avec un bruit sec de métal huilé. Il répète l'opération avec les deux autres clés. La porte est rapidement déverrouillée.

— Allez, on entre maintenant !

Sonia bouscule Antoine, actionne la poignée et se précipite à l'intérieur.

— Vise un peu la robe !

Dans l'entrée, accrochée à un portemanteau, une panoplie de mariée pend dans une housse transparente. Devenu ivoire, jaune par endroits, le blanc est fané. Les rubans s'effilochent et les fleurs en tissu brodées sur le voile ont l'air plus flétries qu'une rose cloîtrée dans un herbier.

— Et voilà la mariée.

Sonia indique la photo d'une jeune femme en tailleur, insérée dans un cadre posé sur un meuble TSF digne d'une brocante. Un énorme poste de radio à galène y est incorporé.

— Merde alors, ce n'est pas ma grand-mère !

Antoine prend le cadre en main et l'examine de près.

— Encore une cachotterie de Maurits… C'était ça son secret ? La raison de son black-out sur l'existence de *L'Alexandrie* ?

— On verra tout à l'heure. Continuons d'abord la visite.

L'appartement est défraîchi comme la robe, mais coquet, charmant même avec son mobilier en bois blond, ses napperons de dentelle, ses tableaux pimpants représentant des paysages flamands.

— C'est dingue, cette cuisine, on dirait un musée, s'exclame Sonia. Regarde, un vrai fourneau à l'ancienne, il marche au charbon. Et le service dans les armoires. Ce style est revenu à la mode. On pourrait en tirer quelques billets aux puces…

Antoine fouille à droite à gauche. Il inventorie les objets démodés. Pas des antiquités, des vieilleries qui accusent le poids des ans. Un moulin à café à manivelle, un passe-légumes oxydé, un grille-pain aérodynamique en métal hors d'usage. De la vaisselle encore, mais pas de savon, aucun article périssable, pas de charbon pour la cuisinière. Pas de poussière non plus. Et tout est rangé à sa place. Les pièces ont été nettoyées régulièrement. Par Mémé Tartine ?

Dans la chambre, le lit à une personne est muni de ses draps et d'une couverture, la penderie est remplie de vêtements féminins. Sonia les examine, elle semble déçue.

— Ces fringues sont carrément ringardes. Les étoffes sont rêches, de piètre qualité. On dirait de la confection de guerre.

— De la fripe, oui !

— Ouch, le lit ne vaut pas mieux, rigole-t-elle après s'être jetée dessus. J'ai failli me briser les vertèbres. Tes aïeux avaient le dos dur !

Antoine passe dans le salon, dernière pièce à visiter. Au mur, une photo de son grand-père, austère comme un comptable dans son costume, encore jeune, la trentaine à peine franchie. Une bibliothèque contient une centaine de volumes, de la littérature française estampillée qualité supérieure, du Gide, du Malraux, du Breton, du Guilloux, un peu d'Aragon. Il extrait des livres au hasard, rien entre les pages, rien derrière.

— Les documents réclamés par les skins ne sont pas ici, j'en ai peur. Je ne vois aucune cachette dans cette piaule minuscule. A moins de démonter les planchers... Franchement, je n'en ai pas le courage ce soir.

Le journaliste s'affale dans un canapé. D'époque lui aussi, mais quelle époque ?

Sonia continue son exploration en papillonnant. Elle ouvre la partie inférieure d'un antique tourne-disque, muni de son pavillon.

— Vise les soixante-dix-huit tours, que du périmé. Un peu de jazz, Armstrong, de la variété française, Trenet, Fréhel...

L'hôtesse de *L'Alexandrie* finit par s'asseoir sur un fauteuil en face d'Antoine. Il espérait vaguement la voir se poser à côté de lui.

— Sonia, tu avais raison en parlant de musée. Cet endroit n'est plus habité depuis longtemps.

— Depuis quand à ton avis ?

— Je dirais depuis les années 1930 ou 1940 en gros. Je n'aperçois aucun objet plus moderne, même pas un frigo. Alors, qui vivait entre ces murs ?

— Cet appartement est celui d'une femme, c'est évident.

— Je suis de ton avis. Maurits avait donc une maîtresse et l'avait logée ici. Ma pauvre grand-mère... Je ne le savais pas porté sur la gaudriole...

Sonia devient grave.

— Ta grand-mère, je la plains aussi, mais entre ces murs je sens l'amour, le vrai, le tragique. On parlait de musée, je penche plutôt pour un sanctuaire. Ton grand-père venait y honorer la mémoire d'une fiancée disparue. Tu as vu la robe de mariage... Personne ne l'a jamais portée. Elle est pendue là comme une relique.

Sonia se relève, retourne dans le hall et revient avec l'habit de cérémonie.

— Cette robe est magnifique, de la confection de luxe. Celle qui l'a choisie se préparait pour le plus beau jour de sa vie. Tu sais, j'en ai la triste intuition... Ce jour n'est jamais arrivé.

La jeune femme saisit la housse par le haut et la pose contre sa poitrine comme si elle prenait les mesures du vêtement. Les yeux brillants, elle esquisse un pas de danse, rêvant peut-être d'ouvrir le bal dans cette toilette virginale. En la regardant, Antoine comprend que, ce plus beau jour, Sonia l'attend, l'espère de toute son âme.

PREMIER INTERLUDE

OÙ L'ON SE REND COMPTE QUE LES ASSASSINS NE SONT PAS TOUJOURS DU BORD QUE L'ON CROIT ET QU'IL SUFFIT D'UNE FORTE ENVIE DE FAIRE PARLER LA POUDRE POUR CHANGER DE CAMP.

A 17 h 29, en ce lundi 21 janvier 1980, le rétroviseur droit de la voiture dans laquelle planque Martial Chaidron explose, percuté par une balle blindée de haute puissance. A quelques dixièmes de seconde d'intervalle, une éclaboussure de sang d'un volume de plusieurs centimètres cubes vient s'écraser sur le pare-brise comme un insecte répugnant. L'hémoglobine commence déjà sa lente coulée sur le verre. Martial n'attend pas qu'elle glisse jusqu'au capot pour plonger sous le tableau de bord. Exercice malaisé quand on sort de son étui un pistolet de la Fabrique nationale de Herstal tout en se contorsionnant autour du volant. A peine courbé, il entend le pare-brise éclater, puis la lunette arrière, transpercés l'un et l'autre par une deuxième balle.

— Bande de cons, cessez le feu, vous me tirez dessus !

Ce hurlement désespéré ne peut en aucune façon être entendu. La cage thoracique comprimée par sa position, la gorge serrée par l'anxiété, le policier pousse un cri dont l'intensité sonore ne dépasse pas celle d'un gémissement. Au-dessus de sa tête, la fusillade se poursuit. Il identifie les coups de départ de plusieurs armes différentes. La détonation sèche d'une carabine. Les claquements d'armes de poing. Les déflagrations sourdes d'un *riot gun*. Plus aucun projectile n'emboutit sa voiture ; le tireur maladroit a dû comprendre son erreur. Martial reste couché et recommence à respirer quand le silence se prolonge. Au moment où monte en puissance le brouhaha de la rue signalant la fin du danger, il se permet de glisser un œil prudent par-dessus le tableau de bord.

En se relevant, il se secoue pour chasser des éclats de verre. Sa main gauche saigne, coupée en plusieurs endroits par des morceaux aux arêtes acérées. Un liquide coule sur son visage, du sang encore, la peau de son crâne a morflé. Il s'essuie avec sa manche et, par l'ouverture béante du pare-brise, regarde la scène.

Sur sa gauche, de l'autre côté de la rue, le pavé est recouvert de débris de verre, reliquats d'une vitrine descendue par une balle mal placée. Devant lui, au milieu de la chaussée, une voiture arrêtée capot avant dans sa direction. Une Peugeot 504 en deuil. Ses vitres ont disparu, ses pneus sont déchiquetés. Les tirs se sont concentrés sur l'avant gauche de la voiture. La portière du conducteur bâille, suspendue par un seul gond.

Les projectiles proviennent de toute évidence d'une fourgonnette garée à vingt mètres devant Martial, le long du même trottoir. Ses collègues étaient censés planquer en couverture dans la camionnette dont les battants arrière sont largement ouverts. Selon l'ordre de mission, ils n'auraient jamais dû se servir de leur véhicule comme d'un poste fixe. Et encore moins vider leurs chargeurs sur la 504 avec leur camarade à peine écarté de leur ligne de tir. C'est à se demander si ces connards ont effectué leur service militaire, se dit Martial.

Les connards en question font maintenant les marioles autour d'un cadavre recouvert de sang. L'homme est sur le dos, une jambe presque sectionnée par les balles, la poitrine et le ventre transformés en une marmelade infecte de chair, d'os et de tripes. Etonnamment, son visage est vierge de tout impact. Martial essaie de déchiffrer son expression, celle qui se serait gravée dans ses traits au moment de mourir. Il n'y distingue rien d'autre que le masque exsangue de la mort brutale avec quelque chose de chiffonné dans l'ordonnancement des yeux, de la bouche, du nez, comme si sa très brève agonie avait brouillé sa physionomie au point de le rendre méconnaissable.

Les flics sont sept ou huit. Ils ont entamé un étrange rituel, à l'image de cannibales paradant devant le cadavre de leur ennemi et se réjouissant du festin promis. L'un se penche sur le corps, le tâte prudemment. Sa main se tache aussitôt de rouge. Il l'essuie avec un large sourire sur son pantalon. Un petit râblé assène de légers coups de pied dans le flanc de la dépouille sacrificielle, comme pour en expérimenter l'élasticité. Deux ou trois exécutent un pas de danse rendu hasardeux par leur souci de ne pas patauger dans les flaques de sang. D'autres se donnent des tapes dans le dos, se congratulent, se félicitent, rigolent. Leurs éclats de rire résonnent dans toute la rue. Un des flics envoie un signe de victoire à Martial, toujours assis à son volant. L'inspecteur ne réagit pas. Parmi les officiants de cette cérémonie sauvage, il repère celui qui le traîne depuis plusieurs mois aux réunions de la Ligue de la jeunesse, la LJ, un groupuscule d'extrême droite.

— Nous ne servons qu'à colmater les brèches, ne cessait de lui répéter son collègue. Nous nous épuisons à traquer les malfrats un par un et nous ne parvenons à aucun résultat. Les juges et les avocats sabotent notre travail. Le public, d'une candeur imbécile, nous dénigre. Pourtant, nous sommes engagés dans une bataille chaque jour plus sanglante. Les drogués tiennent le haut du pavé. Les gens ont peur de sortir de chez eux. On massacre les facteurs pour piquer la pension des vieux. Les étrangers font la loi dans leurs quartiers et bientôt dans les nôtres. Nous devons avoir une vision à plus long terme, changer la société, mettre en place une organisation politique capable de gagner cette guerre contre la décadence, d'éradiquer la corruption financière des élites, la corruption morale de la jeunesse, la corruption télévisuelle du peuple.

Cinq ans chez les parachutistes, la protection rapprochée des personnalités à la Sûreté de l'Etat, désormais flic aux stups : Martial n'était pas insensible à ces arguments. Dans son milieu, les vertus du muscle, de l'ordre et de la race blanche vont de soi. La matraque sert de goupillon, le flingue de crucifix et la suprématie européenne est la religion ultime. Au début, l'ancien para a suivi les réunions de la LJ avec intérêt. Puis ces dingues l'ont carrément amusé avec leurs idées niaises et impraticables. Très vite, il a ri jaune, trouvant la plaisanterie d'un goût de plus en plus douteux. Et là, à travers son pare-brise absent, il voit son collègue militant de la LJ dézipper son jean, sortir son membre et, imité par les autres, arroser consciencieusement le cadavre de sa pisse.

Un public ébahi assiste à la scène. Des cris de protestation, des injures, des hurlements de rage montent de l'attroupement. Les filles et les voyous du coin ne sont pas les seuls à vitupérer les flicards, leurs ennemis héréditaires. D'honnêtes badauds, clients, automobilistes ou passants, ne ravalent pas leur dégoût et le crient à la face de la troupe de compisseurs maintenant décontenancés.

Est-ce le fait d'avoir frôlé une mort idiote puisqu'elle aurait pu être assénée par des collègues ? Est-ce le spectacle pitoyable de ces bites de flics qui aspergent leur victime ? A cet instant précis, Martial décide d'en terminer avec ces conneries, la LJ, l'entraînement, le tir instinctif, l'étalage de la force brute. A cet instant précis, il tourne une page, celle de la fraternité des armes, la communion d'avant le saut, la fusion autour de la personnalité à protéger, la chaleur d'une équipe engagée dans la guerre aux dealers.

En sortant de sa voiture, l'inspecteur réquisitionne une cigarette auprès d'un policier communal venu régler la circulation. La première de son existence... La clope a un goût âcre, pas de filtre, du tabac belge, noir comme du goudron. Quand il expulse la fumée, non sans tousser, c'est toute une vie saine, composée de sport et d'exercices physiques, de régime et d'abstinence qu'il recrache en même temps.

Dans la soirée de ce lundi 21 janvier 1980, au moment de procéder au décompte des munitions tirées, les excités de la brigade des stups de la PJ avoueront avoir brûlé quatre-vingt-quatorze cartouches. A sept. Un feu roulant pour arrêter un gangster réputé dangereux, mais que le dispositif habituel aurait dû suffire à appréhender sans gâcher de poudre. Sauf éventuellement pour un tir de sommation. Le matin de ce jour-là, Martial aurait dû écouter plus attentivement le briefing de Pol Van Inghelghem, commandant de la section antidrogue. Le type à intercepter était un trafiquant moyen, abonné aux transactions d'un ou deux kilos d'héro, un dealer sans envergure internationale. Un peu fou cependant. Van Inghelghem avait lancé un avertissement à son équipe. Armé en permanence, l'allumé avait cédé à la tentation mesrinienne. La mort plutôt que la prison : il portait constamment une grenade sur lui. Martial aurait dû avoir son attention attirée par cette référence à Mesrine, truand français en cavale massacré deux mois plus tôt par l'antigang parisien. Il aurait dû comprendre que l'allusion révélait la mise en place d'un dispositif discret. Comme l'avenir allait le démontrer, la garde rapprochée du patron des stups avait reçu des ordres officieux. Ce n'était pas une arrestation, même bousculée, qui était au programme. On planifiait une élimination délibérée.

Dans la soirée de ce lundi 21 janvier 1980, Martial Chaidron retiendra les leçons de son erreur d'appréciation. Ce soir-là, dans son bureau de l'annexe du palais de justice, il signera deux documents. Le premier sera sa demande de mutation pour les mœurs, le service le plus dévalorisé de la brigade mais où, au moins, sortir son arme n'est pas une nécessité et encore moins un réflexe. Le deuxième prendra la forme d'un rapport accablant pour la section des stups, avec une plainte circonstanciée contre Pol Van Inghelghem, patron de ladite section.

Ce rapport, conforté par de nombreuses manifestations d'émotion de simples citoyens, relayé par les critiques de magistrats, approuvé du bout des lèvres par une hiérarchie embarrassée, ce rapport aura plusieurs conséquences. Une rapide enquête sera diligentée, pas trop fouillée. Inutile de déstabiliser la police judiciaire. Une civile avait néanmoins été blessée dans la bagarre, celle qui officiait derrière la vitrine éclatée près de Martial. Question vite réglée. Compte tenu de sa profession, on la contraindra aisément au silence. On la persuadera de se contenter de la prise en charge de ses frais médicaux par le ministère.

L'affaire n'aboutira jamais devant la moindre juridiction. Selon la version officielle, le truand était sorti de sa voiture et tenait un objet en main, mais quoi se dira Martial, un bouquet de fleurs, un ballotin de pralines, un cornet de frites ? On soutiendra que les policiers l'avaient vu esquisser un geste et cela suffira à apaiser les éventuels tiraillements de conscience des patrons de l'appareil policier, ministres inclus. Les conclusions de l'enquête administrative préciseront qu'après la fusillade on avait retrouvé sur le mort une grenade et un pistolet. Personne ne s'inquiétera de leur provenance exacte. Personne ne vérifiera si la grenade était réelle ou factice. Personne n'envisagera une seconde que la victime ne les avait peut-être pas avec elle au moment de mourir.

Sa plainte aura des conséquences supplémentaires. D'abord, l'ancien para se mettra à fumer et à boire pour rattraper le temps perdu. Et son souhait sera exaucé : il sera affecté dès le 1er février à la section mœurs. Direction la gare du Nord. Ensuite, peu désireuse de voir se répéter cette bavure idiote, la hiérarchie proposera à Pol Van Inghelghem de diriger un autre service, celui de la criminelle. Un département où les armes de service ont à peine plus l'occasion d'être utilisées qu'aux mœurs.

Aux alentours du 1er avril de cette année-là, Pol Van Inghelghem emménagera dans son nouveau bureau. Le patron de la Crime fraîchement promu fera deux choses en prenant possession des lieux. Il garnira une vitrine avec les trophées de sa guerre contre la drogue et il affichera au mur un agrandissement photographique de la scène qui lui a valu ce purgatoire. Un agrandissement de belle facture, en noir et blanc. On y aperçoit le cadavre du dealer étendu sur le sol d'une rue proche de la gare du Nord. Autour de lui, de nombreux étuis de cuivre reluisent dans la bruine. Ceux qui regarderont cette photo sans connaître l'histoire seront impressionnés par ces reflets esthétiques provoqués par la pluie. Et ignoreront que ce sont du sang et de la pisse qui font briller si joliment les cartouches.

9

Il ne faut voir aucun hasard dans le choix d'édifier le nouveau palais de justice à l'emplacement de l'antique gibet de Bruxelles.

JOSEPH POELAERT, bâtisseur de cet édifice, à qui l'on doit l'apparition d'une injure dans le dialecte bruxellois, celle d'architecte.

Antoine descend du tram devant le palais de justice, la tête pleine d'un vieil air des Cream, *The Sunshine of Your Love*. Sonia n'est pas étrangère à cet accès de romantisme, la mystérieuse fiancée de *L'Alexandrie* non plus. Hier soir, le petit-fils de Maurits Daillez et l'employée de Gudule se sont encore attardés au deuxième étage. Sonia n'a pas démordu de son hypothèse fleur bleue d'amours contrariées et tragiques. De son côté, Antoine détecte surtout une nouvelle preuve de la duplicité de son grand-père. Il pense à sa grand-mère, morte dans les années 1960 à cause d'un cancer expéditif. Ses grands-parents formaient un couple indissociable, sans une faille où se serait inséré le ciseau de la désunion. Apparemment.

Plus tard dans la soirée, la jeune femme a décidé de ne pas reprendre sa nuit de travail. Ils sont allés dîner d'une pizza, loin du quartier, pour installer le plus de distance avec sa profession. A la fin du repas, Sonia est partie, coupant court aux adieux. Une copine rentrant dormir. Il a failli la retenir, lui proposer de la raccompagner. Sans en avoir l'audace. La situation est insolite. Son récent statut de propriétaire de *L'Alexandrie* ne la met-il pas sous sa subordination, au moins par la bande ? Une avance inconsidérée de sa part ne s'interpréterait-elle pas comme l'expression d'une sorte de droit de cuissage ? Vrai aussi qu'une étreinte rapide aurait des allures de passe, même gratuite. Et Antoine se refuse à devenir client. Dans ce cas, le moindre enlacement devrait être précédé de travaux d'approche permettant de lever toute équivoque à ce sujet, d'éliminer tout soupçon putassier. Bref, ses rapports avec Sonia promettent de ne pas être simples.

Antoine escalade maintenant le perron d'un immeuble moderne jouxtant le palais de justice. Le planton, un bonhomme fatigué en blouse grise d'appariteur, lui marmonne un salut indifférent. Dans l'ascenseur, le journaliste se faufile entre trois inspecteurs, jeans, blouson de cuir, chemise ouverte sur une chaîne argentée, mocassins à glands et chaussettes blanches. L'uniforme de péjiste dernier cri. Les trois baraqués le toisent avec indifférence et reprennent un débat animé sur les mérites comparés des équipes flamandes et wallonnes de foot. Il saisit au vol qu'un certain Van Nieuwenhuise est le roi des libéros.

— Aucune contestation possible.

— Je veux bien, sauf que ce trouduc de francophone joue en Flandre. Moi, j'en ai marre, les clubs flamands n'arrêtent pas de battre les clubs wallons.

— Et alors, ça t'étonne ? C'est toujours pareil, ils ont le fric et savent s'en servir…

Antoine sort de l'ascenseur avant que la discussion ne prenne un tour plus raidement communautaire. A gauche comme à droite, le couloir est vide, les portes fermées. Il en pousse une. Quatre flics fument à la chaîne et tapent la carte. Un tas impressionnant de dossiers a été repoussé pour dégager de la place. Des fardes vert pâle, jaune clair, marronnasses dégorgent de photos, de formulaires, de documents d'apparence juridique. Sur l'autre table de la pièce, la pagaille est encore plus désespérée. Les chemises s'accumulent en dessous et au-dessus du plateau. Derrière cet amoncellement, au moins trois ou quatre piles se sont effondrées, envoyant contre le mur un fatras de papier.

— Faites gaffe, les gars, la presse débarque, lance l'un des quatre individus, moins fringants que ceux de l'ascenseur. L'un de ses collègues boit de la bière au goulot.

— Eh, si vous avez des tuyaux, vous gênez pas. Le secret des sources, ça existe… Bon, votre patron est là ?

— Je vous conduis, lâche le buveur de bière. Attendez-moi, dit-il aux autres en prenant ses cartes avec lui.

— La confiance règne, ricane l'un d'eux.

Le cornac d'Antoine hausse les épaules et sort de la pièce. Il frappe à la porte d'à côté, l'entrebâille, passe la tête, rapide échange, la porte se referme.

— Le chef n'a rien pour vous. Je vous abandonne, hein, mes collègues sont sûrement déjà en train de tricher…

Premier échec dans la tournée quotidienne d'Antoine qui écume tous les matins les locaux de la PJ pour glaner des infos, pêcher un sujet. Se montrer surtout. Ce revers est peu surprenant : le responsable de la section financière n'est jamais très bavard. Antoine reprend l'ascenseur pour continuer ses pérégrinations. Le troisième étage abrite les stups, les mœurs et le groupe d'intervention. L'agitation y est plus palpable. Rien d'anormal cependant, pas d'effervescence particulière signalant les préparatifs d'une opération spectaculaire, une simple journée qui commence. Les retardataires se précipitent vers leur bureau. Les uns et les autres s'échangent des saluts avant de plonger dans leurs procès-verbaux, de filer en planque ou d'interroger l'un des détenus convoyés par les fourgons cellulaires. Les tasses de café s'emplissent. Les réunions s'organisent. Antoine salue des visages connus, encaisse une vanne sur la longueur de ses cheveux, passe devant une pièce. Cinq hommes debout en écoutent un sixième. Un briefing. La porte lui claque sous le nez. La PJ n'est pas précisément une maison de verre. Si les journalistes sont tolérés pendant une heure ou deux le matin, ils ne sont pas pour autant accueillis à dossiers ouverts. Les officiers refilent des infos, mais ce sont des renseignements sous contrôle strict, du presque officiel. En réalité, Antoine cherche surtout à capter un regard amical, quelqu'un qui lui ferait comprendre de lui téléphoner discrètement, plus tard dans la journée.

Etant au bon étage, il ne manque pas de saluer Martial dans son bureau, une pièce minuscule, juste assez grande pour contenir une table et une armoire. Et encore, l'armoire, il doit la contourner pour s'asseoir devant son ami. L'inspecteur n'a rien à lui donner. L'enquête sur Mémé Tartine patine. De toute façon, Van Inghelghem se méfie et garde les détails pour lui. Pour le reste, Bruxelles est calme, pas d'actu à se mettre sous la dent, aucune affaire juteuse. Antoine lui explique alors la visite de *L'Alexandrie*, les mystérieux documents des skins de Gudule, son grand-père et ses nombreuses cachotteries. Et les questions, encore plus nombreuses. Qui était la locataire du dernier étage ? Pourquoi a-t-on assassiné Mémé Tartine ? Ce meurtre se rattache-t-il à *L'Alexandrie* ? A son grand-père peut-être ? Pourquoi avoir conservé cet appartement dans son jus ? Une histoire d'amour pathétique comme le soupçonne Sonia ?

— La belle Sonia… Vous avez lié connaissance, je vois… Ecoute, je te propose de me renseigner à la Crime et on se retrouve ce soir à *La Licorne*, un café à deux pas de *L'Alexandrie*…

— Je te raconterai aussi mon déjeuner au caviar avec Monaco. Un moment surprenant et un éclairage inattendu sur Mémé Tartine…

— Monaco, hein ? Méfie-toi de ce client.

— M'a pas semblé si épouvantable, plutôt charmant même…

— Déconne pas avec lui. Tu ne sais pas combien de vitrines il contrôle, ni combien de filles lui reversent ses cinquante pour cent. Et encore moins le nombre de crânes que l'on peut porter à son actif.

— Oh, n'exagère pas, nous sommes à Bruxelles, pas à Palerme.

— Ton incrédulité me chagrine, riposte Martial. Tu veux une histoire ? Imagine-toi un vétérinaire qui aimait les filles. Il avait de gros moyens mais sa passion pour le cul finissait par lui coûter cher. Il a eu une idée pour joindre l'utile à l'agréable. Pourquoi ne pas monter son propre boxon ? Notre obsédé aurait de la fesse à bas prix tout en réalisant un investissement lucratif.

— Arrête, ça existe ? De braves citoyens tiennent des bordels à la gare du Nord ?

— Le petit commerce ne connaît pas de morale. Parfois, ça se passe sans mal, parfois pas. Le véto a vécu sur un nuage. Il baisait comme jamais et son portefeuille se remplissait. Un jour, les types de Monaco sont venus pour la collecte. Classique, faut raquer mon gars, t'es pas chez toi, on fait *fifty-fifty*. Le véto n'a pas été d'accord. Il s'est un peu emporté et a sorti une massette à cochon, une sorte de lourd marteau avec un bout pointu. Paf dans le crâne de l'un des encaisseurs de Monaco ! L'enfoiré est toujours dans une chaise à roulettes.

— Et alors ?

— L'irascible a disparu du jour au lendemain. Au début, personne ne s'inquiétait, on pensait qu'il se planquait. Une semaine plus tard, alertée par l'odeur, la police de Saint-Josse a fracturé la porte d'une camionnette garée le long d'un terrain vague, à la lisière du quartier des vitrines. Dedans, les flics ont trouvé une tête de cochon. Posée délicatement sur la poitrine du vétérinaire.

— Arrête, j'y crois pas, c'est trop grand-guignolesque ton truc…

— Garanti pur jus. L'affaire était signée, on a retrouvé la massette dans la cabine. Confirmation du médecin légiste : l'outil avait servi à tuer le cochon et le véto.

— Pourquoi vous n'avez pas cravaté Monaco ?

— Toujours la même chanson. Nous devons avoir des preuves avant de traîner quelqu'un aux assises…

Antoine peine à associer l'aimable commensal peu avare de champagne et de caviar avec la canaille impitoyable décrite par Martial. Il n'a pas le temps d'approfondir le portrait du parrain de la gare du Nord. L'un de ses confrères se profile dans l'encadrement de la porte.

— Martial, c'est pas sympa de réserver tes scoops à la concurrence !

Ce journaliste est un vrai flic rentré, une vocation contrariée par on ne sait quel hasard de la vie. Avec son physique de policier soigneusement entretenu, visage fermé, allure décidée, incarnation de l'autorité que confère le port de la carte de service, il franchit sans peine les barrages, pénètre sur les scènes de crime, accompagne les pompiers dans les immeubles incendiés. Bien informé, on le prend rarement en défaut d'ignorance.

Le journaliste-flic se tourne vers Antoine et le prévient que Van Inghelghem veut le voir. Martial paraît un peu étonné.

— Pol n'a pas l'air commode, tu ne lui as pas assez passé la pommade dans ton article sur ta vieille.

Antoine apprécie l'hommage discret. “Sa” vieille. Il perçoit aussi l'agressivité de son concurrent battu sur ce coup-là.

— Merci pour le tuyau, je vais affronter le boss.

Et il salue son confrère d'un large sourire où s'affiche sa victoire inattendue, réservant une mimique complice à Martial pour lui confirmer leur rendez-vous de ce soir.

10

Je dis tout haut ce que tout le monde pense tout bas.

JEAN-MARIE LE PEN, au cours de l'émission *L'Heure de vérité* du 13 février 1984.

Ascenseur, un étage à descendre, Antoine pénètre dans l'antichambre du patron de la Crime, une légère inquiétude au ventre. Le lien entre *L'Alexandrie* et Mémé Tartine risque fort d'avoir insupporté Van Inghelghem. D'où probablement la convocation par confrère interposé. Le factotum l'accueille et décroche le téléphone.

— Votre invité est là. D'accord... Je lui demande d'attendre.

Puis, se tournant vers le journaliste :

— Deux minutes de patience.

Ne voyant pas d'endroit où s'asseoir dans ce réduit encore plus exigu que le bureau de Martial, Antoine reste debout et regarde le palais de justice par la fenêtre. Le monstrueux bâtiment projette vers lui des sphinx menaçants, des têtes de lions féroces, des cariatides vengeresses. Vue d'ici, l'enfilade de colonnes carrées et cylindriques ressemble aux barreaux d'une prison.

— Monsieur Daillez, comment allez-vous ?

Antoine n'en croit pas ses oreilles. Il pensait que Van Inghelghem l'attaquerait bille en tête et voilà tout le contraire, un ton mielleux, prévenant, presque amical.

— Bien, mais l'actualité est d'un calme aujourd'hui…

— Pourtant, ces derniers temps, nous avons connu une recrudescence d'actes de violence, à commencer par l'homicide d'une pauvre vieille sur les voies et le tabassage d'une maquerelle. Je dois aussi constater que l'on vous trouve souvent dans l'environnement immédiat de ces actes répréhensibles…

Van Inghelghem laisse passer un silence. Antoine ne relève pas. Il observe la tenue du flic, chemise Oxford blanche, nœud papillon aux couleurs chamarrées, élégantes molières au pied, costume gris feutre de facture classique. Pas de gourmette, de chevalière, de paquet de Belga filtre qui dépasserait de sa poche. Par rapport à ses collègues croisés dans le bâtiment, le commissaire est un raffiné, c'est sûr.

— Je ne vous ai pas invité pour parler de ces petits tracas. Je voulais vous présenter quelqu'un, suivez-moi.

Les deux hommes franchissent une double porte, dont l'une est rembourrée d'un matelassage vert, gage de confidentialité des conversations et symbole de pouvoir dans l'administration. Ils débouchent dans une vaste pièce de coin. D'un côté, on aperçoit le palais de justice, de l'autre, la place Louise avec ses placards publicitaires au néon trahissant son appétit de ressembler à un endroit comme Leicester Square, ou même Times Square. Les ambitions des villes provinciales sont parfois démesurées. Quant aux ambitions du maître des lieux, elles s'affichent sans vergogne dans son bureau, dévolu à sa gloire. L'agrandissement d'une photo frappe Antoine à cause de son mauvais goût : un cadavre est étalé sur le pavé du quartier Nord, on distingue un bout de vitrine. Autour du corps, une trentaine d'étuis de cartouche dont le cuivre brille sous la pluie. Il se souvient vaguement de ce truand mesrinisé quelques années plus tôt par le commissaire et ses acolytes.

En face de la photo, un meuble vitré dévoile ses faits d'armes, une collection de trophées de tir, un diplôme du FBI, une lettre de félicitations à l'en-tête de la DEA. En s'approchant, Antoine détaille les insignes de plusieurs polices étrangères. Ces bibelots sont exposés là pour établir l'envergure internationale de son hôte. Il note sans surprise la présence d'un écusson des *federales* argentins et un autre des forces de l'ordre philippines. Il n'a pas le temps de vérifier si les emblèmes de la police chilienne complètent cet échantillon de dictatures. Pol Van Inghelghem le prend par le bras pour le conduire vers un salon aménagé dans son bureau. Un homme est assis confortablement dans un divan en cuir.

— Je vous présente Kurt Zomers qui a des choses à vous dire.

Sans ajouter un mot, Pol Van Inghelghem quitte la pièce, comme pour souligner que son rôle se limite à mettre les deux interlocuteurs en présence.

Zomers indique un fauteuil assorti au divan.

— Café ?

Antoine acquiesce. Il s'attendait à du jus de flic, brûlé sur la plaque du perco mais découvre un arabica moelleux, à déguster sans sucre ni lait, servi dans une faïence délicate. Van Inghelghem pousse le raffinement jusqu'à la préciosité. Zomers sirote une gorgée de café et commence.

— Je milite dans un parti politique fondé récemment par un défenseur dévoué de la cause flamande, Karel Verdriet. Vous connaissez certainement ce nom. Notre parti a mauvaise presse, je vous le concède, très à droite, très nationaliste. Nos ennemis nous considèrent même comme des nostalgiques de l'Occupation. Des fascistes pour tout dire.

Zomers lève les yeux au ciel.

— Sous l'impulsion de Karel Verdriet, nous nous sommes engagés dans une rénovation en profondeur de notre organisation. Nos idées gagnent du terrain, s'insinuent dans la société. Les gens sont clairvoyants, ils en ont assez. Mais nous ne voulons pas les effrayer avec des vieilleries d'un passé révolu, et bien révolu, monsieur Daillez, je vous prie de le croire. D'ailleurs, nous ne sommes pas fanatiques. Est-ce que moi, Flamand nationaliste, je ne m'adresse pas à vous dans un français décent, permettez-moi de m'en flatter ?

— En effet, votre français est impeccable, répond Antoine, surpris par la tournure de la conversation.

— Je vous remercie. Bon, ces idées un peu rudes, nous sommes occupés à les lisser, à les polir. Pas pour les émasculer (rire discret). Non. Pour les rendre plus efficaces. Nous nous inspirons de ce qui se passe de l'autre côté de la frontière, en France. Vous savez, Jean-Marie et son Front. Ce grand leader a eu l'intelligence de le comprendre. L'heure n'est plus aux invectives. S'il faut clamer tout haut ce que tout le monde pense tout bas, mieux vaut prendre des pincettes. Rester fidèle à ses convictions, soit, mais adoucir le ton, sourire aux masses.

Cela dit en montrant comment faire, en affichant une rangée de dents éclatantes.

— Voyez-vous, monsieur Daillez, ma tâche est ambitieuse. Je vous fixe rendez-vous dans dix ans. Je vous le prédis : à ce moment-là, nous jouerons un rôle majeur en Flandre. Justement, rendez-moi ce service, ne me compliquez pas ma mission.

Antoine est largué. Comment, fait diversier de base, travaillant pour un journal dont la politique n'est pas le fonds de commerce, pourrait-il gêner, même en rêve, les menées délétères de l'aventurier posé devant lui ?

— Désolé, je ne pige pas…

— Vous allez comprendre. Les plus anciens de nos militants appréciaient l'action de votre grand-père sous l'Occupation. Mais peu avant la Libération il a déserté notre combat en emportant une certaine documentation. Ces papiers ne doivent pas échouer entre des mains malintentionnées. Je refuse de voir réapparaître ce passé regrettable. Donc, Maurits venant de disparaître, et je vous transmets mes condoléances les plus sincères, je suis convaincu que vous avez hérité de ces documents.

— Je regrette, ce n'est pas le cas. Croyez-moi.

— Vous n'avez sans doute pas eu le temps de débrouiller la succession. Quand vous les aurez trouvés, appelez-moi. Voici ma carte.

Antoine la prend en main. Lisse comme son propriétaire, elle ne porte pas de lettres gravées, pas de sigle non plus. Juste son nom et son numéro de téléphone. Ce côté poli, Antoine en a marre.

— Cher monsieur, ma profession obéit à des règles. Toute information dont j'ai connaissance doit être publiée. Ces documents, je vous le répète, je ne les possède pas. Et si je les avais, je les divulguerais sans hésiter à mes lecteurs.

Antoine se lassait de l'onctuosité policée de Zomers ; il n'est pas déçu de la transformation. Le politicien se crispe comme si son interlocuteur l'avait menacé d'une comparution immédiate devant l'une de ces cours militaires qui jugeaient les inciviques à la fin de la guerre.

— Je vous mets en garde, monsieur Daillez. Celui qui aura le plus à perdre, ce sera votre grand-père. Vous allez salir sa mémoire, raviver un passé dans lequel il n'a pas eu le beau rôle selon les canons en vigueur aujourd'hui. Et je passe sur son bordel... Faites confiance à la clique enjuivée pour sauter sur l'occasion, pour remuer toute la merde de ces années-là. Parlez de lui dans votre canard, de ce proxénète collabo, et vous les verrez saliver, trépigner devant la porte du placard aux cadavres... Ouvrez-la avec eux cette porte et vous irez audevant de graves ennuis. Et ce lupanar dont vous êtes désormais propriétaire… Vous croyez que la PJ raffole des maquereaux ? N'espérez pas la moindre indulgence de la part de Pol Van Inghelghem, un homme qui a des convictions, lui.

Antoine est piqué au vif. Certaines épithètes sonnent comme des injures. Proxénète, mac, collabo. Pourquoi collabo d'abord ?

— Je vous interdis de salir la mémoire de mon grand-père. Et sachez-le, jamais je ne traiterai avec des fachos.

Alors, résistant à l'envie d'envoyer par terre le service en porcelaine, le journaliste se lève et sort sans plus un mot pour le nationaliste. Dans le couloir, il tombe sur Pol Van Inghelghem. Remarquant son air furibond, le commissaire s'abstient de croiser son regard. Antoine fonce vers l'ascenseur. Encore un courageux, pense-t-il, pas certain de l'être tellement plus. La crainte de se disqualifier définitivement à la PJ le retient. Sinon, il saluerait en lui l'homme qui a des convictions. Et lui dirait où il peut se les carrer, ses convictions.

11

Grâce à notre ingénieuse cassette, vous n'abîmerez plus votre vernis à ongles en remplaçant le ruban.

Extrait d'une publicité pour l'IBM Selectric.

Antoine est perplexe. Assis derrière sa machine à écrire, il regarde les deux rouleaux de caoutchouc entre lesquels devrait s'insérer une feuille. Ses poignets, appuyés contre le bord du bureau, sont inertes et ses doigts reposent, immobiles, sur le plateau. Le clavier se laisse obligeamment contempler mais aimerait un peu d'animation. Avec ses touches si confortables en regard des Olympia et autres Impérial mécaniques, il n'attend qu'un délicat pianotement pour actionner la boule magique portant les caractères. Or, le courant électrique parcourt inutilement les circuits de la machine avec un léger bourdonnement, seul signe d'activité de l'IBM Selectric.

En ce mardi après-midi, Antoine s'abandonnerait volontiers à la tentation de la paresse. Encore faudrait-il avoir la satisfaction du devoir accompli. Depuis son passage à la PJ ce matin, sa moisson se résume à un misérable feuillet et demi de brèves. Ce n'est pas l'angoisse de la feuille blanche qui le paralyse. Simplement, Bruxelles se la joue oisive au rayon des crimes et délits.

Il devra pourtant bien dégotter une idée, créer l'événement si celui-ci s'obstine à rester dans les limbes. Son rédacteur en chef ne va pas se contenter de deux mille malheureux caractères pour remplir ses colonnes. Et puis, Antoine voudrait de l'action. Il en a assez de ruminer ses inquiétudes vert-de-gris, de s'interroger sur le tudesque passé de Maurits Daillez, de ressasser sa colère contre le flic de la criminelle et son pote facho. D'ailleurs, ce n'est pas leur manège qui lui donnerait matière à article. Van Inghelghem s'est borné à mettre son entregent à la disposition d'un jeune journaliste, à glisser un peu d'huile dans la machinerie des rapports humains. Pas de quoi déclencher un séisme à la PJ. Les commissaires ont des amitiés autrement sulfureuses, à commencer par certains avocats équivoques et quelques faisans de haute volée. Quant au déballage sur les accointances supposées de son grand-père avec l'occupant, Antoine se refuse à lever ce coin du voile dans son journal, faute d'informations plus solides. Trop privé. Et pas d'info égale pas de texte. Même pas un paragraphe dans un papier de suivi sur le meurtre de Mémé Tartine.

Mémé Tartine. Par l'effet du désœuvrement, il est hanté depuis tout à l'heure par les souvenirs de la voie de chemin de fer. La bottine, les menottes, le sang, les bouts de chair et d'os concassés par le passage de la loco. Le cheminot. L'idée qui lui était venue ce soir-là, trois jours déjà. Une interview de ce type, embarqué à l'hosto pour grave commotion psychologique. Antoine marche dans la pièce pour aider ses neurones à retrouver une activité. Dehors, le temps s'est mis au glacial. Après l'intermède lumineux d'hier, les nuages sont revenus monopoliser le ciel bruxellois. Un papier magazine sur le sujet. Le choc d'avoir tué quelqu'un. Comment reprendre les manettes de sa motrice après avoir roulé sur un être humain ? Faute de mieux, cela devrait intéresser son rédac-chef. Cela devrait aussi l'extraire de son apathie.

D'abord, trouver les coordonnées du conducteur auprès d'un syndicaliste de la compagnie des chemins de fer qui lui doit un service. Antoine a récemment pris sa défense dans une histoire de détournement de timbres syndicaux dont il était accusé à tort. Le permanent le rappelle un quart d'heure plus tard avec l'adresse et le numéro de téléphone.

— Tiens-moi au courant, lui dit son correspondant. On est un peu inquiet ici, on n'a aucune nouvelle. Et vas-y mollo dans ton article, ne l'accable pas. C'est toujours pareil. La priorité de nos patrons, c'est de faire circuler les convois, cadavres encombrants sur la voie ou pas. La dictature de l'indicateur…

Antoine lui promet de manier son affilié avec des pincettes. Il appelle le numéro indiqué, aucune réponse. Instant d'indécision. Pourquoi ne pas se rendre chez lui d'autorité ? Le cheminot habite à deux pas, résidence Nord, une cage à poules de quatre-vingts mètres de haut. Une tour plantée là pour adoucir le sort des victimes de la destruction du quartier, pour cause de construction d'hypothétiques bureaux. En compensation, les promoteurs s'étaient engagés à bâtir du logement. En réalité, des clapiers bricolés sans soin, à la va-vite.

Arrivé au pied de l'immeuble, après avoir pris la rue du Progrès puis longé la gare du Nord, Antoine profite de la sortie d'un locataire pour se faufiler à l'intérieur. Neuvième étage. Le cheminot doit avoir une vue imprenable sur le théâtre de ses exploits. L'idéal pour se remonter le moral... De fait, quand il ouvre la porte de sa piaule, l'homme semble en mauvais état avec sa gueule de déterré, des cernes jusqu'au menton, les yeux éclatés. Grand, dégingandé, le fonctionnaire des chemins de fer a une trentaine d'années. On se serait attendu à une présence plus physique, à une musculature prolétarienne, comme les chauffeurs des locos à vapeur. Par l'entrebâillement, Antoine aperçoit quelques bouteilles vides sur une table du salon. L'échalas porte un maillot de corps taché et un pantalon de jogging. Les pieds nus, il tient un verre à demi plein dans la main. Le liquide pétille et dégage une forte odeur de gin.

— C'est pour quoi ?

Antoine se présente rapidement.

— Je suis journaliste, j'étais sur les voies samedi soir, la vieille femme. J'aimerais parler avec vous de ce drame.

— M'intéresse pas !

Son haleine pue l'alcool et le désarroi moral. Antoine aligne les phrases de son futur article dans sa tête en se demandant quelle pourrait bien être l'odeur de la misère de l'âme. Un problème de métaphore à régler plus tard. Pour l'heure, la priorité est de vaincre les réticences de son interlocuteur.

— Attendez ! Vous devez raconter votre histoire. Le public a le droit de savoir. En parlant, vous vous libérerez. Vous irez mieux après, croyez-moi…

Il insiste encore. Ce n'est pas son premier porte-à-porte : les mots viennent tout seuls.

— Je vous l'assure, je comprends votre désarroi. Je suis de votre côté et je vous promets un bel article, sans trahir votre pensée. Vous, seulement vous, et vos commentaires.

Comme c'est fréquemment le cas, son laïus porte ses fruits. Quelques arguments hypocrites plus tard, le témoin hostile accepte de se transformer en auditeur passif. Puis lâche pied. Antoine n'a pas encore élucidé le mystère. L'envie de voir son nom publié dans le journal peut-être. Une lassitude profonde, un trop-plein de découragement qui empêchent ces victimes ou ces proches de victimes d'avoir des réactions normales. Ou simplement le besoin de parler, de transmettre son chagrin, d'épancher sa douleur. Antoine préfère croire à cette dernière hypothèse. Elle atténue son impression de grappiller les miettes d'un drame humain pour les jeter en pâture à ses lecteurs. Il lui vient aussi à l'esprit que Sonia et lui partagent un point commun dans leur profession respective : le faux-semblant. Lui mime la compassion, l'empathie pour mieux conduire ses interlocuteurs sur la voie de la confession. L'hôtesse de *L'Alexandrie* plagie les gestes de l'amour.

Le cheminot finit donc par abdiquer toute résistance et lui ouvre sa porte. Il rejoint son canapé, vide son verre d'une gorgée, y verse un long trait de gin, décapsule une bouteille de tonic, fait l'appoint et soupire. Au moment de s'installer, Antoine s'approche discrètement de la fenêtre du salon. Rapide coup d'œil. Un peu avant l'entrée en gare, le journaliste distingue très clairement l'endroit où son hôte a pulvérisé Mémé Tartine. Il se retourne vers le responsable de cette bouillie tout en s'interdisant de lui parler sur ce ton. A voir son état, son vis-à-vis en serait bon pour un séjour de quinze jours dans l'annexe psychiatrique de l'hôpital le plus proche. Il l'entreprend plus gentiment.

— Prenez votre temps, racontez-moi ce qui s'est passé.

Sans plus de résistance, le malheureux déballe son histoire.

— Je roulais peinard et d'un seul coup je l'ai vue. Je lui passais dessus avant de réagir.

— Vous ne pouviez pas vous arrêter ?

— Impossible. La formule mathématique existe. Je pourrais effectuer le calcul pour vous le démontrer. Personne ne peut stopper trois mille cinq cents chevaux lancés à quarante kilomètres à l'heure sans une confortable distance de freinage.

Nouvelle gorgée.

— Les chiffres ne mentent pas, monsieur. Je n'avais pas le choix.

— Je vous comprends, vous n'êtes pas responsable.

— Bordel, ça me fait une belle jambe ! La loco, c'est foutu pour moi ! Plus question de courir le risque de tuer quelqu'un. J'ai même plus envie de conduire ma bagnole.

— Si ça peut vous consoler, la pauvre a été assassinée. On l'a ligotée sur vos rails. Alors, ne vous mettez pas dans des états pareils…

Pour toute réponse, l'autre saisit un bout de tissu peu identifiable et se mouche bruyamment. Saisi par la détresse du cheminot, Antoine l'interroge sur l'attitude de la compagnie des chemins de fer.

— Vous êtes aidé ? Vous avez une assistance psychologique ?

— Vous voulez rire ? J'ai eu peau de balle. Depuis ma sortie de l'hôpital, je n'ai aucun soutien, aucune aide. Ils me laissent tous tomber, les salauds. Je dois reprendre le boulot demain. On n'a droit qu'à trois jours de repos, dimanche compris, après ce genre d'événement. Comment je vais faire ? Je suis obligé de me mettre en congé maladie. Mon chef me collera un rapport, ça ne ratera pas…

Antoine est ulcéré par tant d'insensibilité de la part des chemins de fer. Il est ravi aussi : son papier est dans la poche. Pour évacuer un très net sentiment de culpabilité, il promet au cheminot de lui envoyer un psy.

— Ne vous inquiétez pas pour la facture, c'est un copain. De toute façon, le journal le défraiera. Et je vous le garantis, mon article va les secouer, à la compagnie. Je crois même que nous décrocherons la une.

12

Doctor Livingstone, I presume ?

HENRY MORTON STANLEY, envoyé spécial du roi Léopold II, formule de politesse qui marqua le coup d'envoi de la colonisation du Congo dépourvue, elle, de toute urbanité.

Après avoir déposé son article incendiaire contre les chemins de fer, Antoine quitte le journal. Son interview aura bien droit aux honneurs de la une, en bas de page, un gros titre dans un encadré gras renvoyant à la rubrique des faits divers. “Meurtre de Mémé Tartine : une deuxième victime ?” Sans se presser, il marche le long de la rue du Progrès pour rejoindre *La Licorne*, le café où Martial lui a donné rendez-vous ce matin. Il ne résiste pas à la tentation de divaguer vers la rue de la Bienfaisance. Le rideau de *L'Alexandrie* est fermé. Sonia et sa consœur Lydia travaillent. L'horrible expression des habitués du quartier lui revient à l'esprit : l'hôtesse est “en mains”.

Antoine se demande si le bonheur de se glisser entre ses mains lui viendra un jour. Dans un vrai lit et pas sur l'infâme couche du bordel de son grand-père.

Un peu déçu, il s'en retourne vers la rue du Progrès. La Kadett de la PJ est garée juste en face de *La Licorne.* Cette *Licorne* n'aurait rien d'engageant aux yeux d'un quidam qui ne chercherait pas l'oubli dans l'ingestion d'une quantité excessive de bière. L'endroit n'aurait rien de séduisant non plus pour Antoine, s'il n'aspirait à en boire quelques-unes pour effacer les miasmes de la lointaine Seconde Guerre mondiale. Dans la salle, une foule interlope picole, mange, danse, s'amuse et vaque à diverses occupations pernicieuses. A travers un brouillard de fumée, Antoine discerne Martial attablé entre deux Zaïroises. Au rayon des charmes, ces deux-là ne rendent rien à la Schéhérazade d'hier après-midi. Leur sex-appeal transperce, avec une évidence fulgurante, la brume produite à flots épais par les Marlboro, les Gauloises et autres Johnson sans filtre. Il pousse la porte de *La Licorne* sans plus hésiter. La musique n'est pas si atroce. Une rengaine raisonnablement rock de Simple Minds fait se chalouper des couples s'étreignant à pleines paluches entre les tables. Il parvient à se glisser jusqu'à Martial dont l'attitude n'est aucunement lascive alors même qu'il est coincé entre deux incarnations du péché de chair. Antoine ne peut s'empêcher de s'attarder sur leurs courbes provocantes, à peine dissimulées par un mini-boubou aux couleurs aussi acidulées que leur rouge à lèvres. Martial lui jette un regard noir.

— Je te présente Marie-Rose et Immaculée, deux copines, et je te défends de les fixer avec ces yeux-là en ma présence, lui lance-t-il.

Les deux poupées éclatent de rire. Celle de gauche prend la main d'Antoine et lui dit de ne pas écouter ce vieux rabat-joie.

— Nous allons rouler tous les trois dans la soie pendant la nuit entière si tu le désires.

La vénus noire lui énonce quelques invites plus explicites, détaillant certaines spécialités qui, à l'entendre, se pratiquent à la cour du citoyen-président. Le maréchal en connaît un bout sur la question... Ses stimulations deviennent trop précises. Pour un peu, Antoine abandonnerait là Martial et s'enfuirait avec Marie-Rose et Immaculée.

— Les filles, on vous laisse bosser, coupe l'inspecteur. Je m'occupe de calmer les ardeurs du ci-devant *bwana kitoko*.

Marie-Rose et Immaculée se lèvent, plaquent un bisou affectueux sur la joue des deux hommes et s'en vont traquer le client pour gagner leur nuit.

— T'as faim ? demande Martial, je te réserve une surprise, tu vas voir. Comme au temps des colonies, un vrai régal.

Si le passé familial d'Antoine n'est depuis peu pas très clair, il est resté fort éloigné de cette Afrique qui hante encore les fantasmes de nombre de ses concitoyens. Aucun Daillez parmi les petits Belges qui se sont englués dans le rêve noir et partirent au Congo pour y chercher gloire, fortune, rédemption, ou simplement y jouir des voluptés de la supériorité bien-pensante sur un peuple asservi. Dans son enfance, son seul contact avec l'Afrique, c'était ce nègre en porcelaine dont la panse était fendue d'un orifice. La tirelire trônait sur l'étagère de verre de la boulangerie : on était invité à y glisser une pièce pour soutenir une quelconque œuvre missionnaire.

Martial revient du fond de la salle avec des assiettes en plastique dont le contenu déborde. Il dépose sa charge sur la table, déjà embouteillée par les pils apportées par la serveuse, une Flamande d'une cinquantaine d'années vêtue d'une robe de service noire en synthétique. Son tablier blanc en fausse dentelle lui fait comme un napperon sur le guéridon de ses jambes variqueuses.

— C'est quoi ? demande Antoine, invariablement méfiant devant les dérapages gastronomiques de l'inspecteur.

Dans le brouet brun-jaune barbotent des morceaux de viande blanche. Voisinent une louche de riz et un tas d'herbes vert foncé. Cela ressemble à des épinards ; le végétal a l'air plus dur, plus filandreux.

— De la *moambe*. Goûte, c'est délicieux. Le poulet a cuit dans un bouillon d'huile de palme. Le vert, là, c'est du *saka saka*, c'est-à-dire des jeunes pousses de feuilles de manioc. Maintenant, si tu veux savoir comment ça se prépare exactement, interroge les mamas là-bas.

Martial indique trois grands-mères, la soixantaine bien tassée, fichu sur le crâne et boubou leur tombant sur les pieds. Installées derrière d'énormes casseroles en alu, comme celles des bidasses en campagne, les mamas organisent la distribution à des consœurs de Marie-Rose et d'Immaculée. Plusieurs Blanches se mêlent au groupe, des clients de passage aussi. Tout ce petit monde jacasse, s'empiffre, fraternise autour de la *moambe* sans arrière-pensée. Un moment privilégié. Une vision d'une Afrique conviviale qui parvient à charmer Antoine.

— Ici, la pause des tapineuses a plus de gueule que le jambon-beurre et le demi à Pigalle, ajoute Martial balançant, à l'instar de nombreux Bruxellois, entre admiration et détestation par rapport à Paris. Même promue au rang de capitale européenne, leur ville ne s'affranchira jamais de son complexe provincial.

Antoine plonge sa fourchette dans le mélange, apprécie le parfum fort de la noix de palme, est ravi d'éprouver la saveur amère des feuilles de manioc, une amertume complétant idéalement celle du houblon. Il en redemanderait mais les cuisinières remballent leurs casseroles et désertent *La Licorne*.

— Ne t'étonne pas, à cette heure-ci dans le quartier, c'est le coup de feu. Mi-maquerelles, mi-travailleuses sociales, les mamas veillent au grain. Pas question de ralentir le rythme…

De fait, les filles, Ghanéennes ou Zaïroises, retendent leur tenue sur leurs rondeurs et sortent du café pour rejoindre le lieu de leur turbin. En l'occurrence, pour la majorité d'entre elles, un bout de trottoir. Quelques-unes seulement iront en vitrine et Antoine constate avec sollicitude que les tapineuses sont à peine vêtues pour affronter le froid et la pluie, de pauvres ombrelles, l'une ou l'autre veste légère, parfois une vague étole synthétique… Par un phénomène bien connu des experts de la libido humaine, cette préoccupation pour ces jeunes femmes, cette empathie à leur égard, casse net tout érotisme.

C'est comme si le désir des hommes, y compris le sien hier pour sa Schéhérazade, ou tout à l'heure pour les copines de Martial, ne pouvait fonctionner dans ces lieux qu'à la condition d'être désincarné, de viser des êtres désanimés. Des objets, quoi, dit-il à son ami qui lui jette en retour un regard du style, t'as mis le temps à piger, en voilà une vraie découverte. Et Martial commande derechef deux nouvelles chopes.

— Passons à des considérations moins oiseuses si tu veux bien.

Antoine se tait. Il aurait aimé continuer sur sa lancée, parler de Sonia, de ses espérances aux contours pas très définis, de son désir de rapprochement, après on verrait bien. Mais il redoute d'entendre le flic des mœurs casser son enthousiasme en lui servant un sermon moralisateur sur la profession de la demoiselle. De son côté, Martial a autre chose en tête que les cas de conscience libidinaux du journaliste.

— Vas-y, pose-la-moi, ta question. Les peintres de l'autre jour à *L'Alexandrie*, ça ne m'évoque rien ? Et les fachos qui ont martyrisé Gudule, je ne les aurais pas croisés à la glorieuse époque de la Ligue de la jeunesse ?

— Je ne te l'aurais pas demandé de façon aussi directe. Mais puisque tu insistes..., répond Antoine en se remémorant sa première rencontre avec Martial.

Un Martial très différent de l'actuel, moins empâté, plus militaire, coupe para, énergique, tous muscles dehors. C'était près de cinq ans plus tôt, à la mi-janvier 1980. Antoine avait vingt ans, Martial approchait déjà le cap de la quarantaine. Antoine avait trop lu Céline, Brasillach, Drieu, Chardonne, toute la bande quoi, même un peu de Bardèche, c'est dire. Pour un travail commandé par un prof de socio, il s'était mis en tête de raconter le parcours d'un militant d'extrême droite. Cette idée lui avait paru être le comble de la provocation face au fatras gauchisant qui avait, à son estime, gagné l'université dix ans après Mai 68. Une vraie idée à la con, juge-t-il aujourd'hui.

Bref, l'étudiant avait frappé à la porte de la Ligue de la jeunesse, la LJ. Il avait assisté un samedi soir à une réunion, avec une intervention d'un responsable sur un problème de crottes de chien qui maculent les trottoirs, des imprécations sur l'odeur censément insupportable de voisins immigrés, des discours sur le chômage dont la responsabilité incombe évidemment à ces mêmes immigrés, une envolée sur leurs méfaits supposés contraignant les malheureux Belges à se calfeutrer dans la sécurité de leur foyer, des invectives contre la clique des dirigeants du pays aux ordres des Soviets… Un communiqué furieux avait été rédigé pour protester contre l'odieux attentat dont la gendarmerie s'était rendue coupable à l'encontre d'un brave militant qui contre-manifestait pendant un défilé de gauchistes. Enfin, un vin d'honneur avait été servi, concluant une réunion somme toute emmerdante.

Antoine s'était attendu à participer à une assemblée de séditieux, à la lueur des torches, avec des paroles claquant comme des coups de feu, un folklore germanique, Walhalla, runes et Walkyries délirantes. La soirée lui avait semblé témoigner avant tout d'un racisme ordinaire, au ras des agaceries entre voisins. Déçu, en manque de sensations fortes, il s'était adressé au premier type d'apparence fréquentable et lui avait exposé son projet de travail pour sa faculté de journalisme. C'était Martial.

— Ne t'y fie pas, lui avait-il dit un peu plus tard, dans un café des environs. Pour l'action, tu devrais venir à un autre moment. Dans ces réunions publiques, ces mecs conservent un profil bas à cause des indics. Mais à certaines occasions ils y mettent du cœur pour casser du gauchiste, bastonner du syndicaliste. Crois-moi, dans ces moments-là, l'ambiance est plus électrique. Et si tu veux les entendre dégoiser leurs hystéries hitlériennes, si ça t'intéresse d'écouter leurs éructations racistes, pas des commentaires misérables sur la puanteur des cages d'escalier, tu vas devoir montrer patte blanche, exhiber tes beaux yeux bleus et raser tes cheveux.

Antoine avait été surpris par la hargne de Martial.

— Je suis sur le point de les plaquer, lui avait expliqué ce militant très peu convaincu en définitive. Plusieurs de mes collègues sont des adorateurs de la croix celtique. J'ai cru normal de les accompagner dans leurs dévotions. Je me suis gouré.

Antoine avait planté là son projet, préférant un sujet moins sulfureux sur les pertes de productivité induites par le malaise des cadres. Il s'était lié à Martial et l'avait revu fréquemment, sans jamais percer les mystères de sa conversion subite. Radicale aussi. Car, si son récent ami ne vantait plus les mérites d'un ordre nouveau, ni d'aucune autre idéologie, il avait aussi perdu tout ce qui était tranchant, dur, sportif dans son allure. Le flic s'était mis à la bière, au tabac, s'était laissé pousser les cheveux, avait pris du bide et ne sortait plus son 9 mm de son étui. Pour finir, le spécialiste des stups avait été viré de sa prestigieuse brigade pour échouer dans celle des mœurs.

— Désolé, c'est non, tranche Martial. Je n'ai pas croisé ces skins au temps de la LJ. Inconnus au bataillon.

Le journaliste est un peu déçu. Connaître le nom de ces nervis lui aurait donné l'impression d'avancer. Une impression très relative cependant. Cette information n'aurait en aucune façon éclairé la rencontre de Zomers ce matin. Antoine raconte cette déconcertante entrevue. Déconcertante parce qu'elle a eu lieu dans le bureau du patron de la Crime. Son ami n'est pas excessivement surpris.

— Certains de mes collègues jouent la carte partisane. D'ordinaire, ces arrivistes affichent des convictions prudentes et choisissent un parti solidement installé au pouvoir. Ou assuré d'y revenir. Tu t'en doutes, leur opportunisme les conduit souvent très haut dans la hiérarchie.

— Dans une perspective carriériste, la formation sur laquelle Van Inghelghem a jeté son dévolu témoigne de sa part d'un choix plus risqué, non ?

— Exact, mais il s'est toujours fermement rangé dans le camp des défenseurs de l'ordre. De là à promouvoir un Ordre nouveau… Au fond, notre courageux commissaire agit peut-être par conviction…

— C'est pas tellement mieux !

— Bon, et les documents de Zomers, ce sont ceux que réclamaient les skins à Gudule lundi matin ?

— Je n'en ai aucune idée. Je ne sais même pas à quoi ils ressemblent… Si tu as une suggestion, je suis ouvert…

— A ce stade, compte pas sur moi !

— Par acquit de conscience, j'ai téléphoné à mon notaire ce matin, après mon passage à la PJ.

— T'espérais quoi ? Ton grand-père lui aurait confié une enveloppe à ouvrir après sa mort ? Laisse-moi rigoler…

— Il s'est lui aussi foutu de ma gueule, enfin, de façon plus polie. Il était un peu vexé, comme si je lui reprochais de m'avoir caché des choses dans le règlement de la succession. Résultat : néant. Je lui ai arraché la promesse d'effectuer des recherches supplémentaires. J'aurai des nouvelles demain ou après-demain.

— T'attends pas à des miracles…

— Je n'en reviens pas, reprend Antoine. Mon grand-père, je ne le voyais pas en flamingant frayant avec des collabos. Tu sais qu'il dirigeait la filiale belge d'une multinationale pétrolière. Un vrai PDG jusqu'au bout des ongles, costard trois-pièces, cigare et limousine. Il avait cependant une marotte inhabituelle, un passe-temps qui lui rendait un peu d'humanité. Cet hurluberlu se piquait d'écrire des poèmes, des quatrains parfois rigolos, parfois tragiques.

— Des textes séditieux peut-être ?

— Non, pas un vers plus haut que l'autre. Aucune allusion au nationalisme flamand, pas la moindre description de canaux, de rangées de peupliers, de beffrois ou de je ne sais quels ingrédients du folklore paysager de la Flandre. D'ailleurs, c'est bien simple, il ne parlait plus néerlandais qu'au travail.

Silence d'Antoine, Martial en profite pour commander deux bières.

— Ton aïeul avait des côtés bizarres, dit le flic.

— Sa personnalité m'échappe totalement. Ses activités pendant la guerre aussi... Je veux en avoir le cœur net sur le milieu des volontaires du front de l'Est. J'ai téléphoné cet après-midi au département d'histoire de l'université de Louvain-la-Neuve. On m'a indiqué le nom d'un certain Piotr Bogdanovitch. J'ai rendez-vous avec lui jeudi.

— Bonne idée. Te rapprocheras-tu pour autant des documents ?

— Je l'espère.

Depuis le départ des distributrices de *moambe*, l'ambiance s'est apaisée dans *La Licorne*. Du juke-box suinte pour la cinquième fois d'affilée la voix vibrante de Michel Sardou. Entre les tables du café, un couple s'obstine à se déhancher sur l'air des *Lacs du Connemara*. Ensachée dans une robe à fleurs, la femme tète les Picon bières comme si elle était condamnée à entrer demain matin en cure de sevrage. Ses traits sont alourdis, des cheveux sales collent sur son front. Son cavalier est un jeune mec imberbe, veste et pantalon en jeans, tignasse crade, plutôt pas mal mais avec cet air de va-te-faire-foutre du voyou déjà chevronné. Ils dansent ensemble, étroitement enlacés. Elle le serre contre ses mamelles, lui suit le rythme, perdu dans ces chairs débordantes.

— En voilà deux qui nagent dans le bonheur, ricane Martial.

Ils ne sont pas les seuls à se noyer sinon dans le bonheur, du moins dans l'ivresse. Aux tables, une population de cirrhotiques sirote des babies, des chopes, et quelques mélanges plus bizarres. Ailleurs dans le quartier de la gare du Nord, l'agitation continue, mais à cette heure-ci les noceurs en vadrouille ne se hasardent plus à *La Licorne*, les filles ne viennent plus y racoler. L'alcool coule maintenant sans joie, sans exubérance. Uniquement pour asphyxier le désespoir qui s'exacerbe avec l'avancement de la nuit. Miraculeusement pour les oreilles d'Antoine, à court de pièces, ou simplement assoiffé, le couple finit par se rasseoir. Un autre consommateur se lève et sélectionne *Against the Wind* de Bob Seger. Ce morceau un peu nostalgique remonte à cinq ou six ans et parle des vents debout que l'on n'apprend jamais vraiment à affronter, même en mûrissant. Et que la bière ne réussira jamais non plus à faire retomber.

13

Ne confondez pas strontzak, *sac à merde, et* strontzat, *sac à vin.*

Dictionnaire flamand-français des faux amis.

Antoine remonte péniblement les rues de Saint-Josse dans la direction générale de son domicile. Martial et lui ont quitté *La Licorne* à l'heure où les polices cessent leurs patrouilles pour attendre la relève au chaud. Il a refusé d'être reconduit en Kadett. Marcher le requinquerait... Il s'est enfilé un dénivelé de cinquante mètres depuis la rue du Progrès, cinquante mètres gravis en ahanant avec l'impression désagréable de tanguer. Les chopes bues dansent la sarabande dans ses tripes. Et l'amertume du *saka saka* rend le cours de sa digestion chaotique. Des contractions de son estomac expulsent des bulles de gaz qui roulent dans sa bouche avant de s'échapper à l'extérieur avec de petits bruits de pets. Tout cela est très aigre, très acide.

D'un pas toujours aussi mal assuré, Antoine arrive près de chez lui. Il n'a croisé personne de vivant après avoir quitté le quartier de la gare du Nord, vidé de ses derniers fêtards. Deux ou trois voitures l'ont dépassé à haute vitesse sur le boulevard du Jardin-Botanique. Mais depuis c'est le calme plat. Pas celui d'avant les tempêtes. Celui des honnêtes gens récupérant leur fatigue de la journée. Dans un lit. Comme le sien. Tout près, mais derrière une porte désespérément close. Antoine ne manque pas de lucidité, c'est juste qu'il n'y voit plus très clair. Alors, dénicher ses clés, extraire le bon sésame du trousseau, viser la serrure dans la faible clarté dispensée par l'éclairage public, tenter d'enfiler la clé plate dans le chas de l'huis, rien de plus malaisé. Concentré sur cette mission presque impossible, il est pris au dépourvu par le premier coup.

L'agresseur a frappé dans les reins avec quoi, un poing, un bâton, une matraque, une barre à mine ? Antoine ne le saura jamais. Le choc et la douleur mettent un terme brutal au dilemme de son système digestif, garder ou ne pas garder ce qui tourne depuis tout à l'heure entre œsophage et intestin. Un spasme le libère. Il vomit d'un seul jet une quantité appréciable de liquide.

— Le dégueulasse, dit une voix.

La projection est si vive que le cogneur en retrouve ses baskets maculées. Des Stan Smith blanc et vert, constate Antoine en s'écroulant sur le trottoir. Lui-même n'a pu éviter la flaque et baigne dans une substance répugnante. Le magma est à lui, pas de doute. Le vert printanier du *saka saka* est très reconnaissable. Pour la deuxième fois, un objet non identifié, une Stan Smith ? le frappe du côté du foie, avec une rage excessive provoquée par la pollution infligée à ces magnifiques chaussures. Je ne vais pas bien, se dit-il sans crier pour autant. Le premier hurlement de surprise et de douleur mêlées qu'il s'apprêtait à pousser n'a pu sortir du larynx, inondé par la gerbe. Le silence reste donc complet dans la rue, l'agresseur prenant garde de ne pas faire de bruit pour n'alerter personne, aidé en cela par ses Stan Smith. Des chaussures de sport formidablement silencieuses, remarque Antoine. Il n'entend pas un deuxième homme s'approcher, lui aussi peut-être chaussé de ces baskets, enfin mieux vaudrait parler en l'occurrence de tennis a-t-il le temps de songer avant le nouveau coup. Et un nouveau spasme. Plus rien à expulser. Je vais de plus en plus mal, s'avise-t-il. Encore un comme ça et j'éteins la lumière, j'enlève le fusible général, je m'endors.

Vient un quatrième coup. Celui-là aurait dû être libérateur en l'envoyant dans une inconscience délicieuse qui oblitérerait la douleur. Fâcheusement, l'impact le ranime. Une main l'empoigne par le col de son blouson et le relève à demi en le tirant jusqu'à l'adosser approximativement contre la façade. L'horizon se remet à vaciller autour de lui. Quelques secondes sont nécessaires pour calmer le mouvement de houle. Puis, contre toute attente son cerveau se purge des miasmes de l'alcool. Drôlement efficace comme façon de dessoûler, mais qui sont ces types ? Minute, les skins de *L'Alexandrie*, l'autre jour, l'un d'entre eux portait des Stan Smith. Et les idées tournent dans la tête toute nettoyée d'Antoine. C'est bizarre, une faute de goût. En général, ces brutes s'enfilent aux pieds des *combat shoes*. Merde, je l'ai échappé belle. J'aurais eu le foie déchiré avec ce genre de grolles. Merci Stan d'avoir joué au tennis au lieu d'avoir été chaudronnier stakhanoviste chez Cockerill avec tablier en cuir et chaussures de sécurité à l'embout solidement ferré. Imagine si on avait fabriqué des godasses à ton enseigne de prolo d'élite. Un kilo de bon acier belge à chaque pied… Il m'aurait transpercé de part en part le salopard.

Maintenant, ses yeux sont capables de faire le point sur son environnement. Les deux assaillants, l'un aux cheveux ras, l'autre au crâne vierge, portent très ostensiblement des croix gammées, des doubles S stylisés, l'échantillon complet de l'iconographie des supporters indéfectibles de la suprématie de la race blanche. Les skins ne sont pas invariablement racistes. Mais là, c'est incontestable, un T-shirt affiche fièrement un *rock against anti-White racism*, les mots *anti-White* imprimés en plus grands caractères. Ce slogan est loin d'être aussi réjouissant que l'original, exempt, lui, de toute référence à la blanchitude. Antoine n'a pas l'esprit missionnaire, pourtant, en la circonstance, il voudrait tailler le bout de gras, bavarder un peu avec ces jeunes gens. Au moins pour suspendre leurs coups. Le respect d'autrui, a-t-il envie de leur dire, ce n'est pas si mal. Vous pourriez d'ailleurs commencer par m'en manifester, du respect. Ne suis-je pas blanc moi aussi ?

Les champions de la confrontation raciale ont sifflé la fin de l'armistice. L'alter ego du porteur de Stan Smith chausse en réalité des Doc Martens. Il lance l'un de ses pieds ainsi revêtus dans le ventre de sa victime. Toujours assis, Antoine encaisse le choc de la pire des façons. Son estomac se contracte au maximum, réussissant à siphonner encore un peu de liquide. Le cogneur se méfiait et parvient à éviter la giclée avec un ricanement de contentement. Le mec aux Stan Smith lui prend les cheveux à pleine poignée et le gifle. Antoine est retombé dans les vapes après l'impact de la Doc Martens. L'alcool est revenu en force assiéger son cerveau. Mais les gifles le raniment suffisamment pour comprendre ce qu'on lui murmure à l'oreille.

— Tu as trois jours pour nous remettre les documents de ton traître de grand-père. Trois jours, sale merde de proxo, pas un de plus !

Antoine entend, ne saisit pas. Où sont ces documents ? Je n'ai pas de documents. Et d'abord, je ne suis pas un proxénète. Il a très fort envie de le signaler à ces grands adolescents décidément obtus.

L'autre le secoue une nouvelle fois.

— Trois jours ! Sinon tu vas y passer, *strontzak*.

Antoine ne comprend pas pourquoi son tourmenteur parle en flamand. Son français est celui d'un francophone, avec néanmoins une sévère intonation bruxelloise. Et puis, a-t-il dit *strontzak*, sac à merde en flamand, ou *strontzat*, sac à vin ? La question n'a aucune importance. Le type se relève et lui balance le pied dans les couilles. J'ai affaire à des as de la tatane, conclut-il.

Cette fois-ci, ça fait flitz dans sa tête et peu avant la fin du fondu au noir il a encore le temps de voir les deux nervis grimper dans une Citroën CX. Un vieux bonhomme leur ouvre les portières. Les quatre cylindres vrombissent. Le vieillard lui tend un doigt, le majeur virilement dressé. Un geste dans lequel il met beaucoup d'énergie. Un geste de haine pure, un peu fou, qui est la dernière vision d'Antoine.

14

Sur mon lit de douleur une lueur éblouissante naquit, celle de l'amour qui de son aube a illuminé ma nuit.

MAURITS DAILLEZ, *Ecrits poétiques.*

Antoine ne sait pas où il est. Une chambre, a-t-il découvert, premier indice, en ouvrant les yeux. Une chambre qui ressemble fichtrement à une chambre d'hôpital, avec ses murs d'une nudité conventuelle, sa télé boulonnée à une excroissance métallique à mi-hauteur de la cloison et ce lit en acier surélevé, peint dans la couleur livide des brancards ou des tiroirs des morgues. Il remarque encore une aiguille plantée dans son bras, raccordée à un tuyau. Un tut tut apaisé se fait entendre, un bruit d'appareillage médical.

Un hôpital donc. Avec l'identification de son environnement ressurgit le souvenir de l'agression qui justifie cet hébergement aux frais de la Sécurité sociale. Le tataneur aux Stan Smith, les coups, merde, ça me revient, où sont mes bidouilles ? Mes couilles, mes gonades, mes grenades, inopérantes à perpétuité, réduites à l'état de petites figues stériles, de raisins tout secs, de minuscules grains de poivre.

— Martial, je veux la vérité, suis-je encore un homme ?

Antoine vient d'apercevoir son ami de la PJ penché sur lui.

— L'as-tu jamais été ? As-tu enfanté d'une plantureuse progéniture ? Es-tu pilier dans une équipe de rugby ? As-tu satisfait à tes obligations militaires ? Et tiens, rendis-tu coup pour coup à tes agresseurs avant de succomber comme un brave sous le nombre ?

Le blessé contemple l'inspecteur avec effarement. Et toujours la même angoisse. Ses couilles ont-elles morflé ?

— Rassure-toi, reprend Martial avec dans le regard une pitié extatique.

Se rassurer ? Impossible. A voir son air compatissant, les médecins ont sûrement procédé à l'ablation pleine et entière de la tige et de ses deux boulons.

— Rassure-toi, l'infirmière me l'a confirmé, tu as à peine un hématome sur la droite. Le petit bleu de la burne ouest si tu préfères.

Sous l'œil franchement rigolard du flic, Antoine n'y tient plus. Rapide palpation, une, deux, pas de douleur particulièrement vive, le mât au milieu, enfin plutôt racrapoté pour le moment. Martial se marre.

— Tu n'as pas de raison de t'inquiéter. Aucune séquelle irréversible. Tu en es quitte pour vingt-quatre heures d'observation.

— Bon, mais par quel miracle suis-je arrivé ici ?

— Un de tes voisins a mis tes agresseurs en fuite, un insomniaque qui a entendu du remue-ménage. Tu étais devant chez toi, allongé sur le trottoir.

Antoine est soudain envahi par des maux de tête. Sa panique testiculaire avait occulté cette douleur infernale. Au crâne et dans tout le reste du corps.

— Allez, affranchis-moi, comment tu t'y es pris ? demande Martial.

Le journaliste lui raconte la dérouillée de l'homme aux Stan Smith et de son acolyte, et puis ce vieux avec son doigt vengeur, la CX, la violence, la souffrance, la peur.

— D'accord, j'ai eu la trouille. J'aurais voulu t'y voir, j'ai pas fait mon service, encore moins chez les paras ! Après m'avoir traité de proxénète, ces salopards ont accusé mon grand-père d'avoir été un traître. Eux aussi m'ont réclamé des documents. Toujours les mêmes j'imagine, ceux de Gudule, ceux de Zomers…

Martial intègre ces nouveaux éléments. Avec ce que son ami lui a appris hier, l'ensemble se mélange dans sa tête. L'excès de bière et le manque de sommeil ne l'ont pas laissé indemne non plus. Comment expliquer les accointances collabos du grand-père Daillez, Monaco en fiston de SS et Mémé Tartine en veuve de jeune chrétien parti défendre l'Occident contre les barbares tatars ?

— On dit tartare ou tatar ? s'interroge Martial à haute voix.

Antoine le regardait réfléchir avec l'espoir d'un début de solution. Et son ami parle de bidoche, ne pense qu'à bouffer. Faut être juste, ce matin, il aurait du mal à se poser en intello de l'investigation. Faut être juste aussi, Antoine n'est pas moins largué. Un passage à tabac, ça n'aide pas les neurones à s'agiter.

— Merde, le cheminot, celui qui a écrasé Mémé Tartine, se rappelle-t-il brusquement, mon article est paru ?

— Oui, j'ai lu ta prose. A propos de Mémé Tartine, Van Inghelghem va débarquer d'une minute à l'autre.

— C'est gentil de sa part de venir me remonter le moral !

— Ne t'attends pas à des miracles. Ton entrevue avec Zomers lui est restée en travers de la gorge. Pol n'a pas apprécié ton éclat...

— Ce connard n'a qu'à rappliquer. Au point où j'en suis... Donne-moi mon carnet, dans ma veste, là, au portemanteau, je passe un coup de fil au conducteur de loco pour voir si monsieur est satisfait.

Le téléphone sonne dans le vide dans l'appartement de la résidence Nord. Antoine insiste. Le grésillement de la sonnerie lui vrille l'oreille, aggrave encore son mal au crâne. Il raccroche, se souvient que le cheminot devait reprendre le travail, appelle la gare du Nord. Ses explications sont fort embrouillées. La bouche pâteuse à cause des séquelles de la nuit, il peine à articuler des mots intelligibles.

— Je voudrais parler au machino de l'autre soir, la gare du Nord, la morte sur la voie, ligotée comme dans un western. Enfin quoi, c'est clair, non ?

— Ben non, glousse Martial, ça n'a pas l'air clair du tout.

A force d'insistance, Antoine finit par débrouiller les aiguillages de son interlocuteur.

— Ah, ce cheminot-là..., lui répond-on. Après son séjour à l'hôpital, le pauvre s'est mis en arrêt maladie. Il passe le temps dans son lit à compter les traverses, je suppose.

— Bon, votre collègue est peut-être chez lui mais je n'obtiens pas de réponse. Tant pis, je verrai plus tard, quand j'aurai quitté l'hôpital.

— C'est une vraie épidémie, rigole le type à l'autre bout du fil.

— Pardon ?

— Une épidémie d'hospitalisés, je voulais dire.

— Ce n'est pas drôle, conclut Antoine, excédé par les traits d'humour de ses contemporains ce matin. J'en ai marre, tout le monde se fout de ma gueule. Où sont les putains d'aspirines dans cet hosto de merde ?

— Le médecin t'a filé un antidouleur en intraveineuse, ça devrait suffire non ? Dis donc, tu ne me parais pas dans les meilleures dispositions pour recevoir Van Inghelghem...

— Celui-là, je l'emmerde. Avant, et pour ton édification personnelle, sache qu'un steak peut être tartare mais ne sera jamais tatar. Et les deux termes désignent des peuplades d'Asie centrale qui subissent la férule de leurs maîtres soviétiques, féroces et sans pitié.

— M'en voilà navré, compatit Martial. J'en ai une autre pour ton édification personnelle. Van Inghelghem ne t'a pas à la bonne. Les patrons de bordel, ça le débecte. Et pire encore, les propriétaires des maisons où s'exerce cette coupable activité. Ces profiteurs touchent des loyers exorbitants, exploitent leurs locataires sans se salir les mains. Pour lui, ce sont des délinquants de la catégorie la plus méprisable.

— Marre de ces conneries, laisse-moi appeler le journal.

Antoine informe un secrétaire de rédaction de sa mésaventure. Sans entrer dans les détails. Cette ténébreuse tentative d'extorsion de documents ô combien mystérieux réclamerait trop d'explications. Dans son état, il n'y survivrait pas.

— Un fait diversier victime d'un fait divers, je t'interdis de rire, lâche-t-il. Je serai retapé dans deux jours. Je reprendrai le collier vendredi matin.

Pol Van Inghelghem choisit ce moment pour entrer dans la chambre sans frapper. Sans fleurs ni pralines non plus.

— Je me suis déplacé, remerciez-moi. Normalement, j'aurais dû vous ramener *manu militari* à la brigade. J'ai même failli vous envoyer les gendarmes.

— Vous manquez tellement de personnel à la PJ que vous devez charger les képis de faire vos commissions ?

— Ne vous foutez pas de ma gueule, Daillez. Je vous rappelle les événements, histoire de vous calmer.

J'y ai droit, pense Antoine, je vais me prendre mon grand-père, *L'Alexandrie*, Mémé Tartine, et la collection des affaires non résolues par la criminelle depuis dix ans. Seule consolation, la tempête qui lui souffle dans le crâne s'apaise. L'antidouleur l'irrigue de ses vagues lénifiantes. Cette accalmie lui rend une acuité intellectuelle plutôt bienvenue pour encaisser l'attaque en règle du flic.

— Un, commence-t-il, on repère une maquerelle ficelée sur les rails de la gare du Nord, proprement coupée en morceaux par une motrice. Deux, cette maquerelle officiait au départ d'un établissement borgne, *L'Alexandrie*. Trois, le propriétaire de ce lieu de perdition, c'est vous. Quatre, arrive une équipe de skins qui assènent de sérieuses dégradations à la façade de *L'Alexandrie*, lâchant même sur la voie publique un animal domestique...

— Une truie d'un an et demi en l'occurrence, le labo de la PJ est formel, l'interrompt Martial, peu impressionné pas le discours vindicatif du commissaire.

— Cinq, continue ce dernier avec agacement, la patronne de *L'Alexandrie*, la proxénète en charge donc, subit quelques blessures, au bras notamment. Blessures infligées par des voyous qu'elle identifie comme les skins à la truie.

— Comment elle va, à propos ? demande Antoine.

— La truie ? répond Martial. Ses morceaux sont déjà dans les gondoles d'un supermarché, je pense.

— Non, Gudule !

— Encore à l'hosto. Comme le disait ton gusse des chemins de fer, nous voilà devant une vraie épidémie.

Van Inghelghem frappe du plat de la main le montant du lit.

— Vous avez fini vos enfantillages ? Je reprends. Six, nous avons un parrain du milieu qui fait mouliner du skin par ses sbires...

— Et qui kidnappe notre ami ici présent pour le soûler au champagne, précise Martial.

— Un kidnapping ? C'est quoi cette histoire ? Encore une de vos conneries ?

— Laissez tomber, commissaire, c'était de l'humour...

— Si vous le dites... Sept donc. Vous êtes tabassé cette nuit, toujours ces foutus skins. Et qu'obtient-on au final ? Une succession de règlements de comptes dont *L'Alexandrie* est le centre de gravité. Dont vous êtes le pivot.

— Vous en déduisez quoi ? s'énerve Antoine. Une guerre des gangs fait rage pour contrôler ce bordel minable ? Mes agresseurs étaient à la solde d'un rival de Monaco ? Et mon grand-père alors ? Pourquoi ces histoires de collabos et d'extrême droite ?

— N'embrouillez pas cette affaire avec vos problèmes de généalogie. Pour moi, les choses sont simples. Vous jouez un rôle central dans ce dossier.

— Allez-y franchement, accusez-moi d'avoir ficelé la vieille sur la voie !

— Dites, commissaire, n'exagérez pas, intervient Martial. Notre reporter ici présent ne connaissait même pas *L'Alexandrie* avant d'en hériter officiellement...

Van Inghelghem le rabroue sèchement.

— Fermez-la, Chaidron. Occupez-vous de vos putes et de vos histoires de cul. Laissez-moi mener mon enquête comme je l'entends.

Réponse du flic des mœurs vexé :

— Enquêter, enquêter, ça n'a pas toujours été votre priorité. A une époque, vous préfériez d'abord faire parler votre flingue...

— Gardez vos commentaires imbéciles pour vous.

Puis se tournant vers Antoine :

— Je dirige une enquête criminelle. A ce titre, je vous ordonne de me donner toutes les informations en votre possession. A commencer par ces documents appartenant à votre grand-père.

Ces raisonnements de flicard, c'était donc pour ça. Pour les papiers de Maurits. Antoine en viendrait presque à se lever et baffer le commissaire.

— Vous sortez de votre rôle. Je sais pourquoi vous voulez ces documents. Vous jouez les garçons de courses de Kurt Zomers, comme l'autre jour dans votre bureau !

Pol Van Inghelghem blêmit.

— Vous oubliez à qui vous parlez, monsieur Daillez. Je vous le garantis, nous nous reverrons très bientôt. Peut-être pas dans les conditions de confort dont vous rêveriez. Je vous vois bien au frais dans une cellule. Pour vous apprendre la politesse.

Et le flic quitte la chambre en claquant la porte.

— Il est toujours aussi remonté ? demande Antoine.

— Je l'ai connu bien pire, crois-moi. Méfie-toi de lui. Profite de tes deux jours de congé pour éviter le palais de justice.

Constatant l'inquiétude sur son visage, Martial le rassure.

— T'inquiète pas, tu n'es pas encore devant le juge d'instruction. Et te flanquer aux arrêts, je n'y crois pas. Il n'aura pas le culot. N'es-tu pas un membre distingué du quatrième pouvoir ? Bon, j'ai du boulot, je m'en vais. Tiens-moi au courant de l'évolution de l'histoire. D'ici là, soigne ta gueule de bois…

Martial parti, Antoine essaie de trouver un sens aux événements de ces derniers jours. Sans autre résultat que d'imaginer son grand-père enterré dans un trou de fantassin, de la neige jusqu'au cou, le fusil pointé vers l'ennemi à l'étoile rouge. Cette vision l'accable. Comme celle d'un Van Inghelghem le conduisant, menotté, dans les culs-de-basse-fosse du palais. Sa tête se vide, son corps est désormais indolore, immergé dans l'ouate de l'analgésique. Il jette un œil par la fenêtre pour regarder le ciel de cette fin de journée à Bruxelles. Une nouvelle fois, il constate avec un étonnement de citadin que ce ciel est un vrai ciel de mer. En tendant l'oreille, on entendrait les mouettes et le bruit du ressac. Sans le relief et les immeubles pour entraver la vue, on pourrait suivre la course du soleil, pourpre déjà, jusqu'à son retrait derrière la courbure de la terre. Antoine respire presque le parfum du sel et surtout de cet iode dont le littoral de la mer du Nord est saturé. Il en est tout revigoré. En Belgique les mères de famille le savent, un bon bain d'iode à Pâques et les enfants évacuent les microbes de l'hiver. Il se sent d'autant plus requinqué que la porte de sa chambre s'ouvre sur Sonia, accompagnée de son caniche Caramel.

— Je passais prendre de tes nouvelles. Je t'ai apporté un Walkman et une vieille cassette des Stones. Tu connais ? Le titre parle d'une soupe de têtes de boucs. Drôle d'idée, non ?

S'il est question dans ce disque de danser avec *Mister D*, le diable en personne, comme Antoine a l'impression de le faire ces temps-ci, cet album contient encore le romantique *Angie*, une chanson qui pourrait bien être de circonstance. Là, maintenant, tout de suite.

15

La bibliothèque centrale sera partagée comme suit : les volumes dont la cote se termine par un numéro pair iront aux francophones, les numéros impairs seront dévolus aux néerlandophones.

Protocole additionnel d'accord réglant la scission de l'université catholique de Louvain – Katholieke Universiteit Leuven.

Un quart d'heure de marche avant de dénicher le bâtiment où opère Piotr Bogdanovitch : s'orienter dans le labyrinthe de Louvain-la-Neuve n'est pas une sinécure. Cette ville nouvelle, édifiée dans les champs de betteraves une dizaine d'années plus tôt, accueille l'université francophone issue de la séparation forcée de son antédiluvienne *alma mater*, sise de l'autre côté de la frontière linguistique. A Louvain tout court, Leuven en flamand. Déjà gros bourg en cette année 1984, l'endroit semble sorti du cerveau d'un urbaniste amoureux du Moyen Age qui a saupoudré des ruelles tordues au hasard de sa fantaisie tout en s'inspirant de l'utopie soixante-huitarde de la communauté. Antoine ne s'étonnerait pas de voir gambader un troupeau de chèvres, ou de rencontrer un groupe de jeunes femmes en tunique multicolore, bandeau dans les cheveux, bracelets de pacotille aux poignets, s'en allant pieds nus vendre des sachets de lavande au marché. Ou des fromages de brebis, des kilims, des bricoles en macramé. La population estudiantine croisée jusqu'ici montre dans ses accoutrements des subsistances de ce passé baba. Mais dans leur majorité les étudiants ne se révèlent guère fantasques. Jeans, pantalons en velours sombres, pulls ternes, parkas, blousons de toile ou de cuir, et sous le bras des piles de syllabus, des mallettes de cadres ou d'avocats en devenir, des gibecières menaçant de craquer sous le poids d'un savoir à ingurgiter. En réalité, la nostalgie des *seventies* ne subsiste plus que dans l'aménagement des lieux, tortueux, rond, enveloppant. Cette ville donne envie de s'y lover, comme un solo de Carlos Santana. Ça, c'est le bon côté des choses. Problème, il faut dénicher son chemin dans une topographie qui a tout du dédale, avec des chantiers à contourner, des étendues de boue à enjamber et une signalétique confuse.

Sorti de l'hôpital ce jeudi midi, Antoine s'est d'abord remis en état de fonctionner. Après une douche et un café, il est monté dans le train à la gare du Nord pour rencontrer l'historien. Il se sent en forme. Les comprimés donnés par le médecin atténuent les courbatures laissées en héritage par les skins. La nuit a été revigorante aussi, grâce au passage de Sonia. Sans s'éterniser dans sa chambre, elle a néanmoins pris le temps de bavarder. Une conversation en douceur, sur le ton de l'intimité. Ses mots à lui, ses mots à elles ont scellé un premier rapprochement, une complicité naissante. Physiquement, Sonia a cependant conservé la distance installée dès le premier jour, au cours de leur voyage en ascenseur dans la tour Martini. Elle s'est contentée en partant de serrer gentiment la main d'Antoine. Ce n'était pas une poignée conventionnelle, plutôt une attention affectueuse, un geste d'encouragement, avec quelque chose de tendre. Puis sa visiteuse a disparu, lui jetant encore un regard avant de fermer la porte. En cherchant son chemin dans Louvain-la-Neuve, Antoine se souvient de ce regard. Etait-il chargé de promesses ?

Voici enfin la faculté d'histoire. Reste à se repérer dans le bâtiment. A l'entrée, après trois portes battantes, un étroit couloir le conduit devant un ascenseur. Nulle indication, pas de liste des bureaux avec leur propriétaire. Au deuxième étage, aucune information non plus pour le guider. Après avoir frappé à plusieurs portes au hasard, en avoir ouvert d'autres d'autorité, après être tombé sur une pièce bourrée d'étudiants en train de se creuser les méninges, puis s'être fait expulser rageusement par un mandarin plongé dans le décolleté d'une étudiante collée à lui, Antoine déniche le bureau du professeur Bogdanovitch.

— C'est ici, entrez, lance un gros balourd en tweed en fonçant sur lui.

Le journaliste craint un instant de devoir subir un enlacement d'ours. Ses bleus ne s'en remettraient sûrement pas. Mais le prof se contente de lui serrer la main de façon très académique.

— A propos, appelez-moi Bogda, c'est plus simple. Installez-vous, je vais commander des chopes au café d'en bas.

Il se précipite sur son téléphone. A entendre la conversation, le rituel est rodé. En témoignent d'ailleurs un plateau aux couleurs d'une marque de bière et deux verres côtelés vides. Bogda perçoit l'intérêt de son invité.

— Travailler dans une ville universitaire offre de menus avantages. La bière y est toujours fraîche, elle n'a pas le temps de traîner dans les fûts. Et nous pouvons compter sur la serviabilité des garçons de café. Ils acceptent volontiers de désaltérer les membres de ce qui constitue tout de même l'élite de cette ville, c'est-à-dire son corps professoral.

Antoine sourit devant l'exubérance du personnage, car la tirade est assénée avec force mimiques pour en souligner les termes, un petit salut pour remercier l'esprit de sacrifice des loufiats et à la fin, en parlant d'élite, Bogda paraît se draper dans une toge de professeur. Cette exubérance verbale contraste avec l'ordre parfait, méticuleux, de la pièce. Le bureau est dégagé. Y sont posés un téléphone, un sous-main, une rame de feuilles blanches dans un bac, quelques crayons soigneusement taillés. Sur une table trône un terminal informatique des plus sérieux.

— Vous allez voir, ici, les aubergistes sont rapides, assure Bogda peu avant que l'on ne frappe à la porte.

Un garçon entre, salue, dépose les deux pressions dont la mousse n'a pas eu le temps de retomber, emporte le plateau avec les deux verres vides et s'en va. Après avoir lampé un tiers de sa chope, Bogda se tourne vers Antoine.

— Alors, vous avez des ennuis avec votre généalogie ?

— Des ennuis, oui, mais surtout j'avance dans le brouillard.

— On se tutoie, hein, alors, oublie ton brouillard. Ton grand-père, Maurits Daillez, je l'ai vite localisé. Sans me vanter, je possède la collection de fiches la plus complète sur le ramassis de canailles qui ont frayé avec l'occupant aux titres les plus divers.

Silence. Encore une gorgée de bière, Bogda repose soigneusement le verre sur son sous-bock.

— Tu connais un peu les rapports entre les nationalistes flamands et l'occupant ?

— Ma science ne remplirait pas une demi-page de mon carnet de notes.

— Je vois.

Le ton de Bogda évoque d'abord la lassitude du maître qui prend l'un de ses contemporains en flagrant délit d'ignorance. La passion le rattrape vite et il continue avec l'enthousiasme d'un prof devant sa première classe.

— Commençons par le VNV, le Vlaams nationalist verbond, la ligue nationaliste flamande. Ce machin a été fondé au début des années 1930. Ça grenouillait énormément à l'époque dans le camp flamingant. La Première Guerre mondiale était proche. On parlait beaucoup du mouvement initié par ces soldats qui en avaient eu marre de recevoir des ordres en français dans les tranchées. Ils se plaignaient d'avoir dû monter à l'assaut sans comprendre ce qu'on leur demandait. Je ne débattrai pas de ce point d'histoire, la polémique est stérile. Nous sommes ici à mi-chemin entre légende et vérité. Moins anecdotiquement, cette effervescence traduisait une réalité, celle d'une Flandre dominée par une bourgeoisie fransquillonne, lassée de baisser son froc en disant “merci patron”. En français dans le texte... Pour résumer, les Flamands exigeaient d'être pris en compte, d'exister dans toutes leurs dimensions, à commencer par celle de leur langue.

— Plutôt normal, non, intervient Antoine qui griffonne avidement.

— Pas à moi d'en juger. La Flandre n'est pas la seule à avoir cette aspiration, aspiration forcément légitime, le droit des peuples à disposer d'eux-mêmes, etc. L'ennui en l'occurrence, c'est que nous sommes dans les années 1930. Et à l'époque, les nationalistes à tout crin couchent avec les beaux bruns qui traitent le régime parlementaire de vieille catin. Chantre de l'antidémocratie, le VNV n'est pas le dernier à se compromettre avec le fascisme. Bien avant mai 1940, bien avant de s'enfoncer dans la collaboration.

— Et mon grand-père là-dedans ?

— Patience... Dans l'entre-deux-guerres, ce groupement s'est vite étoffé, s'est adjoint de nombreuses associations, des cercles, enfin toutes sortes de clubs, souvent culturels. Voici venir ton aïeul.

— Ha, frissonne Antoine, un peu inquiet de voir se lever le voile sur son passé familial.

— Bon, Daillez, Maurits, récite Bogda en lisant un tirage d'imprimante sorti d'un tiroir. Sympathisant du mouvement nationaliste flamand. Membre dès 1936 d'une association culturelle satellite du VNV.

— Ouf. Pas de quoi fouetter un chat. D'accord, il n'était pas très noir-jaune-rouge, le palais royal n'était pas sa tasse de thé, cela je le savais. Mais il n'y a pas de vert-de-gris dans son parcours...

— Ne brûle pas les étapes. Nous étions vers 1936-1938. Mai 1940, l'armée belge capitule. Les nationalistes flamands comme ceux du VNV jubilent. L'Etat francophone et oppresseur est tombé, la Belgique est morte, vive la Flandre. Ces séparatistes vont enfin occuper la place qui leur revient dans la nouvelle Europe en gestation. La douche froide ne tarde pas. Pour les stratèges de Berlin, l'avenir d'une Flandre libre et indépendante est le cadet de leurs soucis. Pour ne pas dire une hérésie complète ! Arrive le 22 juin 1941. Hitler lance ses colonnes blindées à l'assaut de l'URSS. Le père Adolf a besoin d'ordre sur ses arrières, le VNV le lui garantit en investissant les structures du pouvoir dans le pays. Le Führer a besoin d'hommes, le VNV lui fournit des volontaires pour le front de l'Est. Il a besoin de cohésion idéologique aussi, le VNV impose comme mode de gouvernement les vertus du national-socialisme, croisade antibolchevique et appel au meurtre des juifs inclus. En multipliant les preuves d'allégeance, le VNV espère convaincre les Allemands d'autoriser la création d'un Etat flamand. Dans l'attente de ce grand jour, il leur faut composer, mettre leurs revendications sécessionnistes sous le boisseau.

— C'est pas un peu contradictoire ? Comment une faction ultra-nationaliste peut-elle défendre l'idée de se plier au joug d'une puissance étrangère ?

— Observation pertinente... Quelques groupes plus nazis que flamands n'avaient aucune objection à marcher au pas de l'oie. Pour le VNV, avant tout nationaliste, la question s'est révélée plus délicate. Ce parti a dû gérer un paradoxe. Si l'on voulait servir la cause flamande, il fallait servir la cause allemande. Mais à trop servir la cause allemande, c'est l'option pangermanique que l'on favorisait. C'est-à-dire la dilution des peuples aryens et apparentés au sein d'une Europe phagocytée par l'Allemagne nazie. Dans une Flandre qui supportait de plus en plus mal les exactions de l'autorité occupante et de leurs valets, le paradoxe est devenu intenable. A la veille de la Libération, le VNV était ultra-minoritaire, au bord de l'implosion.

— Parmi ces valets, tu comptes mon grand-père ?

— J'y viens. Soucieux de sa dimension sociale, le VNV a créé de nombreuses associations d'entraide, notamment pour soutenir les soldats partis se battre contre les bolcheviks.

— Dimension sociale ? s'étonne Antoine.

— C'était un des axes de leur action politique. Ces types ratissaient large. Distribuer la soupe populaire ou procurer un emploi, même comme auxiliaire de l'armée allemande, était un excellent moyen d'asseoir leur légitimité et de recruter des militants. Donc, quand les Allemands commencent à avoir besoin de volontaires pour combattre en URSS, le

VNV fonde à Bruxelles la Hulpvereniging voor Oorlogswezen en –weduwen. En français, on disait l'Association de soutien aux veuves et orphelins de guerre, l'ASVOG. Les Allemands lui avaient imposé d'être bilingue. L'ASVOG organisait des collectes dans le public et en redistribuait le produit aux familles dont un époux, un père, un frère avait été tué à l'Est. Maurits Daillez en prend la tête dès le départ. Ses compétences de gestionnaire avaient été remarquées dans son organisation culturelle d'avant-guerre. Son lieutenant s'appelle Karel Verdriet, un type qui sera de tous les combats nationalistes flamands de l'après-guerre. Jusqu'à aujourd'hui.

— Ça confirme ce qu'un certain Kurt Zomers m'a dit récemment. Ce politicard dirige un parti flamand d'extrême droite fondé par Verdriet justement. Zomers avait d'ailleurs l'air de connaître le passé de mon grand-père. Je comprends pourquoi maintenant !

— Attention, Verdriet, c'est une autre limonade, embraie Bogda toujours la tête dans ses dossiers.

L'historien lui tend trois photos puisées dans une enveloppe. Un quadragénaire discourt devant un drapeau portant un drôle d'insigne stylisé, une sorte d'éclair dans un rond blanc sur fond rouge. Le même quelques années plus tard au premier rang d'un défilé de gars en uniforme. Encore lui, plus âgé, la photo est récente. Antoine croit reconnaître le vieux au majeur haineux dans la CX.

— J'ai l'impression de l'avoir croisé avant-hier, dit-il sans entrer dans les détails de l'agression.

— C'est fort possible, notre homme n'est pas loin d'être une célébrité en Flandre. Donc, en 1951,

Verdriet constitue une association en faveur des anciens du front de l'Est et milite pour l'amnistie des collaborateurs flamands. Il anime le camp des ultras qui redressent la tête au cours des années 1950 et 1960. Leur rôle politique reste limité. On les voit plutôt comme des nostalgiques. Vers 1970, création d'un groupement, très violent, très à droite, un gang de bastonneurs. Les exploits de ses nervis lui donnent une certaine renommée. En 1978, il se rachète une conduite. Verdriet abandonne sa milice privée et fonde un parti disons plus convenable. C'est le parti dont ton Zomers est aujourd'hui le président.

— Revenons à l'ASVOG. Pourquoi n'ai-je jamais rien su de l'activité de mon grand-père ?

— A la place de ton aïeul, je ne m'en serais pas vanté…

— Mais ces types-là n'ont jamais été poursuivis ?

— Ben, l'ASVOG n'a jamais fait la une des journaux. Caritative, peu politisée, elle n'était pas très exposée. Naturellement, à la Libération, l'association a été dissoute et placée sur la liste des organisations collaboratrices. Les conséquences judiciaires se sont arrêtées là. Ses membres qui n'ont pas eu d'autre activité illégale ont été simplement répertoriés parmi les suspects. Je n'ai d'ailleurs pas retrouvé la moindre trace de procès contre ton grand-père, ni de mesure répressive particulière, comme la déchéance de ses droits civils et politiques. Nada, il est passé au travers du filet…

— C'était fréquent ?

— Dans ce cas de figure, ce n'était pas extraordinaire. Les dossiers s'empilaient devant les conseils de guerre, des dossiers autrement plus graves…

— Il n'a donc pas été condamné, n'a pas réellement participé à la machine de mort d'Hitler. Il a joué un rôle, certes, mais de soutien indirect. En faveur de victimes finalement, des veuves et des orphelins. Reste cependant une question. Peut-on le qualifier de nazi ?

— Difficile de se prononcer. Il n'était pas obligatoirement national-socialiste jusqu'au fond des tripes. Mais la croix gammée était omniprésente. Et ses vrais patrons étaient allemands. Bien sûr, je ne lui refuse pas des mobiles charitables. Cela étant, je n'ai aucun doute sur son nationalisme, au moins à l'époque. Dans cette perspective, la destruction de l'Etat belge devait l'enchanter. Voilà.

Silence dans la pièce. Antoine réfléchit à la réponse nuancée de Bogda.

— Autre chose. Maurits semble avoir conservé des documents remontant à la guerre. On s'escrime d'ailleurs à me les réclamer de toutes parts. Ces documents, ils pourraient ressembler à quoi ?

— Impossible à dire. Si jamais tu tombes dessus, ne m'oublie pas ! Nous n'avons pas beaucoup de renseignements sur cette ASVOG. Un journal intime, des Mémoires peut-être, ce serait un témoignage de première main.

— Voilà exactement ce dont j'ai besoin. Un témoin. Connais-tu quelqu'un qui a vécu à cette époque du mauvais côté de la barrière, et qui accepterait de me parler ?

— Tu as un article en tête ?

— Pas vraiment, mais je suis journaliste, j'aime le concret, le vécu. Cela m'aiderait à mieux cerner mon grand-père…

— Coup de bol pour toi, j'ai le candidat idéal. Un repenti. Cet ancien du front de l'Est se fait appeler Tcherkassy, un coin perdu d'Ukraine où la légion Wallonie s'est targuée d'exploits homériques contre les troupes de Staline.

— Avec un pseudo pareil, ton repenti n'a pas l'air de renier son passé, dis-moi.

— Tu peux avoir confiance, je te garantis son intégrité. Seule condition : son anonymat. Pas question de divulguer son nom. Attends, je l'appelle.

Bogda plonge sur son téléphone et présente sa requête à son interlocuteur. En écoutant d'une oreille distraite, Antoine feuillette un catalogue de l'armement allemand de la Seconde Guerre mondiale.

— Où veux-tu lui donner rendez-vous ?

— Demain, vendredi, à midi, disons à *La Licorne*, c'est un café près de la place Rogier.

— Il y sera, conclut Bogda après avoir raccroché. Tu parles d'une coïncidence. Tcherkassy connaît l'ASVOG pour s'y être présenté pendant la guerre à son retour du front.

— Magnifique. A propos, elle perchait où cette ASVOG ?

Bogda rouvre son tiroir, y puise d'autres tirages d'imprimante.

— Je l'ai, 17, rue de la Bienfaisance à Bruxelles.

— Merde, c'est l'adresse de *L'Alexandrie* ! crie Antoine tout excité.

DEUXIÈME INTERLUDE

OÙ L'ON CONTEMPLE LA RUE D'UN TABOURET,
CE QUI DONNE UNE INDISCUTABLE
ÉLÉVATION A LA PERSPECTIVE,
ALORS QUE LE SPECTACLE RASE LE BITUME.

En ce jeudi soir de novembre 1984, vue à travers la vitrine de *L'Alexandrie*, la rue de la Bienfaisance ressemble à une constellation dont le nom manquerait encore. Constellation de la Sirène, de Vénus, du Porc. Pas l'animal symbolique des Chinois, celui qui, dit-on, sommeille en chaque homme, et dont Sonia vérifie régulièrement l'existence. Du haut de son tabouret, elle aperçoit une carte du ciel se dérouler sous ses yeux. Un ciel d'orage, chargé d'appétits impétueux. Un ciel de printemps parfois quand un habitué lui transmet un signe de reconnaissance, d'amitié presque. Un ciel souvent menaçant, qui dissimule des dangers derrière le pare-brise d'une voiture, dans une foulée décidée, dans un coup d'œil trop appuyé. Et toujours un ciel traversé de brillances fulgurantes, comme autant d'étoiles dans un firmament sans nuages. Il y a les phares des automobiles, astres filants ou incandescences prolongées, les reflets sur le pavé humide évoquant ces explosions lentes de soleils géants aux confins de l'univers, les météores rouges des feux arrière, de troubles voies lactées dessinées par la pluie ruisselant de l'autre côté de son observatoire.

Depuis deux heures, Sonia s'évertue à affrioler le mâle en goguette. La radio joue un air en sourdine, une ballade sirupeuse de Marvin Gaye sur l'amour envolé, *"that's how it is"*. Gudule n'étant pas sortie de l'hôpital, les chansonnettes de Cloclo n'infestent pas *L'Alexandrie*. Est-ce une avance ? L'hôtesse refuse d'attraper une entorse à l'âme à cause du ténébreux crooner. Elle se secoue, change de fréquence, allume une cigarette, se sert un café tenu au chaud dans un thermos. Fragiles précautions routinières contre le coup de blues…

Sonia se rassied sur le tabouret, une jambe repliée. L'autre s'appuie contre la vitrine, tendue, jetée comme une passerelle vers les types en maraude. La jeune femme s'observe dans un miroir. Elle s'examine sans complaisance, essaie de détecter un pli boudiné du ventre, la mollesse contrariante d'une fesse, la chute sans pardon d'un sein, présages de son insuccès. En toute franchise, ce soir, sa silhouette ne lui procure aucun motif d'inquiétude. Sa tenue estompe d'ailleurs ses rares imperfections. Bas, porte-jarretelles, culotte et soutien-gorge assortis, voilés par un léger déshabillé, sont d'un blanc renversant sous la lumière des néons. Sur son lit d'hôpital, Antoine lui a confié hier qu'il trouvait ce blanc, symbole d'une innocence pervertie, fort alléchant. Sa toilette virginale devrait l'être tout autant pour les passants. Mais si le nouveau propriétaire de *L'Alexandrie* serait sans doute bouleversé de l'admirer dans cet appareil, aujourd'hui, Sonia ne fait pas recette. A sa décharge, les clients potentiels ne sont pas nombreux et une pluie persistante s'obstine à assagir les ardeurs les plus tempétueuses.

C'est aussi sous la pluie que sa carrière a commencé. Un vilain crachin sévissait ce soir-là en Bretagne où ses parents l'avaient emmenée en vacances. Seize ans, une année scolaire ratée, la même à recommencer, et il pleuvait quand elle était entrée dans la salle des fêtes locales pour participer à un concours de beauté, miss Bigouden ou miss Pont-Aven 1976. La candidate avait pesté contre cette ondée qui menaçait de ruiner sa coiffure. Elle y avait travaillé tout l'après-midi, lavant, brossant et laquant sa crinière. Peut-être à cause de la pluie, aucun trophée n'avait récompensé ses efforts. Après le défilé, une petite bande l'avait entraînée pour bambocher ailleurs, dans une villa avec vue sur l'océan, décor plus réjouissant que la caravane familiale. Un jeune type sympa, charmeur, l'avait abordée. Un rabatteur en réalité, comme il en pullule dans ces manifestations. Sonia devait l'apprendre plus tard, après être entrée dans le circuit, après s'être engagée sur la voie dont son tabouret constitue le terminus.

Le minet l'avait emballée. Sans lui promettre le mariage, des enfants, une vieillesse à deux. Il lui avait annoncé du plaisir, de l'éclate en technicolor. Version côte bretonne d'accord, mais ça changeait des soirées télé au Camping des Flots avec papa et maman. Evidemment, une chose amenant l'autre, l'éclate en question consistait principalement à se servir de sa bouche, de ses mains et de toute partie idoine de son corps pour satisfaire les désirs de son élégant jeune homme. Et de ses copains. Nombreux, les copains. Nombreux, plus âgés et reconnaissants. Leurs offrandes excluaient l'argent liquide : ses nouveaux amis se contentaient généralement d'étoffer son trousseau. Un maillot de bain ou une simple robe d'été. Parfois un resto en prélude à des soirées de défonce radicale avec pas mal d'alcool, un peu de dope, du sexe. Toujours dans une ambiance extra, sans mauvais goût. Ses deux semaines de vacances avaient passé comme un rêve. Sonia avait perdu sa virginité sans remords, l'estime de ses parents aussi. Ils avaient assisté, impuissants, à la transformation de leur fille en jeune femme aux charmes assurés, agressifs, d'une efficacité déjà prometteuse dans la prédation masculine.

Ces quinze jours lui avaient apporté une révélation saisissante. Elle était capable de tout obtenir des hommes à une condition, toucher leur sexe, le sentir s'affermir et s'en occuper jusqu'à l'ultime raidissement. Ce prix à payer ne lui paraissait pas exorbitant. Au contraire, elle adorait détenir ce pouvoir, et par-dessus le marché l'exercice de ce pouvoir lui apportait un intense plaisir. Ce plaisir dont on ne parlait pas entre copines, dont ne traitaient pas les magazines pour jeunes filles sauf en employant une retenue confinant à la pudibonderie.

A la fin des vacances, son ami lui avait indiqué les coordonnées d'un copain bruxellois. Ce fêtard impénitent serait ravi de partager l'exaltation de ses nuits et lui présenterait d'autres amateurs de bringues extravagantes. Encore un truc pigé plus tard. Quand son Breton lui avait refilé cette adresse, il avait touché sa commission. Ce n'était pas un jeu, simplement le début d'une carrière.

De retour en Belgique, les fêtes, parties fines ou partouzes, s'étaient révélées débridées comme promis. Sonia rencontrait beaucoup d'hommes, des femmes aussi. Elle couchait avec la plupart des premiers et avec quelques-unes des autres, ce n'était pas le moins plaisant. Ses compagnons de sortie se montraient plus généreux que les vacanciers. Ils lui remettaient de menus bijoux, lui achetaient des robes somptueuses, de précieuses pièces de lingerie, des parfums coûteux. Prévenant, son contact bruxellois lui dénichait des soirées dans des établissements sélects ou dans des villas en banlieue. Son cicérone l'accompagnait, la présentait, jouait le garde du corps, l'entremetteur, l'agent. Un jour, il lui avait proposé de joindre l'utile à l'agréable, d'encaisser de l'argent de poche en participant à ces parties. Sonia avait accepté sans y penser. Les breloques et les fringues s'étaient transformées en de discrètes enveloppes glissées dans son vestiaire à la fin de la nuit. Elles contenaient plusieurs billets avec parfois un petit mot doux, un numéro de téléphone pour reprendre les jeux de la nuit à une autre occasion, en comité plus restreint.

Sonia s'était pliée à cette nouvelle vie, aux désirs de ces libertins, à l'argent glissé furtivement. Elle s'y était pliée de bonne grâce, n'y voyant pas le mal. Du temps avait passé dans une joyeuse insouciance. L'école n'était plus qu'un mauvais souvenir. Ses parents, avec leurs vacances en caravane, l'horripilaient. Alors, à dix-huit ans, la jeune adulte gagnait assez d'argent pour louer un studio dans un quartier agréable de la capitale. L'insouciance était toujours aussi joyeuse, s'y ajoutait un sentiment jubilatoire d'indépendance. Plus de géniteurs ronchons, pas d'études fastidieuses à s'enfiler, pas de boulot miteux au supermarché du coin ou dans un café à servir des bières.

Puis, le bizness des partouzes s'était ralenti. La mode s'en était estompée. Ou plus exactement, avec l'âge, Sonia n'était plus aussi attirante pour ces couples mûrs qui privilégiaient la jeunesse. Rien d'illégal, mais au-delà de vingt ans ses charmes ne les affolaient plus. Ayant d'autres filles dans son écurie, son agent l'appelait de moins en moins. Sonia perdait son insouciance, sa joie de vivre aussi. Pas de diplôme, pas de métier dans les mains. Et un jour, trois ans plus tôt, quelqu'un lui avait présenté Gudule. Le lendemain, elle passait sa première soirée en vitrine.

Sonia regarde la pluie détremper Bruxelles sans plus apercevoir d'étoiles qui éclateraient dans la rue de la Bienfaisance. Des voitures rôdent, avec leur contingent d'appétits. Des hommes la dévisagent, scrutent sa silhouette et la comparent avec leur idéal féminin. Idéal est un mot déplacé, songe-t-elle. On devrait plutôt parler de représentation mentale de l'objet propre à satisfaire leurs désirs. Et y adjoindre une dose de perversité, pas mal de vice, une pincée de naïveté. Chez ces mecs, on trouve un peu de gentillesse, et presque constamment un fond de malaise, de détresse, de misère morale. Mais bon, reconnaît-elle, de ça, je m'en fous, je ne suis pas psy. Et Antoine… Quel est son dosage à lui, de naïveté, de misère ou de vice ? La question n'est pas pertinente, conclut Sonia en soupirant.

Ces jours-ci, il lui arrive de regretter les partouzes de sa jeunesse. Au moins, ces rendez-vous étaient teintés de plaisir. Désormais, sa vie est celle d'une travailleuse enchaînée à son métier. Pas de l'abattage, pas les trois-huit, un vrai travail tout de même, avec ses contraintes. Etre à l'heure, payer ses factures, s'occuper des clients, veiller à sa sécurité. Reste l'argent bien sûr qui entre à un rythme de cadre supérieur les meilleurs mois, mais file vite, trop vite malgré les conseils de Gudule. Son seul capital, sa seule assurance vieillesse, c'est un petit immeuble de rapport aux loyers trop chiches pour en vivre décemment. Et puis, le fisc risque de la harponner à tout moment. Plusieurs consœurs en ont déjà subi les foudres. Sonia préfère ne pas y penser. Comment se mettre en règle ? Devrait-elle inscrire catin à la rubrique profession de sa déclaration fiscale ? Demander un registre de commerce pour exercer l'activité de marchande d'amour ? Compter la TVA à ses clients ?

Encore une heure à tenir, puis Sonia fermera le rideau de la vitrine. Encore une heure pour ramasser un ou deux billets de mille avant de rentrer et s'enfoncer dans un sommeil sans rêves. Seule. Elle se ressert un café qui ne dissipera pas sa fatigue. Car fatiguée par sa vie, elle est aussi fatiguée de ne plus rêver. Dans sa chambre d'hôpital, elle avait perçu le désir d'Antoine. Ce désir l'avait troublée. Ce désir, Sonia aimerait en rêver. Et ne plus en avoir peur.

16

Ne rêvez pas les filles, jamais le prince charmant ne surgira de l'autre côté de la vitrine.

GUDULE, patronne de *L'Alexandrie*, dans une mise en garde récurrente à l'adresse de ses collaboratrices.

Le type est apparu brusquement, investissant le trottoir vide d'une seconde à l'autre. Pas un perdreau de l'année, déplore Sonia du haut de son tabouret. Les vieux l'emmerdent. Une corvée qui implique de ne pas ménager sa peine pour donner une consistance à leurs appétits. De s'y reprendre à plusieurs fois avant de les amener à la conclusion. Quelques-uns montrent plus de vices que des quadragénaires frustrés. D'autres sont moroses et portent leur qualité de grand-père avec embarras, comme s'ils se reprochaient de convoiter une femme de l'âge de leur petite-fille. Sonia est donc peu empressée de prodiguer ses soins à une population guettée par des troubles autant éthiques qu'érectiles.

Le miché s'incruste malgré son absence totale de réaction. Il émet les signaux conventionnels, avance le menton d'un air interrogatif, agite l'index dans un aller et retour entre la direction générale de la jeune femme et celle de sa poitrine. Bientôt son index rejoint son pouce. Les deux doigts glissent l'un sur l'autre pour reproduire le symbole monétaire universel. Sa bouche articule le mot combien. L'indésirable insiste encore, allant jusqu'à frapper la vitrine de sa main.

Sonia rajuste une bretelle de son soutien-gorge, hausse les épaules, soupire, archétype de la résignation. Une affaire, même peu engageante, reste une affaire, peut-être la seule des prochaines heures. Au moins, son client ne ressemble pas à l'un des skins dont Gudule lui a conseillé de se méfier. Elle déverrouille la porte de *L'Alexandrie*, se penche à l'extérieur.

— Combien ?

Cette fois-ci, la question est posée à haute voix.

Sonia lui débite un résumé de ses tarifs en trois propositions, la main, la bouche, l'amour. Il tente de négocier, l'amour au prix de la main. Elle s'interdit de consentir le moindre rabais, ne cède pas un pouce de terrain. L'ancêtre finit par l'injurier, émettant des doutes sur sa propreté tout en lui envoyant sa profession à la figure.

Sonia se rassied sur son tabouret et monte le radiateur électrique. La chaufferette ne réussira pas à combattre le froid qui s'insinue dans sa vie. Des injures. Pas de travail et des injures. Soirée de merde... Une éclaircie serait-elle en vue ? Sur le trottoir d'en face, Antoine marche d'un pas franc et lui adresse un signe. Sonia a peur de l'interpréter comme l'un de ces codes en vigueur de l'autre côté de la vitrine. Et si sa bouche s'arrondissait, si ses lèvres se tendaient dans un baiser obscène pour cracher le mot "combien", à l'exemple du vieux de tout à l'heure ? Sur ses gardes, elle tire le rideau et lui ouvre la porte. Antoine reste debout, l'air emprunté. Il ne lui fait pas la bise, elle respire. Leurs rapports ne seront peut-être pas physiques ce soir. Pas encore. Pas déjà. Que cette soirée de merde n'empire pas pour déboucher sur un matin de merde, pfuit, Antoine parti, coup tiré, bye-bye ma belle, satisfaction orgueilleuse du mâle de l'avoir baisée gratis.

— Tu as meilleure mine, dit-elle.

— J'allais beaucoup mieux dès que tu es entrée dans ma chambre d'hôpital.

— Tu as toujours mal ?

— Non, les courbatures commencent à passer, sauf une gêne dans l'épaule gauche. Là, c'est moi le responsable. Je me suis écrasé sur le trottoir après le premier choc.

— Assieds-toi au comptoir, je vais nous trouver de quoi boire.

— Au fait, Gudule a récupéré ?

— Je ne la trouve pas au mieux de sa forme. Tu la verras demain si tu veux. Les filles du quartier organisent une petite cérémonie pour Mémé Tartine avant le cimetière. Cette nuit, nous nous relayons pour veiller sa dépouille dans un établissement de la rue. Lydia, ma collègue, y est pour le moment.

Sonia cherche un alcool buvable. Avec Lydia, elle a consacré du temps à ranger *L'Alexandrie* après l'attaque des skins, mais les étagères n'ont pas été réapprovisionnées. Seul un flacon de brandy espagnol a échappé à la rage destructrice des agresseurs de Gudule.

— Désolée, *L'Alexandrie* n'a rien d'autre à t'offrir. Une bouteille qui ne méritait même pas d'être cassée…

— On s'en contentera, sourit Antoine,

Sonia s'est assise derrière le bar. Antoine est resté debout, de l'autre côté du meuble.

— Et toi, comment vas-tu ? lui demande-t-il.

— Foutue soirée.

— Je me suis toujours demandé comment on faisait pour aboutir ici.

Et Antoine désigne les murs de sa propriété, la vitrine obturée par le rideau, l'autre tenture qui camoufle l'accès aux couches. Son regard ne s'attarde pas dans cette direction. Sonia se raidit. Il ne va pas lui sortir le coup de la pitié, utiliser l'ouverture classique, je te tirerai de là, tu ne mérites pas ça. Et dans une nuit, dans quinze jours, retour à la case départ.

— Ça s'est fait comme ça, je l'ai pas vraiment décidé, un enchaînement de circonstances. Rien d'intéressant… Y compris pour un journaliste…

Devant son agacement, Antoine préfère battre en retraite.

— Toute proportion gardée, la même chose m'est arrivée avec les faits divers. Quand j'ai eu mon diplôme, j'espérais entrer dans un quotidien sérieux, à la politique ou à l'international. J'ai atterri aux chiens écrasés. A prendre ou à laisser. C'est la rubrique la plus vendeuse et, donc, on peut libérer un budget pour payer un jeune. Remarque, je n'ai même pas été engagé, je suis pigiste…

Antoine l'examine tout en parlant. Sonia est en tenue de travail, soutien-gorge, culotte, porte-jarretelles, une robe de chambre d'un tendre fuchsia pour voiler l'ensemble. Elle sent glisser son œil ému sur sa poitrine. Emu et concupiscent comme celui des mâles qui s'agglutinent devant sa vitrine. Ce regard exprime du désir. De l'appétit aussi pour une jouissance rapide. Elle en jurerait.

— Je suis venu pour visiter une deuxième fois l'appart d'en haut, reprend Antoine, mais aussi pour te voir. J'avais envie de passer un peu de temps avec toi…

Passer un peu de temps, c'est pas carrément la botte qu'il me propose ? Sonia se relève, se ressert à boire, ce faux cognac est dégueulasse. Par-dessus son verre, elle observe le journaliste. Encadré de ses boucles blondes, son visage est ouvert, amical. Son blouson de cuir lui donne une allure sportive et décontractée. Elle perçoit cependant des vibrations fiévreuses, un appel animal.

— Tu sais, ma vie n'est pas très facile. Il ne m'arrive pas souvent de passer du temps avec quelqu'un… Mon métier, tout ça… Quand je quitte le bar, les mecs, eh bien, je préfère ne plus y penser.

— Je comprends… Tu n'as tout de même pas tiré un trait sur les hommes, les autres, pas ceux qui te rendent visite ici ? Tu n'as pas de fiancé, de petit ami, de mari ?

— Je n'ai pas très envie d'en parler, tu ne m'en veux pas ?

— Je t'embête, excuse-moi.

— Pas du tout, le moment est mal choisi, je ne suis pas d'humeur aujourd'hui...

— On pourrait se retrouver dans un environnement différent... Je comptais t'inviter à dîner un de ces soirs, demain, par exemple. Ou samedi...

Sonia se rassied et, comme pour adoucir son refus, pose sa main sur celle d'Antoine. Un geste familier, pas une caresse.

— Tu es gentil, mais le vendredi et le samedi sont les meilleures soirées de la semaine. Je ne peux pas m'en priver. Gudule ne l'accepterait pas non plus.

— Dis donc, je suis le nouveau propriétaire de *L'Alexandrie*, Gudule m'obéira.

— Antoine, ne change pas de rôle. Tu es journaliste, pas...

— Pas quoi ? Pas ton mac ?

— Ah non ! Je n'ai pas de mac ! Personne ne régente ma vie ! Je suis comme tout le monde, j'ai un travail et je le fais, point à la ligne.

— Ton travail, parlons-en, tu ne vas pas continuer longtemps à t'asseoir sur un tabouret derrière une vitrine ?

— En quoi ça te concerne ? Ecoute, je dois y retourner. La nuit débute à peine, c'est la bonne heure...

— Dans ce cas, je t'abandonne à tes clients. Mais mon invitation tient toujours...

Le visage d'Antoine s'est fermé. Il serre les poings dans les poches de son blouson et se dirige vers la porte. Sonia est furieuse d'avoir laissé l'échange déraper. Vite se rattraper. Et surtout, l'empêcher de partir sur un échec complet.

— D'accord pour dimanche soir. C'est mon jour de relâche. Une petite bouffe entre copains. Sans interrogatoire, juste pour se détendre…

Sourire soulagé d'Antoine.

— Pas de questions, promis. J'attends dimanche avec impatience. Retrouvons-nous à 20 heures. Pourquoi pas à *La Licorne* ?

Antoine ne ressort pas dans la rue de la Bienfaisance. Sonia l'écoute grimper tout en haut comme son grand-père le faisait parfois. Contrairement à ce qu'elle lui a dit, plus question de travailler ce soir. Assise derrière le bar, les rideaux de la vitrine toujours fermés, elle se sert un verre de l'infect brandy, l'avale en deux gorgées, frissonne. Le goût d'alcool à brûler lui donne un haut-le-cœur. Du bruit dans les étages. Antoine doit fouiller les pièces à la recherche des documents. Une heure passe. Antoine redescend et s'arrête dans le couloir. Va-t-il frapper ? Sonia a peur d'espérer. Il ne s'attarde pas et referme la porte de la rue avec douceur. En écartant le rideau, elle le regarde tourner le coin et disparaître.

17

Du respect, il n'y en aura jamais beaucoup pour les petites mains de l'industrie du sexe.

MARTIAL CHAIDRON, inspecteur de première classe, police judiciaire du parquet de Bruxelles.

Impatient de rencontrer Tcherkassy, Antoine se hâte en sortant de la station de métro de la place Rogier. L'espoir de percer quelques-uns des vilains secrets de son grand-père l'a poussé à écourter sa tournée quotidienne dans les arcanes de l'appareil policier et judiciaire. Au point d'en avoir une demi-heure d'avance… Justement, hier, au cours de leur soirée calamiteuse, et avant d'accepter son invitation du bout des lèvres, Sonia lui a parlé d'une cérémonie en l'honneur de Mémé Tartine. Pourquoi ne pas y jeter un œil ?

En tournant le coin de la rue du Progrès pour s'engouffrer dans la rue de la Bienfaisance, il constate que l'hôtesse de *L'Alexandrie* n'a pas exagéré. Une cinquantaine de femmes s'agglomèrent sur les trottoirs et sur la chaussée. On n'entend aucun bruit monter de l'attroupement sauf celui de leurs pas. Elles ne restent pas en place, vont d'un groupe à l'autre, s'embrassent. La plupart fument, d'autres ont sorti un mouchoir et s'en tamponnent les yeux. Portant toutes un magnolia à la main ou épinglé à un vêtement, elles sont à peine protégées du froid par un cardigan, une écharpe ou un imper en plastique. Même de loin, Antoine identifie la panoplie complète des accoutrements professionnels du quartier. Minijupes, bustiers éclatants contenant tout juste leur butin, pièces de lingerie multicolores, slips tendus à craquer sur des fessiers aussi variés dans leur apparence que des visages, cyclistes galbant des formes plus ou moins aguichantes.

Un peu à l'écart, les trois gorilles de Monaco, gardiens de l'ordre prostitutionnel, trépignent d'irritation contre ces travailleuses qui ne travaillent pas, qui entravent les déplacements des clients potentiels. Curieusement, les automobilistes paraissent admettre l'étrangeté de la situation. Ils évitent la foule en douceur, sans énervement. Leur retenue s'accroît encore à la vue du corbillard, centre d'attraction de la réunion. Juste à côté, devant la vitrine du bar de son grand-père, Antoine aperçoit Sonia, sa collègue Lydia et Gudule, assise dans un fauteuil roulant. Martial est là aussi pour veiller au grain, pendant légal des employés de Monaco.

Bise rapide aux trois femmes, un peu plus appuyée chez Sonia qui ne se dérobe pas.

— Tu es sortie de l'hôpital, constate le journaliste en s'adressant à la patronne de *L'Alexandrie*.

— Je ne suis même plus capable de tenir debout. Ces salopards m'ont cassée. Mais je voulais être là.

Gudule a enfilé une tenue impossible, un tailleur gris dont elle a posé la veste sur ses épaules et un chemisier parme. Un magnolia blanc est agrafé par une épingle de nourrice à sa poche de poitrine. Une échancrure a été pratiquée dans le chemisier pour laisser passer son bras plâtré. Dans l'interstice, son soutien-gorge, d'un rouge éclatant, s'offre largement aux regards. Ce rouge jure avec l'ensemble et plus particulièrement avec le parme. Quant à la jupe, elle lui remonte sur les cuisses, dévoilant l'extrémité supérieure de ses bas et ses jarretelles bleu électrique. Son air corse encore le tableau. Un air bravache des plus inhospitaliers, menaçant des pires sévices les malotrus qui se risqueraient à se moquer de sa position dans ce fauteuil roulant. Ou de son accoutrement.

En réprimant un sourire, Antoine l'interroge sur la suite des événements.

— On procède à la levée du corps de Mémé Tartine. Nous avons dressé une chapelle ardente dans un bar inoccupé à côté de *L'Alexandrie*.

— Nous nous sommes relayées toute la nuit pour la veiller, nous lui devions bien ça, rappelle Sonia.

— Veiller ce qu'il en reste, dans un cercueil hermétiquement plombé, ajoute Martial en contemplant le happening avec un irrespect rigolard.

— Chut, la voilà, souffle Gudule.

Antoine regarde vers le bar désaffecté dont l'enseigne n'a pas été retirée, le *Pink Panther*. Est-ce de circonstance, se demande-t-il en sentant la main de Sonia se lover dans la sienne. Deux types des pompes funèbres sortent de l'établissement avec le cercueil, posé sur un portique. Ils prennent conscience des filles amassées devant eux. Leur attitude compassée, commandée par un automatisme professionnel de bon aloi, se métamorphose. Leur sourire est d'abord retenu, puis ébloui, égrillard même. On les voit détailler les charmes qui s'étalent sous leurs yeux, des minois tout mignons, des seins à gogo, de la cuisse à en perdre la tête. Ça chahute dans leurs pantalons. Ils ont envie d'expédier la corvée pour revenir tout à l'heure, quand ces dames travailleront. Et comme tous leurs sens sont tendus dans une direction, leur attention se relâche. A cause du manque d'entretien délibéré de la voirie du quartier, le trottoir est défoncé. Plusieurs pavés manquent. La bordure en pierre bleue qui sépare l'accotement de la chaussée est disjointe. Du coup, mieux vaut s'appliquer si l'on pousse un chariot dans cet environnement bancal. L'inévitable se produit. Un bruit détestable et les amies de Mémé Tartine contemplent les deux croque-morts, les bras ballants, immobiles devant le cercueil de la défunte, affalé au pied du praticable.

— On l'a pas fait exprès, dit l'un sans s'adresser à personne en particulier.

— Ce truc a glissé, se justifie l'autre.

Se faufilant entre les bâtiments depuis les hauts de Saint-Josse, un vent glacial s'est levé. Glacial comme l'assistance, figée dans un silence horrifié. Les deux employés ramassent la bière, la reposent prudemment sur le portique. En se relevant, ils s'avisent du recueillement des filles, de leur chagrin aussi. Ils se raidissent et retrouvent une posture plus conforme à leur fonction. Le chariot est désormais manipulé en y mettant tout le cérémonial voulu. Le cercueil est engagé lentement sur ses rails à l'intérieur du break. L'un des deux maladroits en vient à ôter sa casquette quand son compère referme le hayon. Et leur départ se déroule dans une onctuosité très protocolaire.

La limousine n'a pas encore tourné le coin de la rue quand Lydia, en cuissardes et maillot léopard, entonne une chanson. Antoine n'en croit pas ses oreilles en reconnaissant *Magnolia Forever* de Claude François. Plusieurs filles reprennent les paroles en chœur. Certaines se tiennent par la main, comme Sonia et lui.

— Dites-lui que je pense à elle, dans un grand champ de magnolias, chantonne Gudule d'une drôle de voix.

A la fin de l'hymne, le silence revient dans la rue de la Bienfaisance. Un silence recueilli. Immobile. Les voitures se sont arrêtées. Même les soldats de Monaco ne font plus les cent pas.

— Le magnolia était la fleur préférée de Mémé Tartine, chuchote Sonia à Antoine en desserrant sa main. Je te laisse. Ma place est auprès de mes camarades.

Puis elle empoigne le fauteuil de Gudule et, tout en la poussant, s'en va rejoindre la troupe qui part pour les funérailles officielles de Mémé Tartine. Ce beau monde s'entasse dans plusieurs voitures et même un bus.

— Ouf, on a évité la manif de peu, ricane Martial.

— Ces femmes ne revendiquent rien, sauf du respect, murmure Antoine. Pour Mémé Tartine. Et pour leur compte.

— Bof, du respect, il n'y en aura jamais beaucoup pour les petites mains de l'industrie du sexe, conclut le flic.

18

Tintin, c'est moi !

LÉON DEGRELLE, *Sturmbannführer* SS-
Sturmbrigade wallonien.

— Croyez-moi, du côté du Dniepr, nous y mettions moins de cérémonie quand nous prenions congé de l'un des nôtres.

Dans la rue de la Bienfaisance vidée de ses occupantes naturelles, Antoine se retourne sur l'homme d'une soixantaine d'années, moustache soignée, chauve, qui vient de parler. Une vilaine cicatrice très blanche part de sa tempe droite, traverse sa joue et creuse son sillon jusqu'en dessous de sa mâchoire.

— Ils ont failli m'avoir, en 1943, loin à l'est, reprend le badaud en touchant sa balafre avec comme de la tendresse dans le geste. A propos, je me présente, Tcherkassy. J'ai rendez-vous dans le quartier avec un journaliste, de la part de Piotr

Bogdanovitch... Serait-ce vous par hasard ? demande-t-il en indiquant le carnet de notes d'Antoine.

— Tout juste, et voici Martial Chaidron, inspecteur de la PJ, un ami. Je vous propose de nous rendre d'abord à *L'Alexandrie*. Vous connaissez l'endroit, je crois. Pendant la guerre, l'immeuble hébergeait l'ASVOG, une association d'aide aux gens qui comme vous avaient rejoint l'armée allemande.

— N'ayez pas peur de prononcer le mot. En endossant l'uniforme ennemi, nous devenions des traîtres, c'en est la définition exacte. Quant à l'ASVOG, cette organisation m'est familière, je m'y suis présenté à mon retour en Belgique. Je vous raconterai.

Devant le bar, Tcherkassy s'arrête un instant. Il regarde la façade, l'enseigne, la vitrine et ses néons. Il a un profond soupir et pénètre dans l'établissement à la suite d'Antoine et de Martial. A l'intérieur, l'ancien volontaire examine le tabouret de Sonia, le radiateur électrique, les rideaux qui isolent les couchettes destinées aux clients.

— Bien sûr, tout a changé, note-t-il.

— On ne va pas rester ici, il n'y a plus rien à boire, proteste le flic. Foutons le camp à *La Licorne*.

A cette heure-ci, un vendredi midi, le café est pratiquement vide. Les premiers habitués débarqueront dans quelques heures, un peu avant le rush de la soirée. Seule une pocharde tète une liqueur d'un jaune tranchant dans le fond de la pièce. Les trois hommes s'installent à une table contre la vitre et observent un instant la circulation dans la rue du Progrès. Le quartier a retrouvé son visage habituel. Les voitures tournent, mais sans but. Les conducteurs s'arrêtent, redémarrent, tentent leur chance un peu plus loin. Et filent la queue entre les jambes. Aucune travailleuse n'officie à cause de l'enterrement de Mémé Tartine. Devant leur bière, Antoine, Martial et Tcherkassy conservent cette sensation trouble des après funérailles, le soulagement d'être encore vivants mêlé à la prise de conscience de l'être provisoirement, l'envie de célébrer ce soulagement et l'impression très nette que toute manifestation d'allégresse serait indécente.

— Donc, d'après Bogda, vous avez participé à la campagne de Russie, commence Antoine pour dissiper leur silence morbide.

Tcherkassy attendait cette invite pour se lancer dans un laïus bien rodé.

— Avant toute chose, j'ai rompu avec ce passé. Soyez-en sûrs, mon engagement, je l'ai renié. Je m'étais embarqué dans un combat injustifiable, je l'ai compris trop tard. Mais le remords est un sentiment inutile. Pour en finir avec ce remords, j'ai décidé d'apporter mon témoignage aux chercheurs, aux écoliers, aux journalistes, aux simples curieux.

Antoine se demande si Maurits avait aussi des regrets. Dans l'affirmative, il semble avoir usé d'une autre méthode pour s'en accommoder : le secret total sur cette partie de sa vie.

— Bogda vous l'a dit, votre témoignage m'intéresse pour mieux cerner cette période, et peut-être la personnalité de mon grand-père.

L'ancien transfuge acquiesce. Antoine ouvre son carnet de notes. Tcherkassy prévient cependant qu'il lui faut d'abord planter le décor.

— Je me suis engagé en 1942. Je ne sais plus trop pour quelle raison. L'aventure, le désœuvrement, l'avenir bouché dans cette Belgique occupée, l'envie d'agir, d'apporter ma contribution à une œuvre exaltante, de lutter contre les barbares slaves et leur idéologie antichrétienne. Je n'oublie pas l'effet d'entraînement aussi. J'ai signé avec un ami, resté là-bas dans la boue du printemps 1943, tué dans une escarmouche. Pour résumer, j'étais jeune, je venais d'avoir dix-huit ans. Je suis tombé dans le panneau. Mes parents votaient Degrelle, le chef de Rex. Ce parti francophone d'extrême droite accumulait les succès électoraux dans les années 1930 avant de se précipiter dans la collaboration la plus catégorique. J'ai suivi le mouvement.

— Ce n'est pas une excuse, souligne Antoine.

Tcherkassy hausse les épaules.

— En réalité, les motivations de mon engagement ne sont pas très importantes. C'est une question de circonstances. J'assume mes responsabilités mais cela aurait pu arriver à d'autres. Placé dans des conditions différentes, mieux averti, mieux renseigné, plus conscient des conséquences de ma participation à cette guerre, je ne serais pas parti. Je témoigne pour ce motif, pour donner la chance à chacun d'être correctement informé.

Antoine commande une nouvelle tournée. Il entend dans les paroles de Tcherkassy comme un écho aux raisons qui l'ont poussé à devenir journaliste.

— Ne comptez pas sur moi pour vous dresser un tableau homérique de l'homme dans sa lutte contre d'autres hommes, dans sa bataille contre les éléments, le froid, la neige, la glace, l'eau qui inonde tout au moment du dégel, la boue qui avale les machines, les bêtes et les combattants, la chaleur de l'été dans les plaines d'Ukraine. Nous menions une existence pénible, dure, très éloignée des images d'Epinal diffusées aujourd'hui encore par une certaine extrême droite. Notre condition n'avait rien de glorieux. Nous étions dans une détresse morale et physique considérable, profondément enfoncés en pays ennemi, à des milliers de kilomètres de nos familles, au milieu d'une armée qui nous méprisait. Les atrocités commises par ses soldats nous laissaient abasourdis. Ces atrocités, nous nous en rendions coupables aussi, avec hésitation au début puis, très vite, par habitude. C'était peut-être le pire, cette habitude du massacre, de l'incendie, de l'exécution sommaire. Nos camions, quand ils n'étaient pas embourbés, tiraient les cordes des pendus. Et nous riions au spectacle du meurtre de masse. Cette accoutumance au crime était effrayante. La mort devenait un réflexe. La mort que nous donnions, celle que recevait nos camarades. Croyez-moi, personne d'entre eux n'a versé son sang en héros. Aucun d'entre nous n'a mérité cet honneur. Après trois mois, vous auriez pu chercher longtemps dans les regards une étincelle d'humanité. Vous auriez pu chercher longtemps, et souvent, en vain.

Martial en oublie de descendre sa bière. Antoine est pris lui aussi par le récit de l'ancien soldat. Il lui trouve une sincérité touchante, même si l'exposé paraît ajusté à la virgule près, répété cent fois. La marque du témoin professionnel en quelque sorte.

— Un jour de dégel, j'ai été blessé, reprend Tcherkassy. Pas au cours d'un assaut épique, je suis tombé à l'occasion d'une embuscade banale, un accrochage sans surprise. Notre convoi s'était enlisé jusqu'aux essieux. Nous peinions depuis plusieurs heures, à coups de pelles, de treuils, de planches, pour tenter de remuer nos camions. Au bout d'un moment, les partisans ont attaqué. Quelques obus de mortier, quelques balles, ils ont disparu aussitôt. Nous avions deux ou trois morts dans nos rangs et plusieurs blessés, dont moi. Un éclat m'a tailladé le visage, un autre m'a déchiré le flanc droit. L'évacuation a été longue, le transfert en Belgique très lent et je suis resté en convalescence dans un hôpital à Bruxelles pendant plusieurs semaines. Le pire était à venir.

Un trait de bière, Tcherkassy effleure sa cicatrice. L'ancien combattant baisse maintenant la voix. Il entame le chapitre suivant de son histoire d'un sourd murmure.

— Après ma guérison, je demeurais mobilisé. Les autorités militaires ont eu la décence de ne pas me renvoyer au front, j'en aurais crevé. On me réservait cependant une autre sorte de mort, une déchéance morale qui vous tue aussi sûrement qu'un tir de Katiouchas quand vous le ramassez dans votre half-track. J'ai été affecté à la caserne Dossin à Malines. Au poste de garde, à l'entrée des véhicules. Une planque en apparence. Mais cette caserne était reliée au chemin de fer. Les Allemands avaient sélectionné l'endroit pour regrouper les juifs avant de les expédier vers les camps d'extermination. Parlez d'une planque ! J'ai vu défiler des camions, des camionnettes, des autocars, tous bourrés de familles, des vieillards, des femmes, des nourrissons, des adolescents. Nous les entassions dans la cour pour former les convois. Les bébés pleuraient. Les adultes demeuraient dignes. Beaucoup espéraient, ne voulaient pas croire l'évidence. Les opérations se déroulaient dans un calme surprenant. D'autres vétérans du front de l'Est étaient avec moi. Nous, nous savions. Nous n'étions ni sourds, ni aveugles. Nous avions vu ce que l'on infligeait aux juifs en Ukraine. Il nous était arrivé de participer à des actions spéciales comme on les appelait. Oh, de loin. On sécurisait parfois un endroit, on fermait un périmètre, et d'autres se chargeaient du boulot, des exécutions. Bon, nous savions, c'est certain. A Malines, nous étions cantonnés dans la caserne. Quand nous étions au repos, nous ne parlions pas de notre travail. Nous prétendions être de simples sentinelles. Après tout, nous n'intervenions pas directement. Notre tâche n'était pas si pénible. Sauf que les opérations duraient. Les camions continuaient à entrer dans la cour, les trains continuaient à partir. Un jour, je ne l'ai plus supporté.

Le murmure de Tcherkassy devient à peine perceptible. Antoine et Martial sont penchés sur lui.

— Cette fois-là, nous attendions un bus, un bus rempli d'enfants. Au moins une trentaine, des tout jeunes, pas plus de dix ans. Ils avaient vidé un orphelinat ou une école. Ceux-là ne pleuraient pas, pas un cri. Ces gosses formaient des rangs comme dans une cour de récréation, mortellement sages. Je me souviens d'une petite fille blonde. Elle tenait d'une main une poupée et de l'autre un sac trop lourd. Elle avançait en le traînant par terre, très concentrée, sans lâcher sa poupée. Cette enfant ressemblait trait pour trait à ma sœur tuée par une bombe anglaise quand j'étais en URSS. J'aurais dû être content, œil pour œil, fillette contre fillette. Pour être honnête, à ce moment-là, je l'étais. Ceux que la propagande désignait comme les fauteurs de guerre payaient pour leurs crimes. Et puis, j'ai regardé cette petite fille, six ou sept ans, une robe bleue avec un col en dentelle, des chaussettes blanches montées jusqu'aux genoux, des chaussures à boucle. Et elle s'acharnait à tirer ce sac avec une concentration extrême pour suivre les plus grands. J'ai regardé cette petite fille et j'ai réalisé l'atrocité de ce sentiment de satisfaction. J'ai éclaté en sanglots, j'ai lâché mon fusil, je suis tombé par terre, je ne pouvais plus m'arrêter de pleurer. A travers mes larmes, je la voyais encore. Elle m'observait avec un étonnement glacé, l'étonnement d'une adulte qui comprend qu'elle a été trompée. Dans cet éclair de lucidité, j'ai dévisagé une vieillarde. Celle qu'elle ne deviendrait jamais. Et j'ai perdu connaissance.

— Comment ça s'est terminé ? demande Martial, Antoine lui découvre comme une lueur humide dans l'œil.

— Ma crise de nerfs, on l'a mise sur le compte de mon expérience du front. J'ai déserté un peu plus tard. J'ai fini la guerre en faisant le moins de bruit possible. Après la Libération, je suis resté planqué. Fin 1945, j'ai été dénoncé. Procès, condamnation, quelques années de prison. En 1950 j'étais déjà libre. Dois-je l'ajouter ? Aucun des passagers du convoi parti ce jour-là n'a survécu. Aucun adulte. Aucun enfant.

L'irruption de l'extermination des juifs d'Europe dans l'histoire déconcerte Antoine. Il pensait naïvement que les volontaires pour le front de l'Est, flamands ou francophones, n'étaient pas concernés. Il n'avait pas fait le rapport, en tout cas pas avec Maurits Daillez.

— C'est épouvantable. Je suis un peu honteux de revenir avec mon petit problème familial... Comment êtes-vous entré en contact avec l'ASVOG ?

Le garçon en profite pour déposer trois nouvelles bières et se dirige paresseusement vers une autre table. *La Licorne* s'est remplie d'une population assoiffée. Aïe, se dit Antoine, un alcoolo fonce vers le juke-box. Coïncidence, à moins que l'amateur de Cloclo ne se soit trouvé dans la rue au moment du départ de Mémé Tartine, l'appareil crache les *Magnolias*. Cet air n'était pas de circonstance tout à l'heure. Il est parfaitement déplacé après l'intermède de la caserne Dossin. Tcherkassy ne paraît pas s'en formaliser.

— L'ASVOG, j'y viens. Après mon passage à l'hôpital, j'ai bénéficié d'une longue permission. On m'a conseillé de m'adresser à une association d'aide aux familles des soldats blessés ou tués sur le front de l'Est. Cet organisme était installé dans le bar que nous avons visité. Un emplacement idéal, à deux pas de l'ancienne gare du Nord située à l'époque place Rogier. Les trains pour l'Allemagne partaient de là avec leur cargaison de volontaires. C'est là aussi que rentraient les blessés et les permissionnaires.

— Vous vous êtes donc rendu à l'ASVOG ? demande Antoine.

— Je voulais obtenir de l'aide pour ma mère. Mon père était mort peu avant l'invasion. Elle vivait seule, sans soutien. J'ai reçu des miettes, un maigre colis de vivres et un papier autorisant ma mère à s'approvisionner de temps en temps. J'étais furieux, vous pensez. Au moment de signer, on nous l'avait assuré : nos familles seraient prises en charge. En réalité, l'intervention de l'ASVOG était symbolique. J'en avais discuté avec d'autres camarades, la plainte était générale.

— Mon grand-père, vous l'avez vu ?

— Jamais rencontré. Je me rappelle que le patron de cette officine s'appelait Daillez, point à la ligne. Remettez-vous dans le contexte, nous étions de simples soldats, vétérans, blessés, médaillés mais toujours soumis à la discipline militaire. Nous avions affaire à des sous-fifres, des Belges en uniforme d'auxiliaires allemands. Nous faisions la queue dehors. Nous embarquions notre aumône, et puis basta. Le bureau de réclamation n'existait pas...

— Et Karel Verdriet, ce nom vous évoque quelque chose ?

— Verdriet, c'est qui celui-là ? intervient Martial.

— L'adjoint de mon grand-père dans l'ASVOG. Il a fondé le parti de Kurt Zomers, tu sais, le bonhomme que m'a présenté Van Inghelghem.

— Verdriet, reprend Tcherkassy. Voyez-vous, je ne me contente pas d'apporter mon témoignage dans les écoles. Je m'investis dans la lutte active contre les fascistes d'aujourd'hui. Je fournis mon expertise à ceux qui entrent en résistance contre ces groupes. Alors, pensez si je pratique l'animal. Les frasques de sa milice néonazie dans les années 1970, sa reconversion dans la politique plus présentable, avec ce clown de Zomers en paravent... Vous devriez les entendre, ça vaut le détour. Justement, ce soir, comme tous les vendredis soir, le parti tient une réunion publique, dans un café derrière la Grand-Place...

— Intéressant, réfléchit Antoine, je le reverrais bien, Zomers, histoire de lui demander des précisions sur les documents... Vous n'auriez pas une idée, vous ? Car on me réclame des papiers détenus par mon aïeul...

— Des documents, non, je ne vois pas. Je ne sais pas grand-chose de plus sur l'ASVOG. Une réflexion peut-être. Cette association ne semble pas avoir distribué beaucoup plus que quelques colis, parfois un peu d'argent, ou des tickets de rationnement. Pourtant, selon la rumeur, elle roulait sur l'or.

— La rumeur, rien de plus précis ?

— Non, c'est ce qui se disait autour de nous. Plus tard, après la guerre, j'ai encore entendu parler de l'ASVOG. En prison je côtoyais régulièrement d'anciens camarades, des politiques aussi. Votre grand-père n'était pas en odeur de sainteté. Il avait quitté l'ASVOG peu avant la Libération, on le considérait comme un traître, un traître à la cause, l'un de ces anciens collabos qui retournent leur veste au dernier moment pour servir les nouveaux maîtres du pays.

— Traître à la Belgique, traître à l'occupant, possible aigrefin à la tête de son association pleine aux as... Ton papy te gâte, Antoine. A propos, ces documents, ce ne serait pas des bouts de papier imprimés par la Banque nationale ou par la Reichsbank ?

19

Hachez le filet de bœuf. Mélangez vigoureusement le jaune d'œuf, la moutarde de Gand, le ketchup, le Tabasco, la sauce anglaise et le filet de citron. Ajoutez la viande, la mayonnaise, les câpres égouttées, l'oignon haché, le persil ciselé, le sel et le poivre. Mélangez, rectifiez l'assaisonnement et servez.

Recette du restaurant *Au Schieve Lavabo.*

En quittant *La Licorne*, Tcherkassy s'est excusé d'avoir fourni de trop maigres renseignements sur Maurits Daillez. Il a refusé une nouvelle bière en prétextant un autre rendez-vous. On espérait son témoignage dans un home pour égayer l'après-midi d'une assemblée de vieillards. Le vétéran de l'armée allemande est parti en silence, les mots déjà agencés dans sa tête, son argumentaire au point pour détourner les chers aînés de la tentation fasciste.

Tentation à laquelle ils ont peut-être succombé dans leur jeunesse : Antoine n'est plus très sûr que la lèpre n'a pas contaminé l'ensemble de la population en âge d'avoir connu la guerre.

— J'ai la dalle, allons bouffer, propose Martial.

— Je ne te propose pas de nous rendre dans mon bar, à part un reste de brandy espagnol et je ne te le recommande pas...

— Ton bar ? Tu as fini par t'habituer à l'idée d'être patron d'un bordel. Quelle révélation ! Ça se fête ! Je t'offre un américain frites au *Métropole*...

Pour rejoindre le restaurant, les deux amis empruntent le prémétro, une particularité locale qui consiste à faire rouler un tram de facture classique dans un tunnel taillé pour recevoir une vraie rame. C'est qu'après avoir eu la folie des grandeurs la ville a dû rabattre ses ambitions pour cause de sous-financement endémique... Une station plus loin, ils émergent sur la place de Brouckère, face au *Métropole*. L'hôtel n'est pas à proprement parler un palace. On ne peut le comparer aux établissements de prestige des grandes capitales. Mais l'endroit se veut luxueux et attire une clientèle disparate, des cars bondés d'adeptes des voyages organisés, des hommes d'affaires aussi, conquis par son charme vieillot. La taverne attenante, dans laquelle pénètrent Antoine et Martial, accueille un public de dames mûres qui s'imaginent raffinées. Leurs tailleurs de couturiers parisiens camouflent mal une fortune récente, bouchères ou boulangères enrichies, d'extraction flamande souvent, ardennaise parfois. Quand ces représentantes de la classe des commerçants industrieux ouvrent la bouche, on reconnaît l'empreinte insistante de leur accent d'origine auquel s'agglutinent des mots tombés du patois bruxellois. Leur français hétéroclite les trahit aussi sûrement que si leur mari venait à débarquer en tenue de travail, coiffe de mitron sur la tête, tablier taché de sang sur le poitrail.

Le flic et le journaliste se sont assis sur une banquette rembourrée de cuir dans un coin de la salle ponctuée de hautes colonnes aux chapiteaux de stuc. Sur le bar, derrière eux, des bouteilles de champagne et de chablis rafraîchissent dans une vasque en inox gorgée de glaçons. Un garçon, pantalon, chaussures et cravate noirs, chemise et veste blanches, tablier grenat s'abattant sur les chevilles, dépose un plat en argent sur le guéridon de marbre. Il étale avec soin dans leur assiette une portion de viande de bœuf crue, hachée, assaisonnée de mayonnaise, de ketchup, d'oignons, de câpres et de moutarde.

Antoine picore, prend une frite entre les doigts, une fourchette de viande, repose l'ensemble, rajoute de la sauce anglaise, boit une gorgée de bière, reprend ses couverts, les replace sur l'assiette. En face de lui, Martial a tout oublié, Tcherkassy, la caserne Dossin, Mémé Tartine. Il engloutit son américain et ses frites et s'enfile un demi-litre de bière avec l'entrain d'un Bavarois qui viendrait de subir les rigueurs des camps de prisonniers en Sibérie.

— Tu n'as pas faim ? s'inquiète son convive en se resservant dans le plat de viande.

— Tcherkassy m'a coupé l'appétit. Ce car d'enfants juifs, mon grand-père en fourrier des SS belges…

Et puis, cette association qui semble rouler sur l'or mais ne se montre pas très prodigue. De quoi renifler l'odeur du coulage, non ? Et s'il s'en mettait plein les poches comme tu l'as dit… Avoue, un collabo, ce n'est pas drôle d'en dénicher un dans sa famille. Un escroc en plus…

— Mange au lieu de t'angoisser.

— Et ces papiers… Hier soir, j'ai repassé au peigne fin l'appartement au-dessus de *L'Alexandrie*. Nib de nib. Ensuite, je suis allé chez mon grand-père, dans la villa où il vivait, à Uccle. Je n'y étais pas retourné depuis son décès. J'ai mis la bicoque en coupe réglée. T'aurais vu le bordel ! Ça m'a pris un temps… Pour rien. Pas la moindre missive louche, pas le plus petit mot suspect.

— Si ça se trouve, le vieux Maurits les a bazardés depuis belle lurette !

— Peut-être… Le cheminot m'inquiète aussi. Il m'a laissé un message affolé pendant que j'étais à l'hôpital. Ses chefs menacent de le virer à cause de mon article… J'y crois pas beaucoup, mais je m'en voudrais de lui causer des ennuis.

Antoine se résout à avaler une bouchée. La viande crue tombe dans son estomac comme un bloc. L'acidité de l'assaisonnement rend le magma aussi corrosif que le récit de Tcherkassy. Une gorgée de bière n'apaise pas la brûlure. Martial observe son ami s'enfoncer dans une déprime carabinée. Il se demande comment le réconforter, l'américain n'y suffira pas.

— Tiens, veux-tu que je te raconte l'histoire de *L'Alexandrie*, ton bar comme tu disais tout à l'heure ? J'ai dû m'occuper de cette partie du dossier pour

Van Inghelghem, les annales de la maison, le *curriculum* locatif de Mémé Tartine. La routine quoi…

— C'est vrai, je n'en sais pas énormément du passé de cette maudite baraque. A part deux détails : elle appartenait déjà aux Daillez avant la guerre de 14 et surtout, pendant la guerre suivante, l'ASVOG y a trouvé un asile bienveillant.

— Oh ! Loin de moi l'idée de remettre ton imbroglio familial sur la table. Je ne suis pas remonté aussi loin, je me suis contenté d'ajouter un peu de couleur locale au dossier judiciaire. Voilà, Mémé Tartine s'est donc posée rue de la Bienfaisance en 1946.

— Monaco me l'a dit, la bonne vieille solidarité entre collabos…

— Passons… Comme ton grand-père le lui avait permis, Mémé Tartine a très vite loué le rez-de-chaussée. A un électricien. Mais dans les années 1950 elle a connu ses premières difficultés. La destruction du quartier a commencé à ce moment-là.

— Exact, confirme Antoine dont l'intérêt est éveillé par la question des promoteurs et de leurs rapports conflictuels avec le patrimoine bruxellois.

Martial lui rappelle la fin des travaux de la jonction ferroviaire Nord-Midi et son cortège de dévastations. Plus haut, vers Saint-Josse, les premières démolitions ont annoncé la future Cité administrative. Antoine se pique au jeu. Il embraie avec vivacité sur le chantier ouvert ensuite par les urbanistes autour de la gare du Nord. Un projet dantesque, la construction de tours de bureaux par rafales. Des rues entières ont été mutilées sans résultat particulier. Quelques buildings ont été bâtis, très peu de logements, l'exemple le plus notable étant la résidence du cheminot.

— Ces dingues avaient une vision futuriste de Bruxelles, s'emballe-t-il. Un cauchemar de science-fiction avec des trottoirs au niveau du premier étage des tours. Au sol, des autoroutes devaient déployer leurs tentacules vers les quatre points cardinaux. Représente-toi les étendues de béton, de pierre et de bitume à perte de vue. Imagine les courants d'air qui auraient dû galoper entre les immeubles. Ils rêvaient de convertir Bruxelles en centre capitalistique et technocratique relié à d'autres centres du même tonneau dans le monde entier par des voies express, des liaisons rapides vers les aéroports. Et des milliers de bureaucrates en effervescence auraient dû apporter prestige, fortune et gloire à Bruxelles. Notre bonne vieille ville serait entrée de plain-pied dans le troisième millénaire, brandissant ses gratte-ciel comme étendards de la modernité.

— Bref, coupe Martial, heureux de voir Antoine retrouver toute son énergie, débordé en même temps par la hargne de son réquisitoire. Bref, dans ce chantier, plus un commerce honnête ne pouvait survivre. L'électricien a fermé. Mémé Tartine n'a pas réussi à attirer de nouveaux locataires pour le rez-de-chaussée. Un affairiste s'est présenté pour ouvrir un bar, elle a capitulé. De fil en aiguille, les serveuses ne se sont pas contentées de servir des verres. Et en 1978, Gudule prenait possession des lieux.

Antoine réfléchit en sirotant sa bière, l'américain toujours coagulé dans son estomac. Il sent son enthousiasme retomber. L'histoire récente de *L'Alexandrie* épouse le parcours chaotique du quartier. Mais elle ne livre aucun indice sur son passé plus ancien, au temps de l'Occupation.

— Merci pour la bidoche, dit-il à Martial. Faut que j'y aille, je dois finir mes articles du jour.

— Et moi, je dois rentrer à la brigade... Un ou deux rapports à torcher...

Pour retourner à la tour Martini, Antoine délaisse le prémétro. Il emprunte le boulevard Adolphe-Max qui s'ouvre sur la place de Brouckère à la hauteur du *Métropole*. Cette perspective morose de trois cents mètres débouche, à l'autre bout, sur la place Rogier. La transformation de cette artère en déversoir à bagnoles a porté un coup fatal aux commerces qui la bordaient. Quelques snacks réussissent encore à tirer leur subsistance des bureaux alentour. Une salle miteuse passe des séries B et vers la place Rogier deux cinémas pornos promettent des spectacles sur scène à l'entracte ; Antoine est curieux de savoir lesquels exactement. Avec leurs balcons en pierre de taille et leurs façades haussmanniennes, les bâtiments imitent l'alignement d'un boulevard parisien, l'arrogance en moins. En réalité, l'ensemble inspire un irrémédiable ennui et donne envie de redoubler l'allure pour écourter la traversée, à l'exemple du flot de voitures qui investissent à fond de train les quatre voies. Cette brève marche ne dissipe pas son humeur maussade. La bière lui pèse maintenant sur l'estomac et se mélange avec l'américain gluant et les frites cartonneuses pour produire une fermentation amère.

TROISIÈME INTERLUDE

OÙ L'ON SE CONVAINC DE LA VALEUR POÉTIQUE D'UN LAIT FRAISE ARTISANAL QUI CERTES N'OUVRE PAS LA PORTE DES PARADIS ARTIFICIELS MAIS JOUE SA MADELEINE COMME UN GRAND.

A un moment quelconque de cette histoire, dans un lieu qui n'est pas autrement précisé, Antoine est resté seul avec Sonia pendant plusieurs heures. On ne sait si la nuit favorisait leur rapprochement, ni si la lueur blafarde d'une journée de novembre pesait sur leurs débats, ni quelle musique ils écoutaient. En tout cas pas Claude François, Sonia en a soupé des ritournelles de Gudule. On ne sait pas non plus comment cette entrevue s'est terminée. Dans un lit, c'est peu probable. Plutôt par une simple et sage bise sur la joue pour tout au revoir.

On peut néanmoins le penser, ils auront profité de ces quelques heures pour se raconter les menus incidents de leur vie, partager leurs souvenirs les plus poignants, jubiler ensemble à l'évocation des heures réjouissantes de leur existence, dévoiler l'un à l'autre leur être intime. Ils se sont probablement tout dit comme les futurs amants en ont coutume, mais le deviendraient-ils ? Pendant cette mi-temps, au cours de cet intermède dans une cascade d'événements qui devaient affecter durablement sa vision du monde et celle de son défunt grand-père, Antoine a beaucoup évoqué un lait fraise fabriqué avec de vraies fraises, du vrai lait de ferme glacé, et décoré d'une vraie feuille de menthe posée sur le dessus. Ce limbe fragile, quand on mord dedans avec gourmandise, donne à l'ensemble une bouffée de fraîcheur supplémentaire, avec une légère saveur poivrée qui s'accorde à merveille à ces fruits.

En vérité, s'il s'attardait autant sur ce lait fraise, boisson banale au demeurant, c'était surtout pour parler de son grand-père. Depuis sa mort, il ne s'était ouvert à personne du chagrin causé par sa perte. Fils unique, orphelin, il n'avait pas de parent avec qui s'épancher. Très proche de lui pendant son enfance et son adolescence, Antoine s'en était détaché doucement, l'unif, les amis de son âge, les filles. Leurs rencontres s'étaient faites moins fréquentes, leurs conversations moins personnelles, plus convenues. La disparition de son père et de sa mère y était aussi pour quelque chose. Son grand-père en avait été fort marqué. Antoine refusait que leurs tête-à-tête deviennent des huis clos de la mémoire où l'on brasserait sans fin la peine de ce double décès à la dimension tragique particulière : un naufrage en pleine mer, la certitude de la mort pour des raisons circonstancielles objectives mais pas de corps à enterrer. Antoine et son grand-père ne s'étaient pas perdus de vue, ils s'étaient éloignés chacun dans des vies aux lignes de fuite de plus en plus divergentes.

Pendant ces heures passées avec Sonia, Antoine semble s'être attardé sur ces jeudis après-midi de sa jeune adolescence, entre quatorze et seize ans, au cours desquels son grand-père l'initiait à la poésie. Quatorze ans et pas avant, la poésie est une affaire trop sérieuse pour les enfants, disait Maurits Daillez. Seize ans, parce que, après, l'adolescent risque de travestir l'émotion poétique en la pervertissant par les sentiments un peu bêtes de l'excitation amoureuse dont cet âge est la victime consentante. Ou pire, de la polluer par le désespoir parfois suicidaire qui précède le moment où il devra trouver sa place dans le monde. Ni infantilisme, ni romantisme, ni nihilisme. Ni Lamartine ni Maurice Carême. Ni, et Antoine aura dû en convenir, les groupes de rock anglo-saxons qu'il commençait à écouter. Ceux-là en effet n'étaient pas avares de textes spéculant sur la détresse et le désabusement de la jeunesse.

Avec la bénédiction forcée des pères jésuites, Antoine s'absentait un jeudi après-midi par mois. Le chauffeur venait le chercher au collège avant le retour en classe et, à deux heures moins le quart, il montait dans une limousine britannique. On l'imagine dire à Sonia, avec un brin d'autodérision, que cette limousine n'était pas une Rolls, tout de même pas, ni une Bentley, pas une Mini non plus, mais une Jaguar, une XJ12, le 12 étant là pour dénombrer le nombre effarant de cylindres. Le chauffeur le conduisait dans une petite rue glauque du centre de Bruxelles, enserrée entre deux boulevards. S'y alignaient des cabarets promettant spectacles de charme, danseuses nues, entraîneuses et plus si affinités.

Le chauffeur le déposait devant le numéro 11 et Antoine sonnait à la porte. Un vieil homme l'introduisait dans la place, les cheveux lui caressant les épaules, en tongs, avec une chemise hawaïenne chaque fois différente dont les couleurs étaient une injure à l'idée même de poésie. Sans un mot, le vieillard le conduisait dans son appartement, un petit deux-pièces contenant une quantité énorme de choses imprimées. Antoine a forcément parlé à Sonia de sa surprise renouvelée en découvrant cet amas abracadabrant, le plancher en pliait. Les meubles étaient pratiquement absents. L'occupant des lieux dormait sur des revues, s'asseyait sur des piles de livres, posait verres et assiettes sur des caisses de bouquins.

Le grand-père était là, installé dans le seul fauteuil de l'endroit, un cognac à la main. Antoine se posait sur une colonne de livres. L'homme à la chemise s'avachissait dans un coin. Il buvait son cognac dans un verre à moutarde et allumait une cigarette roulée par ses soins. Le grand-père versait un peu de ce liquide ambré à son petit-fils et l'après-midi commençait par une dégustation silencieuse. Sonia s'est-elle offusquée de cet adulte servant de l'alcool à un enfant ? Antoine lui aura répliqué que les quantités étaient homéopathiques et le conduisaient tout juste au bord de l'effervescence. Pour Maurits, il s'agissait de s'ouvrir les sens, de s'affranchir d'un interdit pour mieux entrer dans un monde où aucun tabou n'existait plus.

Après une dizaine de minutes, le poète puisait dans son stock un volume, un recueil ou parfois de simples feuilles stencilées et entamait la lecture à voix haute. Des classiques précieux qui déroulaient leurs alexandrins léchés. Des modernes qui déstructuraient leurs phrases jusqu'à les rendre inintelligibles. Les aventuriers magnifiques de la fin du XIXe. Les surréalistes, les constructivistes. Des pompiers, des flagorneurs, des mystiques. Et tout de même aussi, des chantres de l'amour pour la vie, des zélateurs du désespoir le plus sombre et le plus adolescent. Antoine n'aura pas manqué d'avouer à Sonia son admiration devant une ode à Staline en dix-huit strophes avec, prouesse inouïe, une gradation dans les innombrables métaphores apologétiques dont la plus faible était un vers du genre, ô toi, Staline, soleil qui se lève sur la steppe, ou sur la toundra, ou sur les plaines à blé, ou sur telle autre caractéristique paysagère propre à l'éternelle Russie.

Leur hôte lisait aussi ses poèmes, publiés par de respectables maisons parisiennes. Ses textes, très fragmentés, s'obstinaient à fuir la beauté formelle. Cela, Antoine le comprenait. Ses vers empruntaient des sentiers aux cailloux rugueux, aux pierres acérées, s'avançaient dans des territoires où les mots ont un poids. Je veux dire, aura précisé Antoine gêné par ce cliché, que les mots avaient une existence physique. Ils étaient soumis à la pesanteur. Ils tombaient quoi, comme un galet dans l'eau, et parfois comme une godasse dans un seau de merde.

De temps en temps, le grand-père s'y mettait aussi. Ses poèmes étaient plus académiques. Il raffolait des quatrains, quelques-uns étaient drôles, d'autres, la majorité, parlaient d'amour, un amour invariablement tragique. Sonia aura probablement demandé comment Antoine jugeait ces poèmes. A quoi il aura répondu que, dans l'ensemble, ses sonnets avaient de la tenue, mais cette référence régulière à des amours contrariées finissait par les rendre un peu lourds. Aucun rapport avec les éclaboussures fracassantes des textes du poète.

Parfois, le trio était rejoint par un autre passionné de strophes, ami du premier, un type bizarre dont Antoine a dû certainement révéler les exploits à Sonia. Surexcité en permanence, sous l'emprise d'une substance quelconque, alcool, stupéfiants ou médicaments, il tonitruait contre les vers lus par son ami. Les deux esthètes se lançaient alors dans des débats violents, se jetaient des arguments à la tête, à l'occasion un livre volait. L'énergumène n'est jamais allé jusqu'à tirer au pistolet, comme Verlaine sur Rimbaud. Mais pour l'ambiance, pour le côté poètes en folie, ça se posait là, aura encore raconté Antoine à Sonia. Une très belle égérie passait régulièrement. Sa spécialité était de se dévêtir pour s'offrir, clamait-elle, sans réserve à la poésie. Au poète aussi, a éventuellement souri Antoine qui, on peut en être sûr, a conservé un souvenir déchirant de sa première vision d'une femme nue à un âge où ce genre de révélation compte.

Et ce lait fraise ? A 17 heures tapantes, le chauffeur sonnait à la porte de l'appartement. Le grand-père et Antoine prenaient congé et partaient dans la Jaguar vers un modeste café du centre de la ville. Le limonadier traitait ses hôtes comme des princes. Il avait toujours des fruits frais en pagaille et préparait des limonades avec des sirops concoctés dans sa minuscule cuisine. Sa carte s'étendait aux milk-shakes, aux glaces en été, aux confitures aussi. Antoine choisissait rituellement un lait fraise. Après un après-midi de plaisirs corsés, cette gourmandise tout en sucre effaçait le goût des boissons plus fortes. Elle adoucissait les fulgurances poétiques qui l'avaient traversé et qui maintenant pouvaient se décanter pour le pénétrer durablement. Au fond, devait-il alors glisser à Sonia, ce lait fraise refermait la porte du monde des adultes pour rouvrir celle de l'enfance où il est interdit de succomber à l'ivresse de l'alcool, et même à celle des mots.

— Je n'ai jamais aimé être un enfant, a peut-être conclu Antoine.

20

Léon Degrelle aurait mérité d'être flamand.

Militant anonyme du parti de Kurt Zomers.

Tout l'après-midi, Antoine s'est usé les doigts sur sa machine. Rien de palpitant à balancer au journal, juste de quoi tromper la faim de sensationnalisme de ses lecteurs. Rentré chez lui, il s'est douché, changé. Un polo, un pull ample, un jean, son blouson en cuir, des bottines confortables, pas les santiags. Après avoir bu une bière express au goulot, il a pris le tram vers la place Royale. Puis il a dévalé le Coudenberg en direction de la taverne où, selon Tcherkassy, Zomers harangue ses troupes le vendredi soir. Daignera-t-il lui en dire plus sur ces fichus documents ? Cela l'intéresse aussi de vérifier si les discours ont évolué depuis son passage à la Ligue de la jeunesse. Il est curieux d'observer le lissage des propos dont s'enorgueillissait l'acolyte de Van Inghelghem.

Bientôt, Antoine traverse la Grand-Place, vide pour une fois. Les touristes ont fui la désespérance de la météo bruxelloise. Le café des nationalistes est établi dans une rue voisine : le patron attend derrière son comptoir orné d'une bannière représentant le lion des Flandres.

— La réunion, c'est ici ?

Le cafetier lui adresse un sourire de connivence et indique l'escalier. Antoine débouche dans une salle remplie d'une cinquantaine de personnes. Un orateur parle déjà.

Les débats se déroulent en néerlandais. Ce n'est pas un problème pour lui qui se débrouille dans cette langue. Rien d'étonnant *a priori* pour un petit-fils de Flamand… Encore qu'en Belgique les antécédents familiaux ne déterminent pas forcément l'identité linguistique. Les générations montantes ont témoigné dans le passé une étonnante facilité à se fondre dans leur nouvelle culture dès l'instant où elles franchissaient la frontière entre francophones et néerlandophones. Cette assimilation expresse s'apparente parfois à une trahison : plusieurs militants purs et durs de la cause régionaliste wallonne possèdent un patronyme aux origines flamandes incontestables. Des origines léguées par un ascendant aussi récent qu'un père. Ou un grand-père comme dans le cas d'Antoine. Pour sa part et conformément à cet usage, ce dernier se sent irrémédiablement francophone.

— Vous le savez tous, Karel Verdriet, le père de notre mouvement, a annoncé son retrait de la vie politique active. Remercions-le encore pour son dévouement à notre cause au cours des quarante dernières années.

L'orateur, un maigre quadragénaire, porte un macaron noir et jaune à la boutonnière, les couleurs de la Flandre. Son costume vient d'une boutique de prêt-à-porter bon marché. Le tissu est lustré aux coudes, la cravate terne, les chaussures taillées à la chaîne dans un cuir aux reflets de plastique. Une tactique pour faire peuple, songe Antoine. Pour ne pas dépareiller dans cette assistance composée de petits Blancs.

— Karel Verdriet a donc cédé le flambeau à notre chef, Kurt Zomers. Pour lui confier une mission exaltante : guider la Flandre sur la voie de l'indépendance. Le chemin sera long, les obstacles nombreux. Nous devrons d'abord bazarder l'Etat belge, noyauté par les fransquillons. Nous chasserons de son trône ce roi de pacotille, cette grenouille de bénitier incapable de déclamer le Notre Père dans notre langue. Nous éliminerons la noblesse affairiste, acoquinée avec une bourgeoisie vénale, qui dirige la Belgique de père en fils depuis 1830. Par la même occasion, nous nous débarrasserons des Wallons, ces parasites improductifs, ce ramassis de chômeurs socialistes. Vive la Flandre et que crève la Belgique !

Arrive l'inévitable revendication de l'amnistie des condamnés pour faits de collaboration. A l'instigation des catholiques flamingants et de leurs alliés nationalistes, ce vieux serpent de mer pourrit à intervalles réguliers l'atmosphère des cénacles gouvernementaux. Ah, ah, ricane Antoine sous cape à qui la polémique n'est pas étrangère. Les journaux passent régulièrement en revue les positions en présence, du refus francophone d'aborder le sujet, même du bout des lèvres, jusqu'à l'injonction flamande d'effacer toute trace du passé. Une certitude, son grand-père n'a jamais lâché le commentaire le plus distrait sur ce point en sa présence.

— Les socialo-marxistes les appellent des collaborateurs, continue l'orateur. Nous, nous le savons, ces militants héroïques se battaient pour la liberté de la Flandre. A la fin de la guerre, et ne me parlez pas de Libération (rires dans la salle), ils ont été condamnés en rafale, victimes d'une épuration aveugle. En redressant la tête, la vieille Belgique s'est acharnée à martyriser nos frères. Cette injustice réclame, c'est une moindre réparation, une amnistie intégrale et immédiate.

Applaudissements chaleureux dans le public, puis quelqu'un pose une question sur l'insécurité dans son quartier.

— Comment peut-on réagir ? Vous voyez, là où j'habite, il y a plein de... heu... d'étrangers, enfin des mahométans, vous me comprenez...

Les dérapages se profilent à l'horizon, constate Antoine. Comme au temps de la Ligue de la jeunesse, ça va donner dans le racisme primaire, la dénonciation de la racaille méditerranéenne, l'affirmation de la suprématie de la race blanche et tout le toutim.

— Nous resterons humains, répond le tribun nationaliste. Cependant, ces étrangers doivent s'assimiler et apprendre notre langue, sinon...

Et de brandir un dessin de Marocain, avec babouches, tapis et narguilé, expulsé de chez lui par une foule de braves citoyens outrés par cet étranger qui refuse de se plier au style de vie local, foot, chope, frites et boudin-compote. Un étranger au type très sémite, note Antoine en passant. On n'est pas très loin des caricatures des juifs comme les as nazis du pinceau savaient les portraiturer.

Adepte du lissage des discours à la Zomers, l'orateur se méfie cependant de la controverse publique et coupe court aux autres questions. Il préfère convoquer ses disciples en bas.

— Nous pourrons échanger librement nos vues en buvant un pot.

Antoine se joint au mouvement et s'attable avec trois sympathisants, des hommes âgés d'une quarantaine d'années, un commerçant de la capitale et deux ouvriers de chez Renault à Vilvoorde. Quand vient son tour de se présenter, il s'invente une profession plus anodine, fonctionnaire aux chemins de fer. Ses compagnons tiquent en entendant son accent de francophone incapable de faire sonner les consonnes gutturales avec le naturel voulu et pas fichu de donner aux *r* un autre son que celui du français de Paris. Son emploi maladroit de l'accent tonique est tout aussi révélateur. Il a déjà suffisamment de peine à le poser correctement en français, langue pourtant simple à cet égard. Mais la contamination du flamand justement lui fait perdre parfois les pédales et le pousse à rythmer son intonation à contretemps. Comme bien des Bruxellois.

— Francophone ? demande le commerçant. Bravo, vous devez vous rallier à notre combat. Le salut de Bruxelles est en Flandre. Vous verrez, nous allons vous aider à vous débarrasser de toute cette clique de bougnoules. Et de la mafia socialiste…

Les gros mots sont lâchés, constate Antoine qui acquiesce poliment, trop minoritaire pour lancer une polémique. Le commerçant lui rappelle que le peuple wallon a enfanté d'un grand homme, Léon Degrelle.

— D'ailleurs, nombre de néerlandophones votaient pour lui dans l'entre-deux-guerres. Croyez-moi, Degrelle aurait mérité d'être flamand.

Dans la salle, l'assistance chahute ferme. Quelques partisans plus jeunes, à la coupe très rase, chantent en allemand, Antoine manque des références nécessaires pour identifier une chanson de marche des Jeunesses hitlériennes. Mais dans le contexte de la réunion il ne lui en faut pas plus, cette langue et maintenant les saluts bras tendus ne peuvent le tromper. Et il imagine avec désespoir son grand-père assister à ce genre de libations une quarantaine d'années plus tôt, lever son verre, son bras peut-être.

Un type en manteau de cuir noir ouvre alors la porte du café en hurlant :

— Kurt Zomers !

Antoine s'attend à voir les militants gueuler en réponse un *Sieg Heil !* bien senti. Non, le public applaudit le nouveau venu de façon fort civile, avec de nombreuses manifestations d'enthousiasme démocratique. Kurt Zomers plonge dans la foule, serre des mains, salue comme n'importe quel prédicateur montant à l'assaut d'une salle de congrès acquise à sa personne. Deux gorilles le suivent, musclés mais respectables, veston sobre, chemise blanche et cravate grise. Antoine ne les reconnaît pas. Ils ne font pas partie de la bande des tataneurs ni des peinturlureurs à l'uniforme nettement plus agressif. Zomers le repère instantanément.

— Messieurs, je vous présente Antoine Daillez, journaliste de son état. Vous nous préparez un reportage ? Et comme d'habitude, vous allez injurier les patriotes flamands dans votre torchon fransquillon ?

C'est clair, le cacique nationaliste n'a pas digéré son éclat dans le bureau de Van Inghelghem. Antoine aura du mal à le convaincre de l'aider dans sa quête des documents. De leur côté, à l'annonce de sa profession, les ouvriers de Renault et le commerçant l'ont regardé avec suspicion. Pourquoi leur a-t-il menti en se prétendant cheminot ? Quelques crânes rasés ont entendu Zomers et se rapprochent. Eux ont une simple conviction dans le regard : celui-là, on va lui faire passer le goût d'écrire des conneries. Même si les costauds ferment leur cercle autour de lui, Antoine ne se sent pas encore inquiet. Il se lève pour affronter son interlocuteur.

— On est en démocratie, je me documentais. Je voulais comprendre les idées de mon grand-père. J'ai vu, je ne suis pas rassuré. Mais surtout j'aimerais que vos gardes du corps, un geste vers les deux gusses positionnés derrière Zomers, cessent de me tabasser. Enfin, pas ceux-là exactement, leurs cousins.

— Vous avez été tabassé ? Quel dommage, répond Zomers avec un sourire communicatif.

Les balèzes qui peuplent le café se marrent sans retenue.

— Ce n'est pas par nous en tout cas... Je me demande si je ne devrais pas le regretter...

Nombreux éclats de rire maintenant. Bon prince, Zomers apaise d'un mouvement du bras l'hilarité devenue générale.

— Sérieusement, les rues sont dangereuses de nos jours. C'est bien en cela qu'un parti comme le nôtre peut se révéler utile, ramener l'ordre dans la cité...

L'ordre, la dernière réplique de Zomers ne le ramène pas dans la salle. Il y a de vrais fous rires. Des buveurs attablés jusque-là viennent assister à la mise à mort. Les gorilles de Zomers le serrent de près. Le journaliste sent une paluche de castagneur peser sur son épaule.

Zomers intervient une nouvelle fois en faisant signe aux costauds de laisser leur proie respirer.

— Assez ri, raccompagnez-le et ne l'abîmez pas, hein.

— Et ces documents, vous les cherchez toujours ? crie Antoine, agrippé par les deux coudes et poussé fermement vers la porte.

Un geste de Zomers, les deux gorilles s'arrêtent.

— Vous les avez trouvés ?

— Pas encore. Je vous le promets, leur contenu, c'est dans mon journal de fransquillons que vous le découvrirez.

— Foutez-le-moi dehors !

Antoine est entraîné vers la sortie. Une âme charitable ouvre la porte sinon il serait passé à travers. Il atterrit sur le trottoir à quatre pattes. Les deux affreux ont pris leur maître au mot et l'ont balancé dans la rue, lui garantissant une avoinée plus musclée s'il revenait rôder dans les parages.

21

L'art nouveau ? De l'art nouille, oui !
Rasez-moi ces vieilleries !

Un édile bruxellois des années 1950 dont
l'histoire, bonne fille, a oublié le nom.

Elle n'est pas encore achevée, mais la mosaïque révèle déjà toute la complexité de son dessin. Un tourbillon de flammèches jaillit du centre du hall d'entrée, s'enroule sur lui-même, étend ses tentacules rouge vif qui tranchent sur le camaïeu beige du fond. Les carreaux du motif vermillon sont en place, collés sur la chape neuve. Une partie des beiges est également posée. Reste une surface d'environ trois mètres carrés à couvrir : Antoine s'emploie à l'habiller depuis ce matin. Il étale d'abord un peu d'enduit puis pioche quelques pièces dans une caisse en plastique et les applique soigneusement sur la colle. Première difficulté, chaque carreau doit être séparé des autres par un espace identique qui sera rempli plus tard d'un joint. Mais aussi la mosaïque a un mouvement circulaire. Antoine doit donc poser chaque rangée de carreaux en suivant les courbes. Cela dit, les problèmes d'adresse soulevés par la réalisation du fond sont dérisoires en regard du casse-tête induit par les circonvolutions des flammes. Il avait fallu les assembler en respectant, centimètre carré par centimètre carré, les indications des photos prises avant le démontage du revêtement. Antoine s'était résolu à confier cette étape à un carreleur expérimenté.

Les précédents propriétaires de sa maison art nouveau l'avaient massacrée pour la transformer en immeuble de rapport capable de loger un nombre étonnamment élevé de locataires. Façade ravalée à la ponceuse. Châssis en bois finement travaillés remplacés par des horreurs en aluminium. Sgraffites de la salle à manger, ces fresques typiques de l'époque, badigeonnés de latex. La plupart des éléments décoratifs avaient été sacrifiés sur l'autel de la rentabilité locative. Puis une mésentente entre héritiers avait failli sceller le sort de l'édifice, abandonné pour cause d'indivision pendant une quinzaine d'années. La mérule s'était installée dans cet environnement propice. Le champignon avait grignoté les gîtes de plus d'un plancher, sans parler des boiseries du salon. Antoine avait été contraint d'affecter une partie significative de l'héritage de ses parents à des travaux herculéens pour changer les structures abîmées. Par la suite, il s'était échiné à remettre la maison dans sa condition d'origine, puisant dans les archives des écoles d'architecture la documentation nécessaire pour s'approprier le style et le coup de patte des artisans de l'époque.

Au moment où il se recule pour vérifier l'état d'avancement de sa mosaïque, son téléphone sonne. Il a un mouvement d'impatience. Un carreau lui tombe des mains et s'ébrèche. Antoine court vers le poste avec un pressentiment, une vision catégorique : à l'autre bout du fil, c'est Sonia qui l'appelle. Elle s'est ravisée, ferme boutique, tire le rideau pour toujours, vient le rejoindre. Déception. La voix est rêche, coléreuse. Le timbre à lui seul exprime un reproche véhément. Son rédacteur en chef.

— Tu nous fous dans la merde avec ton cheminot ! Les chemins de fer crient au sabotage. Ils menacent de nous retirer leurs budgets publicitaires. J'ai dû calmer le jeu, envoyer un stagiaire en reportage dans leur service médical. Bon, c'est pas trop sérieux, mais bordel, tu aurais pu faire gaffe !

Antoine le sait, avec son patron, mieux vaut laisser couler les imprécations, attendre le bon moment pour en placer une, puis redresser la barre tout en finesse. Ce moment n'est pas arrivé.

— Ces jours-ci, tu n'en branles plus une. Depuis Mémé Tartine, pas un scoop à l'horizon, pas la plus petite exclu. Même l'ordinaire t'échappe... Ce matin, j'aurais aimé lire dans mon canard un papier sur ce vieux poignardé chez lui. Son cabot l'adorait tellement qu'il lui a bouffé le foie. L'histoire, nos concurrents l'ont sortie, eux !

Sueur glacée, un ratage, le cauchemar. Son rédac-chef raffole de ce genre de faits divers glauques. Il ne manque jamais l'occasion de lancer un appel bien saignant en faveur de l'exécution des tueurs de vieux ou des assassins d'enfants, la peine de mort n'étant toujours pas abolie dans la Belgique de 1984.

Que le châtiment suprême ne soit plus appliqué pour des crimes de droit commun depuis la Première Guerre mondiale ne suffit pas à modérer ses ardeurs vengeresses.

— C'est sorti quand, cette affaire ? demande Antoine pas faraud.

— Ça fait plaisir de voir que tu suis l'actualité ! C'est tout chaud. Le malheureux vieillard, on l'a retrouvé hier soir, vers 20 heures. Le cadavre pourrissait depuis une dizaine de jours dans l'appart. Putain, on aurait dû l'avoir pour la dernière édition.

Quand j'étais chez les fachos, réfléchit Antoine, le ratage s'explique. Toujours fulminant, son rédac-chef lui gueule des instructions péremptoires.

— Tu t'y attelles immédiatement. Trouve un angle. Et me sers pas du réchauffé !

Antoine revient vers le hall d'entrée. Il contemple sa mosaïque mais n'a plus le goût de poursuivre l'ajustement délicat des carreaux. L'histoire de son grand-père commence à avoir des répercussions désagréables sur son travail. Le découragement le gagne. Il se détourne et descend dans sa cuisine. Un frigo, un évier en porcelaine posé sur un meuble en bois, une table supportant une plaque électrique, une autre table avec deux chaises pour les repas, des caisses en carton pour abriter une maigre vaisselle… L'aménagement reste à faire. Il prend une canette de bière dans le frigo et la boit devant son jardinet. Une courette plutôt, barrée sur ses trois côtés par un mur de près de trois mètres de haut. Le chaulage, corrompu par l'humidité, montre des taches noires et quelques-unes d'un vert d'étang. Plus haut, il distingue un peu de ciel, d'un gris aussi déprimant que l'absence de nouvelles de Sonia. Antoine ne l'a plus vue depuis hier midi quand sa main avait pressé la sienne dans un mouvement spontané, sans doute provoqué par l'émotion de l'hommage à Mémé Tartine. Ce geste contenait-il un peu d'affection pour lui ? Pas si sûr. La bière lui paraît fade. Antoine vide sa canette dans l'évier avant de monter au salon. Une fenêtre monumentale s'y déploie du sol au plafond et donne sur un balcon en pierre ouvragée surplombant la courette. Le châssis présente un motif floral complexe, restauré à grand-peine par ses soins. Des lambris en bois fruitier courent tout autour de la pièce : les anciens proprios les avaient recouverts de cloisons de plâtre pour faciliter l'entretien. D'ameublement, aucune trace, sinon deux caisses à vin et trois coussins pour faire figure de fauteuils.

Antoine s'approche de la fenêtre et regarde un arbre au milieu du bloc, un tilleul âgé, épanoui, énorme, dont les branches désolées tranchent à peine sur le fond grisâtre du ciel. Il réfléchit à ce vieillard abandonné à l'état de cadavre dans son appartement. Va falloir rattraper le coup. Ce sera pour dimanche. Pas le courage aujourd'hui de s'appuyer l'enquête de voisinage. D'abord le cheminot qui lui était sorti de la tête. Là aussi, rattraper le coup… Il redescend téléphoner. Toujours pas de réponse de la part du fonctionnaire des chemins de fer. Inquiétant. D'un autre côté, l'infortuné soigne peut-être sa déprime dans un endroit sans vue plongeante sur le lieu de son désastre.

Cet échec lui fait penser au notaire qui ne lui a pas encore donné signe de vie. A-t-il diligenté les recherches promises ? Antoine se décide à l'appeler. Miracle, le tabellion décroche.

— Oui, conformément à votre souhait, j'ai procédé à une exploration approfondie, mais sans résultat. Pas de coffre en banque, pas de propriété immobilière en sous-main, aucune trace d'un investissement dans un paradis fiscal.

— Vous en êtes vraiment certain ?

Antoine est désemparé. Où chercher maintenant ? Repasser au crible le domicile de son grand-père ? Ratisser encore *L'Alexandrie* de fond en comble ? Le notaire sourit de sa déception.

— Ne soyez pas désappointé. Les droits de succession vous laisseront largement de quoi. A propos, vous ne m'aurez pas appelé pour des prunes. En mettant le dossier en ordre, j'ai remarqué une facture non acquittée d'un marbrier.

— Un marbrier ?

— Je confirme. D'après le libellé de la facture, les travaux ont été effectués pour la sépulture de vos parents.

— Première nouvelle, ils sont morts en mer. On n'a jamais retrouvé leurs corps. Nous avions juste posé une plaque en leur souvenir dans le caveau de ma grand-mère.

— Vous vous arrangerez avec lui, je n'en sais pas plus.

— Bizarre, quelle est la date de cette facture ?

— C'est récent, attendez, octobre de cette année. Quelques semaines avant le décès.

— Mon grand-père ne m'en a jamais parlé.

— Il n'en a sans doute pas eu le temps. Sa maladie s'est rapidement aggravée sur la fin.

— Vous avez le montant ?

Le notaire lui annonce un chiffre, une somme suffisante pour terminer la rénovation de sa maison et la meubler de la cave au grenier.

— C'est astronomique !

— Je vous le répète, la douloureuse a été établie dans les règles. Ne vous inquiétez pas, vous pourrez la déduire de la succession…

— Donnez-moi le numéro de ce marbrier, je vais lui téléphoner.

— Si vous voulez contester cette dépense, libre à vous…

Le notaire le prend manifestement pour un radin mais s'exécute et lui communique les coordonnées de l'artisan.

En raccrochant, Antoine cogite. Cette facture lui paraît pour le moins étrange. Révélatrice peut-être. Le conduirait-elle sur la piste des documents ? Un caveau de famille pour secrets de famille… Son grand-père avait un sens de l'humour macabre s'il a choisi cet endroit pour planquer ses papiers. Macabre comme cette robe de mariée orpheline. Macabre comme ce mausolée au deuxième étage de *L'Alexandrie.* Et puis, cela fait cher la cachette. D'un autre côté, en ne réglant pas sa note, il se doutait que le notaire lui en parlerait. Un message d'outre-tombe pour attirer son attention. Macabre et astucieux.

Antoine appelle le marbrier. Deuxième miracle de la matinée, l'homme répond après la première sonnerie. Antoine lui demande des précisions. Sur le prix en premier lieu.

— Cher ? Ben, j'ai effectué des travaux peu banals. Ce n'est pas une tombe, mais un monument avec maçonnerie et tout le bataclan.

— Où avez-vous réalisé ces travaux ?

— Au cimetière d'Ixelles.

Encore un signe. Le caveau de sa grand-mère est à Uccle. Si sa seule intention était de rendre hommage à papa et maman Daillez, son grand-père aurait choisi cet endroit-là. La mère aux côtés du fils, de son souvenir tout au moins. Sceptique sur ses chances réelles d'avoir trouvé la solution du rébus grand-paternel, Antoine se décide néanmoins pour une visite impromptue aux mânes de ses parents. Quelques outils dans un sac, une lampe de poche. Et il rejoint au pas de course l'arrêt de tram.

22

Jef, de fleche is af.

Expression bruxelloise traditionnelle hurlée par le receveur au wattman pour lui signaler que la caténaire du tram s'est décrochée du câble aérien d'alimentation électrique.

Annoncée par son phare cyclopéen, la voiture légère, plaquée d'un jaune nicotinique, finit par surgir des profondeurs de Schaerbeek. Antoine s'assied confortablement, l'affluence est maigre en ce samedi midi. Gigotant lourdement sur ses bogies, la rame tintinnabule de toutes ses pièces en mouvement et heurte les aiguillages avec un bruit clair. De temps à autre, bloqué par un véhicule ou pour prévenir un piéton, le wattman actionne sa clochette, survivance incongrue du temps des voitures hippomobiles.

Un frisson le secoue, comme si un regard lui labourait le dos. Il se retourne tout en redoutant d'être contaminé par une paranoïa imbécile. Au fond, sur la plateforme, deux jeunes. Des étudiants, leur musette déborde de syllabus. Ils profitent des secousses pour se rapprocher et s'enlacer. Difficile de détecter en eux les hommes de main d'une quelconque milice néonazie. Trois rangées devant lui, une vieille femme l'observe d'un œil flou, aussi peu menaçant que celui d'une mamy. Peut-être cherche-t-elle un contact, un peu de chaleur humaine pour délayer sa solitude. Pas très loin du couple d'étudiants, un punk écoute de la musique en triturant négligemment un bijou en acier fiché dans la narine. Même à cette distance, Antoine parvient à reconnaître le morceau diffusé par le baladeur, une cassette des Clash. Si la chanson parle d'émeute blanche, c'est plus une manifestation du désespoir de la classe laborieuse britannique qu'un signe d'allégeance à la bande du tataneur aux Stan Smith. D'ailleurs, punk n'est pas synonyme de skin. Plusieurs voyageurs montent à chaque arrêt. D'autres s'en vont. Aucun risque de ce côté-là. Ses éventuels filocheurs devraient disposer d'une logistique invraisemblable pour organiser un pareil roulement.

Antoine descend devant l'Université libre de Bruxelles, à quelques centaines de mètres du cimetière. Sans courir, la promenade en tram a calmé son excitation. Il ralentit aussi parce que son grand-père a peut-être utilisé ce cénotaphe pour y enfermer les cadavres de son passé. De quoi s'agirait-il ? La confirmation de son allégeance à l'idéologie national-socialiste ? Un trésor en reichsmarks démonétisés, ne constituant plus qu'une preuve – mais quelle preuve ! – d'un forfait ancien ? Un dossier secret attestant sa collusion avec l'état-major de la police militaire allemande ? Une copie des dénonciations anonymes qu'il aurait déversées à flots continus dans les sentines de la *Kommandantur* ?

A tout petits pas maintenant, Antoine longe les cafés d'étudiants qui bordent la place où s'ouvre le cimetière et parvient devant une arcade en pierres. Les grilles sont entrebâillées. Un bâtiment malingre accolé à l'entrée abrite le bureau du gardien, un ouvrier en bleu de travail qui trace des lignes à la règle dans un grand registre.

— Je viens prendre la clé d'un mausolée, lui explique Antoine en montrant sa carte d'identité.

Le fonctionnaire déplie un autre registre plus mince et y reporte soigneusement le nom du visiteur. Dans un placard où sont suspendues des dizaines de clés, il cherche la bonne, la trouve et lui détaille le chemin d'accès. Pour finir, il lui signale l'adresse d'un fleuriste sur la place.

— Des fleurs, cela ne ferait pas de mal. Ce truc est splendide, très belle réalisation. On n'en voit pas souvent des comme ça. Mais il manque de vie. Enfin, si on peut dire.

Le préposé semble heureux de sa vanne. Antoine ne sourit pas et prend la direction indiquée. Une banquise de blocs de pierre s'étend au ras du sol. Les survivants sont contraints de se pencher, de s'abaisser pour honorer leurs morts. Partout, la génuflexion est forcée, sauf dans l'enclos réservé à l'élite d'où émerge le monument de ses parents. Ici, les descendants n'ont pas à se prosterner. Par égard à leur statut social, ils ont droit à la position debout.

Le cœur battant, Antoine observe l'hommage que son grand-père a voulu rendre à son fils et à sa belle-fille. C'est une pièce imposante, un peu tarabiscotée, avec de l'allure cependant. Une base carrée d'environ deux mètres cinquante de haut et large de trois, flanquée de deux colonnes d'inspiration classique. L'ensemble est surmonté d'une excroissance pyramidale où sont sculptées deux bouées en bas-relief portant les prénoms de ses parents. Maurits Daillez n'a pas fait dans le discret.

Une grille est découpée entre les deux colonnes. Antoine introduit la clé dans la serrure, descend deux marches et pénètre dans le caveau exempt de dépouille. Totalement nu. En trois enjambées, il parvient devant le mur du fond. Une porte en fer d'une trentaine de centimètres de côté ferme une cavité encastrée à mi-hauteur dans la cloison. La main tremblante, il essaie la clé de la grille. Un déclic. Trois épais cahiers enveloppés dans un sac en plastique transparent sont posés dans la niche. Antoine déballe le sac, une lettre s'en échappe. Il sort sa lampe de poche et, malgré l'humidité et le froid ambiants, ne peut attendre de lire les derniers mots de son grand-père.

QUATRIÈME INTERLUDE

OÙ L'ON S'APERÇOIT QUE LE REMORDS NE SUFFIT PAS ET QUE LE COURAGE DES FAIBLES, MÊME S'IL RESSORTIT A LA LÂCHETÉ, ENTROUVRE DÉJÀ LA PORTE DE LA RÉDEMPTION.

Mon cher Antoine. De sinistres méfaits dont je fus l'auteur ont refait surface dans ma vie. Crois-le, j'ai toujours eu une très vive conscience de mes actes. Cette résurgence n'est donc pas provoquée par de tardifs remords, aiguisés par la proximité de ma mort. La cause de ce retour en arrière est un individu dont le nom, Karel Verdriet, t'est sans doute inconnu. Cet ancien comparse a fondé toute son existence sur un passé que nous partageons lui et moi. Depuis son adolescence, il lutte avec entêtement pour donner à votre avenir les couleurs de ce passé terrible.

Ce fantôme de ma jeunesse est venu me trouver à la fin de l'été. Il avait appris que j'étais au plus mal et s'inquiétait de certains cahiers. Si tu lis cette lettre, tu les auras forcément découverts ici. Verdriet voulait les récupérer à tout prix. Notre échange fut animé, ses reproches violents mais, au fond, justifiés. Ces cahiers, je ne les ai jamais révélés de mon vivant puisqu'en les divulguant je me serais condamné. Je l'avoue, malgré la très vive conscience de mes crimes, je n'ai jamais eu le courage d'en subir les conséquences. Verdriet m'a accusé de perpétuer ma lâcheté en les dévoilant après ma mort, en laissant aux autres, c'est-à-dire à lui, mon complice, le soin d'en supporter le poids. Il avait raison, si profondément raison, sur la lâcheté dont je me suis rendu coupable tout au long de mon existence. Il avait raison encore sur ce courage des faibles qui consiste à se confesser au moment où la justice des hommes devient impuissante.

Ce courage des faibles reste cependant ma dernière chance de rédemption. A l'approche de la mort, la vraie lâcheté serait de continuer à me taire. J'ai donc refusé de lui remettre ces cahiers. Verdriet a osé une manœuvre. Il se vantait de posséder une lettre, l'ultime message d'une femme que j'ai aimée avec une ferveur extrême. J'ai été tenté. Lire ses derniers mots eût été une consolation délicieuse avant de la rejoindre. Mais quelle décence trouverais-je dans l'échange d'une preuve d'amour contre la preuve de ma forfaiture ? Cet amour est la constante la plus sûre de ma vie d'homme et rejeter ce troc infâme revient, je le crois, à prolonger ma fidélité envers ma bien-aimée. Fût-ce tardivement. Voilà pourquoi je te confie ces papiers. Une lourde responsabilité, j'en suis conscient.

Je me suis montré bien mystérieux dans la manière de te transmettre ces documents. Tu m'excuseras le détour du marbrier. Je ne pouvais les laisser à la portée de Verdriet ou de ses acolytes. Il se serait empressé de les détruire sitôt découverts. Je devais donc imaginer une voie détournée pour te les faire parvenir. Notre notaire, toujours si scrupuleux dans ses comptes, m'a paru l'intermédiaire le plus innocent. En même temps, j'ai saisi l'occasion d'honorer la mémoire de ton père et de ta mère. Ils méritaient mieux que la modeste plaque posée dans notre caveau. Ce monument me permet de réparer ce tort, bénin par rapport à mes autres fautes.

Tu te diras que je poursuis dans la voie du mystère en restant aussi vague sur les crimes de ma jeunesse. Pardonne-moi, j'aurais dû te révéler plus tôt ce pan de mon histoire. Ma lâcheté m'a empêché d'affronter ton regard. Même maintenant que nos yeux ne peuvent se croiser, je ne parviens pas à t'en faire l'aveu personnellement. J'en suis persuadé, ta profession te donnera les instruments nécessaires pour découvrir la vérité enfouie dans ces cahiers. Adieu, cher Antoine. Puisse cette vérité ne pas te conduire à me haïr. Affectueusement, ton grand-père.

23

Le pistolet Browning 9 mm Grande Puissance a une portée pratique de cinquante mètres. A quinze mètres, sa munition possède un pouvoir de pénétration de seize centimètres dans du bois de sapin sec.

Revue *Le Policier moderne*, avril 1983, Bruxelles.

Antoine a lu la lettre d'une traite. Il a saisi la référence à la fiancée de *L'Alexandrie* mais est agacé par l'absence de marque de tendresse pour sa grand-mère. Troublé par le désarroi moral de son grand-père, il est aussi pris d'effroi par les crimes dissimulés dans les cahiers. Il s'amuse tout de même de l'allusion à son métier. Un clin d'œil de celui qui ne croyait pas à l'intérêt d'une destinée de fait diversier.

La vérité que son grand-père craignait tant de lui révéler est donc contenue dans les trois cahiers au dos toilé. Antoine plie la lettre et la range dans sa veste. Il ouvre les volumes, les parcourt rapidement, toujours à la lueur de la lampe de poche. Des colonnes de noms, de dates, de chiffres, exprimant des sommes d'argent visiblement, des noms d'institutions bancaires, des numéros de compte, d'autres noms encore, des personnes et des raisons sociales, ou les intitulés d'associations. Cette littérature est consignée d'une main soignée. Les colonnes sont tirées au cordeau comme les allées du cimetière. Les chiffres et les lettres s'alignent avec une précision maniaque. Si ces cahiers contiennent la vérité, elle demeure hors de sa portée. Maurits Daillez se faisait des illusions sur la clairvoyance que son métier est censé lui apporter. Une seule solution : appeler Bogda à la rescousse. Et filer d'ici.

A la sortie du cimetière, sur le trottoir, un mouvement brusque lui attire l'œil. En tournant la tête, Antoine distingue une silhouette au crâne rasé qui se précipite dans une Citroën CX. La portière se referme, la voiture ne bouge pas. Il la reconnaît aussitôt. Sa simple vue lui martèle l'organisme de souvenirs douloureux, des coups de Stan Smith en l'occurrence. Il se rappelle aussi le geste de pure haine du vieux au volant. Karel Verdriet. Les skins l'ont suivi, l'ont retrouvé, lui et les documents dans la foulée. Avec un brin de panique, il traverse la place en se faufilant dans la circulation et se réfugie dans l'un des cafés étudiants.

L'établissement placarde des convictions à l'extrême opposé de celles des fachos de la Citroën. Affiches défraîchies au mur annonçant une manif antinucléaire à Chooz dans les Ardennes françaises, tracts posés sur une table à l'entrée et réclamant la solidarité du peuple avec les prisonniers politiques de la bande à Baader en RFA... Antoine n'aurait pu mieux tomber. Même l'enseigne, le *Guadalajara*, une bataille homérique, la dernière grande victoire des républicains contre Franco, interdit aux nazillons de passer la porte sous peine d'encourir le glaive de la justice populaire. Glaive que les clients de l'endroit paraissent capables de manier avec vigueur. Plusieurs d'entre eux exhibent des biscoteaux gonflés à force de confrontations avec les unités antiémeutes de la gendarmerie.

Se sentant en relative sécurité, Antoine téléphone à Martial. Le fic lui promet de venir le tirer de ce mauvais pas le plus vite possible. Il appelle aussi Bogda à son domicile pour l'informer de sa découverte.

— Ecoute, j'ai besoin d'un spécialiste capable de dégager un sens intelligible de ces documents. Tu ne perdrais pas ton temps, j'en suis persuadé.

— Extra ! De la matière brute, de l'inédit, c'est du pain bénit pour un chercheur, lui répond Bogda. Je pars tout de suite. Donnons-nous rendez-vous dans un café de la rue principale de Louvain-la-Neuve, le *Gambrinus*.

— Martial doit passer me prendre, nous serons là dans une heure, une heure et demie, lui dit Antoine en raccrochant.

Avant de s'asseoir, il s'est approché de la vitrine. Coup d'œil prudent vers la place, plus de CX à l'horizon. Le bistrotier, une cigarette aux lèvres, béret basque sur la tête, un survivant plausible de la victoire républicaine vu son âge, lui apporte une bouteille sans étiquette. Son contenu est épais. On y discerne presque les cailloux sur lesquels les vignes ont poussé.

— Goûtez-moi ça, lui dit le patron. Ce pinard vient d'une région d'Espagne où les nuits d'été la température chute à cinq degrés. Et pendant la journée, les vignes sont chauffées à blanc.

Antoine renifle son verre avec prudence. Un festival d'épices lui monte au nez, cacao, cannelle, une pincée de café. Il prend une gorgée, un goût de poivre lui attaque les papilles, et par-dessus, très fort, s'imposent le parfum du raisin, celui du bois de la barrique. Il avale le vin et ces sensations persistent longtemps dans sa bouche, lui donnant envie de claquer sa langue contre le palais. Antoine se détend. Le petit bonheur procuré par le vin grimpe d'un cran en entendant *Immigrant Song*. Le patron a déposé un 33 tours sur le plateau de son pick-up. Si Sonia était à ses côtés, il en oublierait son hérédité familiale douloureuse, attestée pourtant par les trois cahiers posés devant lui. Perdu dans ses rêves, Antoine n'a pas remarqué l'arrivée de Martial.

— Led Zeppelin, ce limonadier a des choix pas très révolutionnaires, lance le flic de la PJ en montrant le décor tout entier dévolu à la cause anti-impérialiste.

Dans la Kadett de la PJ, le journaliste explique à son ami la lettre de son grand-père et sa découverte des trois cahiers posés sur la banquette arrière.

— J'ai demandé à Bogda de m'aider. Tu sais, je t'en avais parlé, le prof d'unif que j'ai interviewé l'autre jour, après mon séjour à l'hôpital. J'ai rendez-vous avec lui à Louvain-la-Neuve. A propos, merci d'être venu. J'ai eu la trouille tout à l'heure. Comme je te l'ai dit au téléphone, je suis certain d'avoir reconnu la voiture de mes agresseurs, une Citroën CX grise.

Pas de commentaire de la part de Martial. Concentré, il scrute son rétro, prend des rues de traverse et accomplit des demi-tours acrobatiques pour déjouer une éventuelle filature. Chaque fois, la Kadett gémit, rebondit sur ses amortisseurs, renâcle, semble refuser de continuer à subir ce traitement cavalier puis repart sans plus rechigner. Antoine se retourne à plusieurs reprises sans apercevoir le museau de la CX pointer dans la lunette arrière. Quand l'autoroute s'ouvre devant eux, la nuit tombe déjà en cette fin d'après-midi de novembre. La différence n'est pas sensationnelle : la grisaille se charge de rationner la luminosité depuis le matin. L'Opel ahane sur la bande de droite en grimpant une côte. La cité universitaire n'est plus très loin.

— On s'arrête ici, la bagnole a soif.

Martial engage sa Kadett sur la bretelle de sortie et pénètre dans une station-service. La voiture se range à côté d'un groupe de pompes.

— Je vais nous chercher des sandwichs, annonce Antoine en partant vers le magasin.

Martial introduit le pistolet dans l'orifice du réservoir de la Kadett. Il regarde autour de lui sans penser à rien de particulier. Une partie de son cerveau travaille en mode automatique, explore systématiquement les environs. Martial a une longue expérience des situations critiques. Aujourd'hui, il a beau être enrobé, boire trop de Stella, avaler trop de fricadelles, fumer trop de Belga, son passé de flic de choc lui a légué de solides réflexes. Toujours en mode automatique, son cerveau remarque une Citroën CX grise, réplique parfaite de la voiture décrite par Antoine. Le message d'alerte est encore ténu, brouillé par sa certitude d'avoir semé toute filature. La CX s'est arrêtée sur le parking après les pompes, à une quarantaine de mètres de lui. Dedans, deux hommes qui semblent pointer leur regard dans la direction d'Antoine. Ce dernier ressort du magasin, un sachet à la main.

La scène qui suit monopolise brutalement l'esprit de Martial. Un jeune gars sort de la CX, pantalon kaki, grosses chaussures de combat noires, tête rasée, du métal brillant autour du cou, un poignet de force au bras gauche. L'archétype du skin du milieu des années 1980. Son cerveau ne formule pas encore explicitement cette pensée mais Martial passe aussitôt du mode veille au mode de concentration maximale. Ses neurotransmetteurs s'emballent. Les neurones concernés de son encéphale libèrent une dose massive d'adrénaline. Ses glandes surrénales prennent le relais pour injecter cette adrénaline directement dans son sang. Sa respiration et son rythme cardiaque s'accélèrent, l'énergie s'accumule, les messages d'alerte deviennent très clairs et envahissants. Déjà, il lâche le pistolet de la pompe, le flot d'essence s'interrompt. Sa main se porte à son côté, dégrafe l'attache de son étui de hanche et se pose sur la crosse de son GP 9 mm Parabellum.

Jusqu'à présent, sa réaction s'appuie sur les réminiscences de l'entraînement intensif suivi dans sa jeunesse. Et ce qu'il voit donne raison à ses instructeurs, justifie ces gestes de préparation. Le skin se dirige dans la direction d'Antoine, comme pour aller, lui aussi, à la caisse ou aux toilettes. Parvenu à quinze mètres de lui, il met sa main à la poche et la ressort armée d'un petit pistolet. Une distance de tir parfaite, estime Martial. Cette première pensée formulée consciemment depuis le début des événements l'incite à extraire son arme. Le bras du skin se relève pour viser sa cible, de toute évidence, le malheureux Antoine. Martial pousse un cri pour le prévenir. Après une seconde de surprise, l'assaillant se reprend sans se douter que Martial le tient, à cet instant, dans sa ligne de mire. Il aligne à nouveau sa proie et l'inspecteur lui loge deux balles dans la tête tirées coup sur coup, avec un intervalle très court, en ajustant légèrement sa visée entre la première et la seconde balle. Les tirs sont si rapprochés que l'énergie du premier projectile commence à peine à mettre en mouvement la tête de la victime quand le second la percute du côté du menton, de la gorge ou peut-être un peu en dessous. Sous l'auvent de la station-service, les deux détonations résonnent avec fracas. Le skin s'effondre, comme Antoine mais lui, avec des gestes de vivant.

L'inspecteur tourne son arme vers la CX. Le deuxième skin en sort et tire précipitamment dans sa direction par-dessus le toit. Ses deux premières balles le ratent de loin. L'une d'entre elles frappe une pompe devant lui, sur sa gauche. Par bonheur, sans percer aucune canalisation : pas une goutte d'essence ne s'écoule. Martial vide son chargeur sur la voiture dont deux vitres explosent. Le tireur se met à l'abri.

Antoine, lui, reste couché, paralysé par la peur et les détonations trop bruyantes. Une énorme flaque de sang se répand dans son champ de vision. L'absence de cheveux de la victime dévoile l'horrible blessure comme sur une table d'autopsie. Le policier recharge son arme en catastrophe et envoie trois coups espacés vers la Citroën. Il se réinstalle derrière son volant, met le contact, emballe le moteur et fonce vers le journaliste. Léger dérapage pour interposer l'Opel puis se ramasser sur le fauteuil : on tire encore du côté de la CX. Heureusement, l'enfoiré n'a pas de fusil automatique sinon cette manœuvre désespérée se terminerait très mal. Antoine sort enfin de sa catalepsie et se traîne sur le siège avant. Martial brûle deux cartouches dans la direction approximative de la Citroën à travers la vitre arrière droite. Le verre explose. Une fumée terrible envahit l'habitacle. L'odeur incommodante de la poudre pique les narines. La voiture part à fond de train, emportant le pare-chocs d'une camionnette dans sa précipitation. Deux balles perforent le coffre arrière. Sans faire de blessé : le bruit ne peut être confondu avec le choc d'un projectile qui pénètre dans la chair.

Au moment de monter sur l'autoroute, la Kadett roule déjà à cent kilomètres à l'heure. Grâce à la vitre brisée, la fumée et les effluves écœurants de la poudre se dissipent. Martial file jusqu'à la sortie suivante, cinq kilomètres plus loin, celle de Louvain-la-Neuve. Il la prend en dérapage vaguement contrôlé et s'engage à vive allure dans une nationale. A bout de souffle, l'auto vire dans une voie secondaire et s'arrête à l'orée d'une forêt. Pendant le trajet, Antoine n'a rien dit, sauf pour rassurer son ami. Il n'est pas blessé, même pas une écorchure. Dans la voiture à l'arrêt, il cherche fébrilement les cahiers de son grand-père. Les documents ont glissé sous son siège. Soupir de soulagement. Martial sort une flasque de genièvre de la boîte à gants. Antoine avale une rasade. La brûlure de l'alcool le rappelle à ses devoirs.

— Merci… Pour une fois, j'avais un flic sous la main quand j'en ai eu besoin… Euh… Désolé pour ta bagnole, elle a une drôle de gueule maintenant. Bon, tu vas enfin pouvoir en demander une nouvelle.

24

Après avoir tiré deux coups de pistolet sur le sieur Rimbaud Arthur, Verlaine Paul a été écroué pour la nuit à l'Amigo.

Commissaire adjoint Joseph Delhalle, désignant ainsi dans son rapport de juillet 1873 la prison de la ville de Bruxelles.

Antoine dort depuis trois heures. A peine s'était-il écroulé qu'il fermait déjà les yeux, sans se déshabiller, les membres jetés aux quatre coins du lit. Le téléphone insiste longuement. Sa première pensée, un réflexe encore comateux, est un abominable juron. Puis le souvenir des coups de feu à la station-service parvient à toucher quelque synapse moins amorphe. Il se dresse en sursaut et attrape le combiné, convaincu que les gendarmes chargés du dossier de la fusillade repartent à l'offensive. A l'autre bout du fil, son rédacteur en chef.

— Alors coco, t'es en plein fait divers, le héros du jour, et tu ne me dis rien ?

Antoine balbutie deux mots qui n'auraient aucune chance de passer pour une formule de politesse même auprès d'un interlocuteur ayant d'irrémédiables problèmes d'ouïe.

— Je comprends, la nuit a été dure, mais habille-toi en vitesse et radine ici. Tu dois me raconter, ton enquête sur le milieu des skins, cette fusillade. Quand je pense, hier encore, je t'engueulais pour ce ratage imbécile. Oublie cette affaire de vieillard assassiné, un stagiaire va s'en occuper, tu sais, celui du service médical de la SNCB. Enfin, tu aurais pu m'en parler, j'ai l'air de quoi maintenant ! Bon, je suis fier de toi coco, ça, c'est du vrai journalisme d'investigation. Et pas de blague, tu nous dois l'exclusivité…

— Ecoute, je suis vraiment crevé, on ne peut pas attendre l'après-midi ?

— Grouille, je te dis ! Je t'offre le café et les croissants. Sois au journal dans un quart d'heure !

Et le rédac-chef raccroche aussi sec pour ne pas lui donner la chance de négocier une arrivée plus tardive.

Antoine s'extrait de son lit et descend à la cuisine préparer du café. Pas de soleil ce dimanche matin. Une humidité glacée semble exsuder du mur verdâtre de sa courette. Pendant que le café coule, il se remémore les récents événements.

Après s'être remis de leurs émotions en bordure de la forêt de Louvain-la-Neuve, Martial et lui avaient rejoint Bogda au *Gambrinus*. Ils avaient bu whisky glace sur whisky glace en racontant la mitraille qui jaillissait de toutes parts, jusqu'à perforer la carrosserie de la Kadett, le mort, leur fuite pour éviter les dernières balles, mais aussi pour mettre à l'abri les cahiers du grand-père. Antoine les avait tendus cérémonieusement à l'historien. Cérémonieusement parce que, sans connaître le poids de sang dont ces pages sont gorgées, au moins une vie (une de plus ?) venait d'être perdue à cause de leur contenu.

— Pour moi, ces trucs demeurent indéchiffrables, avait-il avoué à Bogda.

L'historien avait feuilleté le premier cahier.

— Pas de confusion possible, c'est une comptabilité bien tenue. La chronologie a l'air impeccable, les identités précises, les montants exprimés à la virgule près. Oui, je les décrypterai rapidement, je suis en terrain de connaissance. Je repère déjà des noms de collaborateurs fameux et les banques sont celles dont l'occupant se servait.

Sur ce, Bogda était parti ventre à terre éplucher ces pièces tant convoitées. De leur côté, Antoine et Martial avaient repris un verre pour réfléchir à la suite des opérations. La priorité était de se mettre en rapport avec les autorités judiciaires. Mais le journaliste ne voulait pas parler des cahiers aux enquêteurs.

— Pas question de les leur donner. J'y serais obligé si j'explique que la fusillade a eu lieu au cours d'une tentative de les voler. Dans ce cas, je pourrais attendre longtemps avant de les récupérer. C'est trop bête, à deux doigts de découvrir enfin la vérité sur mon grand-père…

Martial n'était pas chaud. Délicat pour un officier de police judiciaire de dissimuler des éléments dans une enquête.

— D'accord, cette attaque reste un poil mystérieuse, avait-il concédé. Avec un peu de mauvaise foi, nous ne pouvons pas affirmer avec certitude que les skins cherchaient à s'emparer des cahiers. De toute façon, s'engager dans cette voie va prolonger les débats à l'infini. Coupons au plus court… J'informerai ma hiérarchie en détail quand nous aurons plus d'infos sur ces papiers.

— Pour noyer le poisson, je dirai que j'enquête sur l'extrême droite violente à Bruxelles. Et mes investigations auront dérapé… Je me serai approché trop près de personnages dangereux…

— Ouais, ça pourrait passer… Et moi, si je t'accompagnais, c'était à toutes fins utiles… Pour ta protection… Tu te sentais suivi.

Martial avait alors contacté la permanence de la PJ qui l'avait orienté vers le parquet de Nivelles, responsable du dossier. Là-bas, les gendarmes les avaient soumis à un long interrogatoire. Une reconstitution expresse avait été montée dans la station-service : le juge voulait profiter de la proximité de l'événement pour fixer le déroulement des faits. La légitime défense ne lui avait pas paru douteuse et à cinq heures du matin les deux compères étaient libérés. Antoine avait été reconduit chez lui dans une Taunus de la gendarmerie, blanche avec sa bande orange et son feu bleu, sirène éteinte. Son convoyeur, un Ardennais taciturne, ne l'avait pas regardé une seule fois.

A un moment pourtant, songe Antoine qui vide sa deuxième tasse de café, les choses s'engageaient mal. Les gendarmes étaient furieux. Quitter les lieux du crime et se présenter deux heures plus tard aux autorités leur semblait impardonnable, suspect même. La fable de l'enquête sur les skins ne leur avait pas paru très convaincante non plus. Antoine avait bataillé ferme. Il avait tenté d'étayer sa version en parlant du cochon devant *L'Alexandrie*, de l'agression contre Gudule, de son passage à tabac aussi. Ses interrogateurs l'avaient coupé.

— Nous savons parfaitement que vous êtes le propriétaire de ce bordel.

— Du bâtiment seulement.

— C'est pas loin du proxénétisme, avaient-ils repris. Franchement, un patron de claque flingué sur une autoroute, ça ne ressemble pas à du journalisme honnête.

Les pandores l'avaient poussé dans ses derniers retranchements. Mais Antoine n'en avait pas démordu. Sans vraiment mentir. Après tout, l'extrême droite était bien l'objet de ses recherches depuis quelques jours. De guerre lasse, la maréchaussée avait baissé les bras.

Antoine n'a pas le temps de se verser une troisième tasse de café, le téléphone sonne à nouveau. Cette fois, c'est un confrère, le plumitif à la vocation de flic croisé dans le bureau de Martial. Lui, l'enquête sur les skins semble le laisser sceptique. Sceptique et goguenard.

— Si jeune et déjà grand journaliste d'investigation...

Antoine garde son calme et parvient à s'en débarrasser en lui demandant d'appeler son rédac-chef un peu plus tard dans la journée.

— Je leur dois l'exclusivité. Je verrai à ce moment-là ce qu'on peut te filer comme tuyau.

— Trop aimable, mais je n'attendrai pas tes infos pour me mettre en chasse. J'ai justement un excellent contact à la gendarmerie de Nivelles...

Cette brève conversation ranime son inquiétude. Mais les cahiers sont hors d'atteinte de son fouinard de confrère. Il s'apprête à monter pour passer sous la douche. La sonnette retentit. Quand il ouvre la porte, une voix lui hurle "police judiciaire", en français et en flamand. Des mains vigoureuses l'empoignent, le tirent sur le trottoir et le propulsent contre le capot d'une voiture.

— Ecarte les jambes, braille le flic qui lui emprisonne les mains dans le dos d'une poigne ferme.

Antoine est forcé de se plier en deux, le menton sur la tôle. Un deuxième inspecteur resté à distance manœuvre la culasse de son pistolet. La glissière arme le ressort du percuteur et produit un bruit sur lequel on ne peut se méprendre. Un clac très métallique, la collision d'une barre d'acier contre un bloc d'acier. Un son plein, solide, puissant. Définitivement dissuasif.

— Laisse-toi faire, enjoint le premier inspecteur en lui tordant un peu plus les bras. Dans un geste d'une grande fluidité, il enferme ses poignets dans des menottes. Après une palpation rapide, le policier le redresse en le tirant par la chaîne et le pousse vers une Golf GTI flambant neuve. Aucune comparaison possible avec la dotation de la section mœurs de Martial.

— Attention à la tête.

L'avertissement est venu trop tard, Antoine s'entaille le front sur l'arête du pavillon.

— Avec les compliments du commissaire Van Inghelghem, se marre l'autre flic, celui qui manipulait son pistolet tout à l'heure.

— Où m'emmenez-vous ? A la criminelle ?

— Ferme ta gueule, répond le maniaque du pétard en prenant le volant. Nous y serons dans dix minutes. D'ici là, je ne veux pas t'entendre.

Feu bleu en action scotché sur le toit, sirène hurlante, le bolide démarre à vive allure. Dans un tunnel, le conducteur négocie un virage à une vitesse excessive. Accélération encore, légère glissade de l'arrière, contrebraquage. Les mains coincées dans les menottes, Antoine ne peut se retenir et s'écrase l'épaule contre la portière. Il a mal. Aux poignets à cause des menottes, à l'épaule, au front. Il est en colère aussi. Ça tempête dans son organisme. Sa hargne se retourne contre les deux flicards.

— Vous pourriez au moins m'enlever les menottes, bande de tocards.

Malgré sa rage, il n'a pas osé lâcher d'injure plus violente, dans un registre plus sexuellement imagé par exemple. Un réflexe idiot, comme si une inculpation pour outrage pouvait aggraver son cas. Le convoyeur sort de sa poche une matraque, une sorte de bâton de cuir tressé dont l'âme est en plomb. Il en inflige un coup violent sur le genou de son prisonnier.

— On t'a dit de fermer ta gueule.

Antoine sent la douleur fulgurante gommer instantanément sa fatigue. Cette violence délibérée le choque. La peur le rattrape. C'est sûr, sa rotule est cassée. Condamné à boiter à vie ! Je ne leur ai rien fait, merde, réfléchit-il, se battant déjà de toutes ses forces pour échapper au rôle de victime qu'on le force à endosser.

La GTI s'arrête devant l'annexe du palais de justice dans un crissement de pneus. Antoine est tiré hors de la voiture. Cette fois-ci, il se méfie et ne se cogne plus la tête. Une fois debout, son genou refuse tout service et se dérobe sous lui. Le flic a un geste d'exaspération. Il l'empoigne par le bras pour le relever et grogne une phrase sur les femmelettes ou sur les tapettes. Antoine se doute que ce soudard, dans son incommensurable largesse d'esprit, ne vise pas l'instrument servant à tuer les mouches. Cahin-caha, le groupe finit par escalader les marches du perron, direction l'ascenseur. Dans la cabine, au lieu de monter vers le bureau de son chef, l'un des inspecteurs appuie sur le bouton des caves.

— Où va-t-on ? demande Antoine.

— A l'Amigo, ducon.

Au sous-sol, il est poussé dans un étroit couloir où donnent, de part et d'autre, de minuscules cellules fermées par une porte en plexiglas renforcé. A l'intérieur, un seau et un banc en maçonnerie. Des mains le dépouillent sèchement de sa ceinture et de sa montre avant de le propulser dans l'une des oubliettes.

— Et les menottes ?

— Tu préfères pas les garder en souvenir ? rigole le matraqueur.

Les péjistes le désentravent puis s'en vont, abandonnant leur gibier à la garde de deux très jeunes gendarmes assis à une table au bout du couloir.

La geôle est répugnante. Une flaque d'urine entoure le seau. Dans un coin, un précédent locataire a vomi. La matière a séché mais dégage une puanteur à incommoder un équarrisseur chevronné. Antoine dégotte un endroit moins sale où s'asseoir sur le banc. Son genou l'élance, sa blessure au front saigne encore, son épaule lui fait un mal de chien. Furieux tout à l'heure, il est plutôt inquiet désormais. Que lui reproche-t-on ? Et si l'affaire de la fusillade prenait une tournure inattendue ? Le Code pénal doit receler des infractions dont les justiciables de base n'ont pas idée. Dans le cas présent, il a failli être abattu, il a juste commis un ou deux mensonges par omission. Pas de quoi mériter la tôle tout de même ? Van Inghelghem semble penser le contraire...

Des hurlements résonnent dans l'un des cachots. Les cris redoublent, comme si le détenu était rossé. En riposte, une rafale d'injures part d'autres cellules, des mots méchants, racistes, sexuellement dénigrants pour les matons. Le vacarme est épouvantable. Antoine s'angoisse d'être coincé dans cette niche minuscule. Il crie à son tour, brandit sa qualité de journaliste, menace d'un article vengeur. Et les droits de l'homme, merde ! Ses compagnons de galère l'écoutent impressionnés. Leur charivari a cessé. La porte de son réduit s'ouvre à la volée.

— T'arrêtes de gueuler, sinon tu vas l'avoir dans ton cul, s'exclame l'un des deux gendarmes en brandissant une vraie matraque de CRS.

Le maton le repousse au fond de la cellule et lui décoche un habile croc-en-jambe. Antoine tombe sur le sol, évitant de peu la pisse et la gerbe. Pour faire bonne mesure, la brute lui balance sa bottine dans le flanc. La bouffée d'oxygène entrée dans la pièce avec le pandore l'aide à atténuer la violence du coup. La porte refermée, il se relève. Il se sent d'une saleté repoussante. Une demi-heure de cachot et le voilà transformé en tôlard, débraillé, puant, gris déjà.

25

Nous devons prendre exemple sur l'Amérique latine. La police y bénéficie d'une ample latitude d'intervention contre les ennemis de l'ordre.

Pol Van Inghelghem, commissaire principal,
chef de la section criminelle de la police
judiciaire de Bruxelles.

Antoine devra mariner dans son cachot pendant trois heures. Il intègre la routine de la prison très vite, aussi vite qu'il a endossé la grisaille du tôlard. L'odeur d'abord, celle de la pisse et de la gerbe. Il s'y est acclimaté. La douleur aussi s'est atténuée, celle de son genou et celle provoquée par le coup de bottine du gendarme. L'engourdissement de l'attente les a anesthésiées. L'attente… La première compagne du prisonnier. La situation lui impose de suivre un cours accéléré sur la détention et le meilleur moyen de s'en accommoder. Antoine découvre donc les vertus de la patience.

Sa colère n'a pas disparu. Colère contre les deux péjistes et leur chef, colère contre son grand-père et ses crimes. Quels crimes ? Cela, il ne veut pas y penser. Trop angoissant. De nouveau, un réflexe de reclus. L'essentiel est de préserver ses forces, de ne pas effriter sa résistance en ruminant un sujet d'inquiétude sur lequel on n'a aucune prise. L'endroit n'est pas propice à la réflexion. Toute cogitation serait stérile, aggravant la dépression, sœur redoutable de l'attente. La priorité est d'affronter l'épreuve avec la plus grande sérénité, de se préparer à la suivante, l'interrogatoire, avec les incertitudes qui en découleront. Les dangers aussi. Par exemple celui d'être inculpé, renvoyé devant un juge d'instruction et, plus tard, condamné. Mais pour quel motif ? Cela aussi, c'est une cause d'anxiété qui devra être abordée en temps et en heure. Pas maintenant.

Comme tant de captifs avant lui, Antoine découvre les vertus de la pensée positive. Chez lui, elle prend la forme de Sonia. Il se rappelle leur premier face à face. Son caniche. Comment se nommait ce clébard, Bonbon ou Caramel ? Ses jambes, sa tenue d'une blancheur ensorcelante, la main glissée dans la sienne au cours de la cérémonie de Mémé Tartine. Antoine se souvient aussi de la réserve de Sonia jeudi soir, de sa froideur teintée d'agressivité. Attention, le vague à l'âme se repointe, lutter, penser à autre chose, à l'invitation qu'il avait fini par lui arracher. C'est ce soir, bon sang ! Le voilà, son objectif immédiat, sortir à temps pour la rejoindre à *La Licorne*. Quelle heure est-il ? Midi peut-être. Huit plombes pour s'extraire de ce piège, c'est jouable. Antoine vient de rencontrer l'espoir. Un autre fidèle compagnon du détenu.

Pour terminer, le journaliste fait la dernière découverte de la condition du prisonnier rompu à toutes les geôles : la capacité de dormir dans n'importe quelle circonstance. Il réussit à trouver un peu de confort, assis par terre, la nuque contre le banc en béton, les pieds calés contre le mur. Et plonge dans un sommeil sans rêve, grisâtre comme son environnement.

Il est réveillé par l'un des sbires de Van Inghelghem, le pilote de la GTI, pas le matraqueur. Le flic lui tend la main pour l'aider à se relever. Antoine ne le remercie pas. Il se méfie de cette marque de prévenance. Encore un enseignement de la prison. Ici, rien n'est gratuit.

Nouveau voyage en ascenseur, cette fois vers les étages supérieurs. Ignorant son voisin, l'inspecteur se cure les ongles avec un canif, une manière de s'occuper les mains sans menace implicite. Ce tic traduit simplement l'inconfort de cette brève cohabitation dans une boîte en acier avec un étranger à l'égard duquel on éprouve la plus totale indifférence. Ce désintérêt évident pour sa personne rassure Antoine. Son cerbère mutique ne semble pas le tenir pour l'ennemi public numéro un. C'est donc en homme qui se sent déjà presque libre qu'il marche vers le bureau du patron de la criminelle. La porte s'en ouvre aussitôt comme si son persécuteur guettait son arrivée.

— Entrez, monsieur Daillez. Désolé pour le malentendu, mes subordonnés ont mal compris mes ordres. Ils vous ont cravaté comme un voyou. Croyez-le, nous ne vous considérons pas comme tel.

Pol Van Inghelghem est affable. S'il paraît ennuyé par les malheurs du journaliste, cette gêne ne l'empêche pas d'afficher un large sourire. Sourire dans lequel Antoine perçoit une légère ironie. Un fin pétillement dans les yeux, quelque chose d'un peu trop désinvolte dans l'attitude trahit le commissaire.

Son hôte le conduit dans le coin salon du bureau et lui sert d'autorité une dose généreuse de café. Aujourd'hui, pas de précieux service en imitation Delft, juste une tasse aux couleurs de la police militaire de Rio.

— Je suis d'autant plus navré que je viens d'arriver à l'instant. J'ignorais que vous étiez déjà parmi nous.

Avec un œil toujours scintillant de malice, le commissaire regrette hypocritement les conditions de séjour dans les cellules de la PJ.

— C'est terrible, nous manquons de moyens...

— Vos tôles sont dégueulasses, oui ! Je suis scandalisé ! Comptez sur moi pour monter une campagne de presse. Amnesty et la Ligue des droits de l'homme vont en entendre parler. Je vous préviens, je m'apprête à porter plainte contre cette arrestation arbitraire ! Pour coups et blessures aussi !

Antoine est remonté, Van Inghelghem l'exaspère avec sa politesse mielleuse. En fait de miel, le ton de Van Inghelghem tourne à l'aigre.

— Votre manque d'humour est consternant, monsieur Daillez. J'ai parfaitement le droit de vous mettre en cellule avant un interrogatoire. Je peux vous y réexpédier sur-le-champ si vous continuez sur ce mode.

Antoine n'a jamais eu l'intention de se lancer dans une vendetta journalistique contre la PJ, le plus sûr moyen de se priver de ses sources et de balancer aux orties sa carrière de fait diversier. Il n'a pas plus envie de plaider sa cause devant les tribunaux. Agiter une vague menace aurait dû suffire à apaiser son amour-propre. Il en est pour ses frais. L'autre lui a renvoyé dans les dents un échantillon de sa force de frappe, le ravalant au statut de misérable justiciable soumis aux caprices des autorités policières.

— Cessons ces enfantillages, assène le boss de la Crime. D'abord, mon service centralise désormais tous les dossiers liés à l'homicide de votre Mémé Tartine, les agressions dont vous et votre personnel avez été victimes, la scène de Far West sur l'autoroute. Avouez-le, votre établissement suscite bien des appétits...

Pol Van Inghelghem insiste sur le mot établissement, histoire de rappeler que seul son tact l'empêche d'employer le terme de bordel.

— Toutes ces affaires sont sur le point d'être bouclées. Nous n'avons pas encore cravaté le conducteur de la CX, celui qui a échappé aux balles de votre ami Chaidron. Cela ne saurait tarder. L'autre, vous ne l'ignorez pas, n'a plus rien à nous apprendre. Dernier point, la reconstitution s'est révélée probante. Le juge est d'accord avec moi, la légitime défense est établie. Vous êtes hors de cause.

Soulagement, pas d'inculpation à redouter. Mais quelles sont les intentions du commissaire ? S'attaquer aux véritables responsables ? Enquêter sur Verdriet pour confirmer sa responsabilité dans l'histoire ? Il peine à y croire. La suite lui donne raison.

— Banditisme et proxénétisme, reprend Van Inghelghem, voilà l'axe de notre enquête. Au centre du dossier, nous avons un groupe de jeunes casseurs dévoyés. Ces hooligans se déguisent en paramilitaires, louent leurs poings et leur capacité de nuisance au plus offrant. Au passage, leur arrestation nous permettra certainement de résoudre plusieurs affaires crapuleuses, des cambriolages, des braquages…

— Des hommes de main, d'accord. Mais qui est leur commanditaire ? Pourquoi l'extrême droite en veut-elle à *L'Alexandrie* ?

Soupir exaspéré du commissaire.

— Ce dossier est transparent, n'y cherchez pas je ne sais quel complot. Il pue la délinquance ordinaire, le crime sordide, l'affairisme délictueux. Qu'avons-nous dans cette affaire ? Une maquerelle assassinée, une autre maquerelle agressée, le propriétaire d'un claque, c'est-à-dire vous, bastonné, mitraillé sur un parking d'autoroute…

— De la délinquance ordinaire ? Je n'y vois rien d'ordinaire, moi. Sauf la brutalité de vos larbins.

Antoine est vexé d'être à moitié traité de proxénète.

— Vous m'emmerdez, monsieur Daillez. Vous m'emmerdez comme votre copain Monaco. Vous cherchez le responsable de vos malheurs ? Adressez-vous à lui. Je vous livre ma conviction. Ce salopard était visé par l'un de ses concurrents. Lequel ? On ne risque pas de l'apprendre, la loi du silence est la seule que respectent les proxénètes. Les skins avaient un commanditaire, j'en conviens, et ce commanditaire voulait s'attaquer à Monaco. Son objectif était de le virer du quartier, de s'accaparer le fric de ses putes. D'ailleurs, nul ne sait si lui ou un autre ne finira pas par réussir à nous débarrasser de votre protecteur...

Antoine a besoin d'une nouvelle dose de caféine pour écouter Pol Van Inghelghem sans se lever, se précipiter sur l'armoire aux trophées et lui balancer dans la gueule son premier prix de tir instinctif au championnat interpolice de Miami. Réduire l'histoire de ces dix derniers jours à une lutte d'influence entre gangsters, la pilule ne passe pas.

L'officier continue à dévider ses arguments. Pour lui, les agressions contre *L'Alexandrie* sont des péripéties banales dans la vie d'un "établissement". Mémé Tartine ? Une manœuvre d'intimidation qui a mal tourné contre une figure très liée au parrain du quartier Nord. Les attaques contre *L'Alexandrie* ? L'établissement était fragilisé depuis la mort de Maurits Daillez et les ennemis de Monaco ont préféré s'y attaquer au lieu de s'en prendre directement au caïd. La fusillade à Louvain-la-Neuve ?

— Elémentaire, on voulait vous effrayer, vous dégoûter. Franchement, je doute fort que ces punks aient eu l'intention d'aller jusqu'au meurtre.

— Et merde, l'extrême droite, comment vous interprétez son rôle ? demande Antoine. Après tout, les skins ne sont pas précisément à gauche, non ? Et Zomers, pourquoi m'avez-vous convoqué ici, dans votre bureau, pour le rencontrer ? Vous oubliez Verdriet aussi, son maître à penser... Vous êtes sûr qu'il est blanc comme neige dans le meurtre de Mémé Tartine ? Dans la fusillade de l'autoroute ? Et les documents de mon grand-père ? Votre Zomers insistait tellement pour les récupérer… Verdriet aussi apparemment… Ça ne vous intéresse plus ? Un coup de balai et hop, on évacue l'Occupation du dossier ?

Pol Van Inghelghem blêmit. Il serre les poings, contrôle sa colère. Sa voix reste posée.

— Vous me cassez les couilles ! Fichez-moi la paix avec ces documents ! Tout ça, c'est du vent, ce sont des conneries, des fantasmes de gauchiste. Bon, foutez le camp, j'ai du travail, j'ai des dossiers à boucler.

Antoine saisit au vol cette autorisation si aimablement concédée de quitter les lieux. Il n'a pas envie de débattre du passé de son grand-père, pas avec un interlocuteur aussi obtus, artisan acharné de la chape de plomb. En sortant du bureau, il distingue dans la vitrine un trophée qui lui avait échappé. Une coupe commémorative de la Dina, la police politique chilienne.

26

Votre liberté, c'est nous.

Editorial du quotidien d'Antoine Daillez.

Au rez-de-chaussée de l'annexe du palais de justice, plusieurs flics entrent et sortent du bâtiment. Antoine croise aussi un magistrat de permanence, reconnaissable à son manteau de loden vert et à son air supérieur. Personne ne semble l'attendre en embuscade, la voie est libre, c'est fini. Des regards sévères glissent sur lui. On le classe illico comme gibier de police, malfaisant étiqueté, délinquant identifié, aux empreintes prises, aux propriétés anthropomorphiques dûment enregistrées. Tiens, ça, Van Inghelghem ne me l'a pas infligé, songe Antoine qui, à la décharge de ses juges de rencontre, a une sale gueule. Puant le cachot, les vêtements chiffonnés, passé trop rapidement du statut de prisonnier à celui d'affranchi en liberté surveillée, il est surtout enragé. Et cela se voit. Et cela ressemble fort au portrait du justiciable révolté qui, à cause de sa révolte, retombera d'un moment à l'autre dans son crime.

Toujours fulminant, il file vers la station de métro. Tout sauf rester une minute de plus à l'ombre de la Justice. Il marche vite, sans éveiller l'intérêt de ses voisins de trottoir. En ce dimanche après-midi, son apparence fripée est cataloguée comme une négligence due au week-end. Les plus observateurs devraient cependant s'inquiéter de sa mine. La chanson qui lui traverse la tête, ce n'est évidemment pas *All Right Now* de Free, ni même *Desperation* de Steppenwolf. Il lui faut des riffs rageurs, du métal choquant le métal, de l'électricité à pleins watts, un truc comme *Paranoid* de Grand Funk Railroad. Paranoïaque, Antoine l'est devenu depuis ses premiers contacts avec *L'Alexandrie*, et cette angoisse tourne au délire assassin, dirigé tout entier contre Van Inghelghem. Il se surprend à évoquer des scènes où l'on verrait le commissaire implorant pardon avec la coupe de la Dina fichée dans le cul. Ou encore, un sadique lui appliquerait de savantes piqûres sur le torse avec le bronze des *federales* argentins, statuette comportant des parties particulièrement acérées. Mieux, le patron de la Crime se retrouverait dans sa situation d'hier, aligné par l'un des skins et cette fois-ci, pas du tout raté, fusillé à bout portant, cervelle coulant sur le macadam, boyaux éclatés, tripes répandues.

Calmons-nous, s'exhorte-t-il en ralentissant le pas. Cette rage prend sa source dans l'éteignoir manié par Pol Van Inghelghem. Hop, la guerre des gangs pour masquer les manœuvres autour des cahiers du grand-père. Hop, Monaco et ses rivaux pour servir de paravents à Verdriet et au vilain relent collabo de l'affaire. Hop, Kurt Zomers préserve sa respectabilité et celle de son mouvement. Les documents ? Circulez, y a rien à voir, juste la mafia du quartier Nord qui se tire des bourres. Bref, Antoine ne digère pas que le flic ait annihilé judiciairement la dimension droitière extrême du dossier.

En montant dans la rame de métro, sa hargne s'estompe. Ce foutu week-end file sur sa fin. Passer au journal rassurer son rédac-chef, plus exactement tenter d'apaiser sa colère probable d'avoir été lâché par son journaliste-vedette. Rentrer chez lui prendre une douche. Et puis Sonia. Enfin une parenthèse. Enfin lâcher prise. Et espérer qu'elle daignera baisser sa garde.

Un quart d'heure plus tard, Antoine arrive au pigeonnier où loge sa rédaction. Effervescence traditionnelle du dimanche chez les sportifs, calme plat aux informations générales. Après avoir salué des correspondants de province venus apporter les comptes rendus des matchs de la journée, il entre dans le bureau de son rédac-chef.

— Un revenant, s'exclame ce dernier.

— Désolé, ces connards de la PJ m'ont foutu au ballon depuis midi.

— Je sais, on s'est occupé de tout. Tu vas faire la une. Le papier est prêt, tiens, lis-le.

Et le patron d'Antoine lui tend cinq feuillets dactylographiés. Avant-titre de circonstance pour rappeler au lecteur le dévouement sans faille de son journal au service de la déesse de l'information : “Nos reporters risquent leur vie pour vous." Titre-choc : "On a tiré sur la liberté de la presse." Chapeau et texte à l'avenant, plutôt bien informé. Montée en épingle, la fable de son enquête sur l'extrême droite justifie l'indignation bien-pensante de l'éditorial ("Votre liberté, c'est nous"). Pas un mot sur les cahiers du grand-père évidemment. Ces protestations démocratiques, cet appel à la mobilisation contre les ennemis de la liberté l'amusent. Après tout, son journal utilise essentiellement sa liberté pour balancer du sport et du crime en pâture à ses lecteurs.

— Une chose encore. Ajoute-moi un feuillet bien senti, à la première personne, ton témoignage. Tu piges le truc, les balles sifflaient, j'ai failli y passer… Je te laisse imaginer la suite.

En moins d'une heure, le journaliste est de retour dans le bureau de son rédac-chef avec trois mille cinq cents signes. Le texte a coulé sans heurt. L'article s'attarde sur les détonations, ne camoufle pas sa peur, insiste sur les réflexes et le courage de Martial. Antoine décrit aussi brièvement le cadavre du skin tombé trop près de lui. Après un commentaire satisfait, le patron de la rédaction lui donne quartier libre.

Antoine se précipite vers le métro pour rentrer chez lui. Dans trois heures, Sonia. On aurait du mal maintenant à déceler en lui le gibier de potence prêt à retrouver sa geôle. Ce n'est pas qu'il rayonne de bonheur. La proximité de la fusillade et la rage contre Van Inghelghem l'empêchent d'approcher d'un état euphorique. Mais on sent l'exaltation de celui qui voit s'ouvrir l'avenir devant lui.

27

J'ai besoin de boire quelque chose de fort,
et surtout pas un lait fraise.

ANTOINE DAILLEZ

En arrivant dans sa rue, Antoine aperçoit Piotr Bogdanovitch qui trépigne d'impatience devant chez lui. Un pan de sa chemise pointe hors de son pantalon. Il agite une mallette fatiguée, lançant des signes impétueux au journaliste.

— Te voilà enfin, je t'attendais depuis une heure !

Les yeux injectés, pas rasé, l'historien porte l'odeur de celui qui a abattu un travail considérable sans dételer. Antoine en a la révélation immédiate : le voile va se lever sur cette fumeuse ASVOG. Et tout d'un coup, il n'est plus si impatient d'approfondir les sympathies teutonnes de son grand-père.

— Tu en fais une tête… Tu as dégotté le fils naturel de Hitler ? lui demande-t-il en s'effaçant pour le laisser entrer. Il réussit à canaliser l'excitation de son hôte pour l'empêcher de massacrer les fragiles carreaux de sa mosaïque.

— Je ne m'intéresse pas au carnet rose. J'ai mieux, beaucoup mieux...

— Ah... Tu as eu le temps de dépouiller les cahiers ?

— Exact, j'y ai passé la nuit, et, crois-moi, c'est du torride, brûlant comme la bouche d'un 155 américain qui viendrait de se fracasser un Panzer sur la route de Paris.

— Allons au salon, soupire Antoine, résigné au pire.

— Je serais à ta place, je m'assiérais, recommande Bogda en indiquant les coussins qui servent de divan dans la pièce. Lui-même s'installe sur une caisse à vin et en annexe une autre pour y déposer les trois cahiers toilés extraits de sa serviette. A propos, vous avez réussi à vous tirer des pattes des gendarmes hier soir ?

— C'était un peu long. Dans l'ensemble, on s'en est sortis...

Antoine n'en dit pas plus. Les révélations promises par Bogda monopolisent son attention.

— Donc, ces cahiers sont explosifs. Et la vérité, pas jolie jolie pour ton grand-père. Je te résume.

— Ça veut dire quoi, pas jolie jolie ?

Le prof a un geste d'impatience.

— J'y viens. En substance, ces documents retracent la comptabilité complète de l'ASVOG. Les premières entrées datent de juillet 1942, les dernières de mai 1944, l'époque où ton aïeul a démissionné. J'ai passé la nuit à les éplucher. Je le répète, prépare-toi au pire.

Cette mise en garde inquiète Antoine. Il essaie de se ménager une porte de sortie, une issue de secours pour relativiser à l'avance les découvertes de Bogda. Pour lui permettre d'y croire à moitié.

— La vérité, quelle vérité ? rétorque-t-il sur un ton qui se voudrait philosophique.

— Je retire le mot vérité. Après tout, je ne connais pas les motivations profondes de Maurits. D'ailleurs, ces documents n'éclairent pas spécialement sa personnalité. En revanche, ils tirent au clair l'activité réelle de l'ASVOG. A condition qu'ils soient authentiques. Je n'ai pas eu le temps de procéder à une analyse approfondie, celle de la composition chimique du papier et de l'encre par exemple. Mais dans l'ensemble je n'ai découvert aucun indice de nature à mettre en doute leur véracité.

Antoine écoute donc Bogda lui expliquer la raison d'être de l'ASVOG.

— Oublie cette fable de l'aide aux veuves et aux orphelins. Je te le concède, j'ai identifié plusieurs familles qui ont bénéficié du soutien de l'association, mais un soutien chiche, et des familles fort rares dans l'ensemble. Tout juste un paravent. La comptabilité de Maurits recense les vrais bénéficiaires des transactions. Dates, noms, prénoms, organisations, adresses : la précision documentaire est absolue. Cette liste-là est longue et les sommes confortables.

Antoine écoute, les yeux fermés. Pour mieux entendre ? Ou au contraire pour visualiser son grand-père en poète, pour retrouver l'image de ce bon-papa attentionné, et, ce faisant, nier le réquisitoire ? L'historien continue sans relever le trouble de son interlocuteur.

Il s'échauffe, la neutralité scientifique cède le pas à l'indignation engagée.

— Les vrais bénéficiaires de l'ASVOG étaient d'authentiques collaborateurs, parmi les plus enthousiastes, les plus enragés, les plus violents aussi.

Antoine ferme les yeux très fort.

— L'infamie ne s'arrête pas là ! S'agissait-il d'un détournement classique ? D'une ruse d'escroc visant à affecter du fric à une autre destination que celle prévue par les donateurs ? Pas seulement. Car l'ASVOG ne récoltait pas ses fonds auprès de généreux philanthropes. Le service social de l'armée allemande par exemple désireux d'alléger la condition de ses combattants. Ou des militants de la cause. Ou encore de simples citoyens émus par la triste situation de veuves et d'orphelins abandonnés à leur sort.

Antoine se triture le front avec les doigts.

— Non, continue Bogda, trois fois non ! En réalité, l'ASVOG était une pompe à finances alimentée directement par les biens confisqués aux juifs déportés. Là encore, les entrées de fonds sont consignées avec le soin d'un archiviste tatillon. Assez souvent on y trouve mention de la date des rafles concernées, le nom et l'adresse des victimes, parfois leur identité seulement, ou le quartier où les opérations ont été effectuées. Et quand aucune précision n'est apportée, le scripteur a apposé la lettre J, à l'encre rouge, comme on en avait pris la sinistre habitude à l'époque dans les registres communaux ou sur les cartes d'identité.

Bogda s'arrête de parler. Il regarde Antoine. Le journaliste tient sa tête entre les mains, tremble un peu.

— A ce stade, reprend-il, j'émets une hypothèse. A mon avis, les Allemands ont conçu ce stratagème pour arroser le gratin des collabos, francophones et flamands, en puisant dans le butin du plus infâme des pillages. Et ce pognon partait dans la poche d'individus qui l'utilisaient pour renforcer leur propagande, équiper des milices, acheter des armes, mener des actions de représailles, organiser des rafles, tuer, violer, piller. Ou parfois, et j'ai relevé des indices qui le laissent penser, simplement pour arrondir leur pécule personnel. Et comme le père Ubu sur son tas d'or, ton grand-père, mon pauvre Antoine, orchestrait les mouvements de fonds, mettait au point les montages financiers les plus discrets, répartissait la prébende nazie, versait l'argent du crime à ceux qui préparaient de nouveaux crimes.

— J'ai besoin de boire quelque chose de fort, murmure Antoine, de très fort, et surtout pas un lait fraise fabriqué avec de vraies fraises et du vrai lait de ferme, décoré d'une feuille de menthe posée sur le dessus.

28

Et puis merde ! Je ne siège pas au tribunal de l'histoire !

PIOTR BOGDANOVITCH, chargé de cours à l'université catholique de Louvain-la-Neuve.

Depuis que Bogda est descendu s'approvisionner à la cuisine, Antoine attend, immobile, sa provision de carburant. Son cerveau ne pourra pas se remettre en marche sans nitro et, à considérer son état, une quantité déraisonnable lui suffira à peine. Les révélations de l'historien l'ont laissé sans conscience d'aucun sentiment particulier, juste celui d'avoir encaissé un choc violent. Aucun bruit ne parvient dans la pièce éclairée faiblement par une lampe. Le quartier reste englué dans l'engourdissement d'une fin d'après-midi dominicale.

Bogda revient, une bouteille de whisky et six canettes de bière dans les mains. Il remarque une lueur floue dans le regard d'Antoine, fixé sur une photo placée sur le manteau de la cheminée. Cette photo représente Maurits Daillez.

— Oh, secoue-toi, je rapporte de la bibine, annonce-t-il en posant son chargement par terre, à côté des coussins où s'avachit le journaliste. Tu commences par quoi, une chope ?

Antoine saisit la bouteille, dévisse le bouchon et s'en tape une rasade. Sans respirer. L'alcool dévale si vite qu'il lui semble pénétrer dans son sang instantanément. Et instantanément, il reprend des couleurs, son œil se rallume. Le rythme de sa descente diminue pour finir par s'arrêter. Si les grandes douleurs sont muettes, certains désespérés réussissent à récupérer l'usage de la parole après s'être inondé le gosier. Le whisky a cet effet sur lui.

— Merde, quel salopard ! Tu t'imagines, faucher le fric des juifs envoyés dans les camps de la mort pour le ristourner à ses copains nazis. De quoi dégueuler.

Antoine se gobe une nouvelle rasade, moins goulûment cette fois.

— Comment juges-tu l'épatante attitude de mon aïeul sous l'Occupation, ce valeureux capitaine d'industrie, ce poète délicat, cet aimable bon-papa ?

— Ne sois pas cynique. Nous manquons d'éléments pour évaluer sa responsabilité réelle. Ton grand-père ignorait peut-être la provenance des fonds. Dans ce cas, il n'aurait compris son rôle qu'à la fin de la guerre.

— Stop, pas de guimauve, n'essaie pas de m'embobiner. Maurits connaissait l'origine du pognon et ses destinataires. Tu me l'as expliqué, les premières entrées dans la comptabilité remontent à l'époque de la création de l'ASVOG. Il était donc au courant depuis le tout début...

— D'accord, mais il aurait pu aussi reconstituer les mouvements après avoir quitté l'association. Ce document me semble authentique, je devrais dire crédible. Tout se tient, les dates, les lieux, les noms, l'ensemble me paraît cohérent. Mais ces papiers n'ont pas été nécessairement complétés au jour le jour. D'ailleurs, réflexion faite, ça ressemble plus à une synthèse, à une consolidation, qu'à des registres tenus au fur et à mesure.

Agacé, Antoine arrache la languette d'une canette, imité par Bogda. Les arguments lénifiants de l'historien ne lui sont d'aucun réconfort. Son grand-père a participé, fût-ce indirectement, à la destruction des juifs de Belgique. Cette extermination n'a pas pu se réaliser sans l'intervention active de comparses conscients ou ignorants, indifférents ou zélés. Des conducteurs de locomotive dans les plaines polonaises. Des gardes-barrières tout au long du trajet. Des sentinelles insouciantes, éventuellement torturées par le remords comme Tcherkassy. Des gratte-papiers consciencieux. Et des financiers véreux à l'instar de Maurits Daillez. Que ce dernier ait été adepte de l'amour fou au point d'élever un temple à sa Juliette, là-bas, à *L'Alexandrie*, n'attendrit pas le portrait.

— A propos, tu n'as rien découvert dans les documents sur la fiancée de *L'Alexandrie* ?

— Pas une seule référence à une femme, sainte ou démone, révérée ou honnie.

— De toute façon, une histoire de cul, ça le rachète pas, ce fumier...

— Je le répète, attends d'en savoir plus. Moi, je me refuse à le condamner avant de disposer de toutes les pièces du dossier.

— J'admire ta mansuétude, pour un peu, on pourrait croire qu'il était résistant…

Un silence, Bogda termine sa bière.

— Tu m'emmerdes, le procès de ton grand-père, ne compte pas sur moi pour l'instruire maintenant. Le plus urgent, c'est d'accepter l'idée que la page n'est pas tournée. Cette histoire est toujours en marche. Et la violence de ces années-là est encore à l'œuvre aujourd'hui, j'en ai peur.

— Tu penses à la fusillade d'hier, à tout le reste aussi ?

— Oui, parmi les bénéficiaires des largesses de l'ASVOG, beaucoup sont en vie. Certains sont connus. Ces militants exercent ou ont exercé des fonctions politiques dans le mouvement nationaliste flamand, et pas nécessairement au bas de l'échelle. Pour eux, le problème des documents, ce n'est pas qu'ils dévoilent leurs accointances avec des groupes collaborationnistes.

— Excuse-moi du peu, ce genre de révélation doit déjà les faire suer…

— Détrompe-toi, cette filiation avec les complices de l'occupant est archiconnue. Karel Verdriet ne s'est jamais privé de la revendiquer. Ce revanchard a même basé sa carrière politique sur la justification de cet engagement.

— Mais alors, en quoi la comptabilité de l'ASVOG est-elle dangereuse ?

— Ces cahiers détruisent irrévocablement le mythe sympathique servi par les anciens collabos à leurs disciples. L'histoire a été quelque peu récrite pour la plus grande gloire de ces martyrs du nationalisme. On a gommé les exactions, les bassesses, les assassinats, les exécutions massives, la traque aux résistants, aux réfractaires, aux juifs… Bref, la collaboration a pu apparaître comme un mouvement purement politique, dont le seul tort était de lutter pour l'autonomie de la Flandre face à un Etat belge oppresseur. Mais avec ces documents on voit que leur financement s'appuie en partie sur l'acte le plus criminel de l'Occupation, la déportation des juifs. Et en acceptant ces fonds, ces aimables patriotes flandriens ont cautionné cette horreur…

— Ça manque de rock, coupe Antoine, oppressé par la conversation. Il se lève et puise dans sa collection de vinyles un disque d'Iron Butterfly. *In-A-Gadda-Da-Vida*, une version en public interminable avec une basse répétitive. L'idéal pour se vider la tête, renvoyer à l'arrière-plan Bogda et ses commentaires. Implacable, le professeur ne laisse pas la musique interrompre le cours de ses réflexions.

— Je disais donc, les documents de ton grand-père ont une charge explosive. C'est vrai pour les survivants de la collaboration en Flandre, c'est vrai aussi dans le contexte politique d'aujourd'hui. Après ta visite dans mon bureau jeudi dernier, je me suis renseigné sur Verdriet. Il ambitionne effectivement de relancer son parti nationaliste sur de nouvelles bases, en camouflant cet héritage sulfureux. Son objectif est de moderniser l'extrême droite, c'est-à-dire de jeter aux orties ses oripeaux vert-de-gris, édulcorer le discours, rassurer les électeurs. Voilà pourquoi il s'est effacé en propulsant à l'avant-scène Kurt Zomers, un politicien plus présentable. J'abrège, cette comptabilité crispe Verdriet. Sa divulgation raviverait des souvenirs exécrables. Ses espoirs de respectabilité seraient réduits à néant. Toute la façade s'écroulerait, et son combat pour l'indépendance flamande serait irrémédiablement sali. Reste à savoir jusqu'à quelle extrémité il est prêt à aller pour l'empêcher…

Trop d'alcool tombé sur un estomac vide, Antoine en attrape des aigreurs, avivées encore par les serres du grand complot qui se referment sur lui. Selon Bogda, Verdriet et son gang de skins ne seraient pas prêts à abandonner la partie sans un dernier baroud. Il regarde par la fenêtre sans rien voir de spécial sinon une ville qui se dispose à passer de la torpeur de la sieste au repos nocturne. A-t-elle purgé ses vieux démons ? Son sommeil sera-t-il exempt de cauchemars ? Et lui, a-t-il peur ?

— Au fond, où vas-tu planquer les cahiers de l'ASVOG ?

— Je les verse demain matin au fonds de la faculté. Tout le monde pourra y avoir accès. Ce qui équivaut presque à une publication. A mon avis, nous n'avons plus trop à craindre personnellement.

Rien à craindre, c'est vite dit, songe Antoine en se rappelant les détonations dans la station-service. Il regarde toujours dehors et s'efforce de distinguer les démons imaginés tout à l'heure. Sans y parvenir. Peut-être sont-ils dissimulés dans l'obscurité qui a succédé à la grisaille. A 19 h 30, le soleil s'est couché sans même avoir fait mine de se lever. 19 h 30. Merde. Sonia. Antoine interrompt sa rêverie.

— J'en ai ras le bol. J'ai un rancard près de la place Rogier, dit-il, avide d'échapper à l'emprise délétère de l'ASVOG, de son grand-père pilleur de biens juifs, de Verdriet et de ses menées funestes.

— Je t'y conduis, lui propose Bogda.

— Donne-moi cinq minutes, une douche et on y va.

29

Les emmerdements de L'Alexandrie *ont assez duré...*

Monaco, gérant en sous-main un nombre indéterminé d'établissements interlopes aux alentours de la gare du Nord.

Après un rapide voyage dans la voiture de Bogda, encore plus fracassée que celles mises à la disposition de Martial par la PJ, Antoine arrive devant *La Licorne*. L'odeur de cachot s'est dissipée grâce à la douche. Mais ni l'eau ni le savon n'ont réussi à le laver de sa rage contre son grand-père et son complice, Karel Verdriet. Le whisky ingurgité trop vite lui envoie dans le sang des molécules d'alcool coléreuses. Pourtant, il lutte contre sa hargne. Pas question de la laisser lui gâcher la soirée. Alors, pour se calmer, il s'entête à chantonner la mélodie de *Fall in Love With Me*. Cet air d'Iggy Pop, période Bowie, constitue un fond sonore idéal pour entamer un rendez-vous romantique.

En entrant dans le café, Antoine cherche l'hôtesse de *L'Alexandrie.* Aucune trace. Coup d'œil à l'horloge aux couleurs d'une brasserie, il est en retard. Pas de beaucoup. Serait-elle déjà repartie ? La barmaid l'informe qu'aucune jeune femme ne s'est présentée. Sans risque de se tromper : l'établissement est désert depuis deux heures. Sonia n'est donc pas arrivée. Pour l'attendre, Antoine commande une bière. La pils a un goût d'eau de vaisselle. Son amertume est excessive, les bulles faiblardes. Lui a-t-elle posé un lapin ? Deuxième bière, aussi amère. Le mélange avec le whisky malmène son estomac, déclenche une poussée acide. Et toujours pas de Sonia.

Antoine finit par sortir du café. Peut-être l'attend-elle à *L'Alexandrie.* Il se dirige vers son bar, pas encore résigné, pas encore anéanti. La plupart des vitrines sont noires. L'éclairage public défaillant rend le quartier sinistre. Privée de ses fêtards et de leur enjouement, même frelaté, l'enfilade de bâtiments délabrés et de terrains vagues n'offre plus qu'un décor sordide pour vices solitaires. Port dans ce désert, *L'Alexandrie* brille d'une lumière réconfortante, annonciatrice de plaisirs pervers pour les uns, d'espoirs candides pour Antoine. Mais en vitrine c'est Lydia qu'il aperçoit, l'autre employée de Gudule, à l'accoutrement toujours aussi provocant.

— Sonia n'est pas là ?

— Je viens d'arriver, je ne l'ai pas vue. De toute façon, elle est en congé le dimanche…

— Je sais, on avait rendez-vous. Si tu la vois, préviens-la… Je l'attends à *La Licorne.*

Et Antoine laisse Lydia sur son tabouret. *L'Alexandrie* n'a plus rien d'un havre attirant, juste une île désolée, perdue sur une mer de décombres et de taudis. Le journaliste soupire en redirigeant ses pas vers le café. Peut-être sera-t-elle arrivée entre-temps. Un coup de klaxon retentit dans son dos, sirène lugubre. La Mercedes de Monaco. L'un de ses hommes de main sort de la voiture et se fend d'un sourire ennuyé.

— Le boss veut vous parler, lui dit le garde du corps en ouvrant la portière arrière de la berline.

Quand Antoine s'assied à côté de lui sur la banquette, Monaco ne tourne pas la tête, ne prononce pas un mot. Connaissant sa façon laborieuse de s'exprimer, Antoine ne s'en formalise pas. Une raideur dans la posture du parrain le conduit cependant à s'inquiéter.

— Alors, vous avez un problème ?

— Exact... Une complication... Sonia... Votre amie vient d'être kidnappée... En pleine rue... Des jeunes genre punks... Ou skins si vous voyez...

La nouvelle glace Antoine. L'ultime saloperie du week-end. Sonia aux mains de ces assassins. En danger. Blessée, morte peut-être. Le souvenir de la grêle de balles dans la station-service le porte sur le bord de la nausée. Il réussit à se ressaisir. Ses questions se bousculent, attisées par l'angoisse.

— Quand ça s'est passé ? Comment s'y sont-ils pris ? Pourquoi l'enlever ?

Le caïd hausse les épaules, agacé, comme si ces questions n'avaient aucune importance.

— L'heure n'est plus aux atermoiements... Nous devons agir... Sachez-le, monsieur Daillez... Nous allons la récupérer... Vous et moi...

Monaco n'a toujours pas bougé. Il est affalé dans une tenue de jogging, un ensemble en stretch gris avec des bandes blanches, des chaussures de sport et une montre qui compte aussi les pulsations cardiaques. Son cadran doit afficher à l'heure actuelle un gros cinquante tout au plus. Antoine veut croire que cette impassibilité est l'expression d'une assurance inébranlable. Comme l'athlète qui rassemble sa concentration avant de prendre le départ.

— Entrons à *L'Alexandrie*, lâche Monaco en se hissant hors de la voiture.

Son garde du corps se précipite pour leur ouvrir la porte. A l'intérieur, Monaco avise Lydia.

— Une disparue, ça me suffit pour le week-end… Allez… Disparais… T'as gagné ta nuit…

La bimbo obtempère à la vitesse de l'éclair sans poser de question. Elle se contente d'enfiler un manteau et file sur ses hauts talons. Avec un petit geste amical pour Antoine.

— Bon… Sonia est passée ici… Vers 19 heures… Je ne sais pas pourquoi…

— Nous avions rendez-vous tous les deux, précise Antoine.

Le parrain ne relève pas.

— Une camionnette était arrêtée… En face de votre bar… Deux types en sont descendus… Bombers… Grolles de combat… Crâne rasé… Ils l'ont empoignée… Votre hôtesse s'est débattue… En hurlant des mots… Je me refuse à les répéter… A dévaloriser l'idée un peu angélique que vous avez d'elle…

Le mac a ajouté ce commentaire avec, dans l'œil, une ironie qui eût pu être amusée si les circonstances l'avaient permis. En tout cas, les braillements de Sonia n'ont eu aucun effet. Le dimanche en début de soirée, le quartier ressemble à la plaine de Waterloo après la bataille même si les seuls cadavres ici sont ceux des bouteilles du samedi soir. Cadavres auxquels s'est joint cependant celui de Caramel, le chien de Sonia, étripé par les agresseurs.

— Vous parlez de l'événement comme si vous en aviez été témoin. Alors, pourquoi ne pas vous être interposé ?

— Je n'y étais pas… J'avais laissé un type en surveillance dans le coin… Par prudence… Un seul devait suffire… Je me suis gouré… Les autres étaient armés… Impossible pour lui d'intervenir… Il les a suivis sur sa moto… Ces connards d'amateurs l'ont conduit jusqu'à leur planque… Mon gars m'a téléphoné… Sonia est vivante… Dans un entrepôt… Près de la gare de triage…

— Comment va-t-elle ?

— Difficile à dire… On verra tout à l'heure… Vous, restez ici… Moi… J'organise le sauvetage… Vous m'accompagnerez… Je reviens vous prendre… Dans une heure…

— Nous devons avertir Martial, propose Antoine.

— Surtout pas, le rembarre Monaco. Cette affaire… Nous allons la régler nous-mêmes… Les flics bougeront pas pour une pute…

Une pute, le mot est lâché. D'accord, prévenir Martial, c'est mettre Van Inghelghem sur le coup. N'a-t-il pas annexé les dossiers de *L'Alexandrie* ? C'est sûr, le patron de la Crime ne mobilisera pas toute son énergie pour une pute. Pas rassuré pour autant, Antoine doit convenir que les gros bras de

Monaco constituent sa meilleure chance de récupérer Sonia.

Monaco est demeuré debout à côté du tabouret, rideaux ouverts, face à la rue, exhibé dans une position incongrue au regard des éventuels passants de ce dimanche soir. Il se remet en mouvement, contourne Antoine sans le saluer et sort de *L'Alexandrie*. Le garde du corps se précipite sur la portière, la referme avec précaution. Le claquement est imperceptible. La Mercedes décolle dans un élan souple.

Dans le bar de son grand-père, Antoine essaie de se raisonner. L'adresse du lieu de captivité de Sonia est connue, c'est déjà beaucoup. L'assurance du caïd a de quoi le réconforter aussi. Reste la violence sauvage dont s'est montrée coutumière la bande des skins. La peur lui serre le ventre. Dans ces circonstances, mieux vaudrait prévenir Martial. Il a beau se répéter qu'alerter son ami, c'est alerter Van Inghelghem, il doit se maîtriser pour ne pas plonger sur un téléphone. L'intervention promise par Monaco le préoccupe aussi. Ses hommes de main ont tout de la brute aveugle. Seront-ils assez subtils pour laisser une chance à Sonia ? Antoine frissonne. Rien n'est pire que de se savoir impuissant, interdit d'action, condamné à attendre. Rien n'est pire sauf cette inquiétude taraudante à l'égard d'une personne envers qui on éprouve de l'affection et peut-être plus. Alors, quand une heure plus tard, une voiture sombre se gare devant *L'Alexandrie*, il sent monter une forte excitation. Enfin riposter, lâcher une bordée, empoigner l'ennemi à bras-le-corps, lui travailler les entrailles. Le garde du corps de Monaco baisse sa vitre et lui fait signe de se bouger. C'est parti.

Antoine grimpe dans la berline, pas la Mercedes personnelle de Monaco, une rapide BMW. Le parrain du quartier Nord lui tend de fins gants en cuir.

— Enfilez-les… On brûlera la bagnole après… Mais c'est plus prudent… Bon… Rassurez-vous… On ne devrait pas tirer… Sauf si c'est nécessaire…

Tirer ! Antoine pensait un peu naïvement qu'il suffisait de laisser les gorilles rouler des épaules pour délivrer Sonia. Tirer… Cela veut dire risquer de la blesser. Il se cale dans le siège pour s'empêcher de trembler.

— Tout ira bien… Je vous le promets…

La détermination de Monaco ne parvient pas à tranquilliser Antoine.

La circulation est inexistante en ce dimanche soir. La BMW rejoint très vite la zone industrielle de la gare de triage de Forest, à l'extrémité méridionale de la jonction Nord-Midi. Ici, les voies de chemin de fer s'extraient de la ville et s'étalent en tous sens avant de concentrer leurs forces pour partir à l'assaut des campagnes. Une loco manœuvre au loin et remue des wagons pour former un convoi prêt à démarrer à l'aube. De l'autre côté du faisceau de rails, l'usine Volkswagen est certainement prise d'une agitation frénétique. Mais on ne discerne aucun mouvement derrière les cloisons aveugles de l'immense fabrique. Antoine aperçoit le va-et-vient des voitures neuves, trahies par leurs phares. Les ouvriers les rangent dans un parking pour les embarquer dans un train, peut-être celui qu'assemble la motrice.

La BMW se gare le long d'une friche industrielle. Deux malabars font irruption entre les usines fracassées. Antoine les reconnaît, ce sont eux qui avaient donné une leçon aux skins de *L'Alexandrie* samedi dernier. Ce sont les mêmes qui l'avaient invité si délicatement à sa première rencontre avec le parrain. Toujours assis dans la voiture, vitre baissée, Monaco a un bref conciliabule avec les nouveaux venus puis se tourne vers son voisin.

— Ils sont deux… Armés… Un vieillard vient de les rejoindre… Depuis, personne n'a bougé… Sonia est bien là… Mes hommes ont trouvé un endroit… On pourra les observer…

La petite bande se faufile à travers un grillage. Sans lumière pour ne pas dévoiler sa présence malgré la difficulté de progresser dans ce terrain dévasté. Le sol recèle d'innombrables dangers, fosses, bricaillons en pagaille, bouts de fer, rebuts sans valeur d'industries jetées à bas par les crises pétrolières. Les reliquats d'un vieux monde incapable de s'adapter. Antoine suit le groupe dans un bâtiment près de s'écrouler, situé en face de la prison de Sonia. Ils montent un escalier et parviennent à une terrasse qui surplombe la planque des skins, éclairée par deux lampes à gaz de camping. Monaco lui tend des jumelles. Par les échancrures des vitres, Antoine aperçoit Sonia, coup au cœur, étendue en croix sur un galetas. Endormie. Ou inconsciente. A ses côtés, le tataneur aux Stan Smith. Un peu plus loin, un vieillard : Karel Verdriet. L'homme au majeur dressé dans la CX est en pleine discussion avec l'un de ses complices. Une dispute plutôt. Le skin lui envoie d'ailleurs une claque. Le résultat est sans appel. Verdriet valse par terre. Pour Monaco, le moment de l'intervention est venu.

— On se presse, ordonne-t-il.

30

Taïaut !

ANTOINE DAILLEZ

Monaco et son équipe, suivis par Antoine, font un détour pour rejoindre le bâtiment où Sonia est maintenue prisonnière. Leur progression, à peine guidée par la lueur diffuse de la ville, est toujours aussi délicate. Tout à l'heure, Antoine regrettait de ne pas avoir prévenu Martial. Etre mêlé à un acte de violence comme celui qui s'annonce, s'associer à des complices au pedigree judiciaire forcément gratiné froissait sa bonne conscience. Mais la vision de Sonia enchaînée sur son grabat a ravivé sa colère. Des pensées belliqueuses, des velléités de bataille, des fièvres de fusillade lui viennent. Il voudrait lancer les hurlements des écorcheurs qui culbutaient les murailles au Moyen Age. La peur d'être repéré par les skins le retient. Le sens du ridicule aussi. Comment réagirait le boss de la prostitution, calme, froid, mesuré, devant ses cris de guerre ? Car Monaco n'a pas la mine du reître avide d'en découdre. D'un doux mouvement du bras, il freine Antoine et lui indique l'un de ses comparses à une vingtaine de mètres en avant d'eux.

— Il va passer par-derrière... Attendons dix minutes... On les coincera en tenaille... Vous resterez derrière moi... Ça va peut-être tirailler...

Ce disant, le parrain sort de la poche de son anorak un revolver impressionnant. Les deux autres balèzes sont un peu plus loin. Armés eux aussi.

— Mon père l'a rapporté du front... Prise de guerre...

Pour tromper l'attente, Antoine s'intéresse à la pétoire exhibée par le fils du combattant nazi.

— Une vraie pièce de collection, dites-moi.

— Cette arme était très en vogue en Union soviétique... Un Mosin-Nagant... Une invention belge... Ça tire du 7,62 mm...

Un grésillement. Pas en reste de ressources, Monaco extrait un talkie-walkie d'une autre poche. Son éclaireur est en place, prêt à intervenir à revers. Le moment est venu de donner le signal de l'assaut.

Le groupe crapahute vers l'entrée du bâtiment. Une sorte de mâchefer craque sous leurs pas. Antoine bute contre un parpaing et étouffe de justesse un cri de douleur. Une pesée sur un pied-de-biche pour décaler une porte démantibulée. Le panneau de métal grince atrocement. Un escalier à gravir, plus de rampe, le journaliste regarde où poser les pieds. Les trois gangsters prennent de l'avance. Au premier étage, un couloir mène à d'anciens bureaux. Plus loin, on entend le vieux hurler de rage. C'est incompréhensible, du flamand rapide, de l'injurieux, du dialecte grossier.

L'assaut sera mené sans finasser. Monaco et ses affidés sont investis de l'assurance que procurent l'exercice de la force brute et l'acceptation de la violence terminale. Ils surclassent en nombre leurs adversaires. Et leur puissance de feu contraindrait une unité d'élite, militaires ou policiers, à la plus extrême prudence. Du coup, les assaillants ne s'embarrassent d'aucune subtilité dans leur tactique. Ils avancent, c'est tout. En face, on n'est pas à la hauteur. Aucun guetteur, pas de système d'alarme. Ces petits voyous accaparés par leurs petits délits sont incapables d'imaginer l'irruption de malfrats décidés, à la brutalité sans frein.

Monaco s'engage dans le couloir d'un pas léger, aussi peu crispé qu'un marshmallow. Le Mosin-Nagant de son paternel pendule au bout de son bras. Antoine a la gorge sèche, son cœur bat à tout-va. Ses envies de bagarre sont érodées par l'angoisse. Au bruit, le commando repère le local où Sonia est enfermée. Monaco pousse sans précaution la porte munie encore de son panneau "direction". Il s'efface aussitôt pour laisser ses deux acolytes se précipiter dans la pièce. Face à eux, Verdriet et les deux skins. L'un est du côté de l'hôtesse de *L'Alexandrie*, l'autre ligote le vieillard. Par une porte du fond, le troisième larron déboule, un impressionnant fusil d'assaut belge pointé à hauteur de poitrine.

Couché par terre sur le ventre, les bras déjà entravés, le vieil homme fulmine toujours et semble à peine remarquer l'irruption des intrus. Ses deux complices font un mouvement. Un geste de surprise, rien d'offensif. Les truands ne prennent pas la peine de s'interroger sur les motivations de leurs adversaires. Celui qui est entré par le fond fonce vers sa victime et lui file un méchant coup de la crosse de son FAL, un fusil automatique de guerre léger, d'où le L, mais qui pèse de tout son poids en heurtant le crâne du skinhead. Il s'effondre à côté de Verdriet. Un fort épanchement de sang macule une large surface autour de sa tête.

Le chauffeur de Monaco préfère une méthode encore plus expéditive : il tire très vite trois balles dans le torse du gardien de Sonia. Sa victime est projetée en arrière et chute sur le dos, exhibant des Stan Smith en bel état. Les détonations assourdissent Antoine qui a suivi les assaillants dans la pièce au mépris de toute prudence. Il n'a pas une grande fréquentation des cadavres, n'a pas étudié la médecine, légale ou non. Cette lacune dans son éducation ne lui laisse cependant aucun doute. Son tataneur est bien mort.

Toute opposition réduite à néant, Antoine fonce vers le grabat où Sonia est étalée, bras et jambes écartés, les poignets et les chevilles liés à quatre piquets de tente plantés dans le plancher. La jeune femme a un œil tuméfié et porte plusieurs éraflures sur la joue, les bras, le haut du torse. Elle est nue aussi, on lui a simplement jeté une couverture dégueulasse sur le corps. Sonia ouvre son œil valide.

— C'est fini, lui dit Antoine en lui caressant la joue.

Il a très fort envie de l'embrasser, de la serrer contre lui.

31

Les traîtres sont rétifs au remords.

KAREL VERDRIET, leader nationaliste flamand.

Antoine manie avec précaution le couteau de chasse tendu par Monaco pour trancher les liens de Sonia. Affolé par son état, il se résout à soulever le haut de la couverture pour l'examiner de plus près. Son regard glisse sur son torse, ses épaules, ses bras. Il dégage ses jambes pour compléter son exploration. Pas de saignement. Les blessures semblent superficielles. Des hématomes jaunissent déjà, d'autres attrapent une teinte plutôt verdâtre. Au moment de l'aider à se rhabiller, il se retrouve bien emprunté. Cherchant aux alentours de l'infâme galetas, il déniche son pull et sa jupe. Quant à sa culotte, impossible de remettre la main dessus. Sonia s'assied sur la couche et enfile ses vêtements en grimaçant. Son œil intact fuit les hommes présents dans la pièce, vivants ou morts. Les gorilles contemplent la séance de rhabillage avec l'indifférence des soldats de l'industrie du sexe, blasés par la vue de corps nus qui sont tout de même la matière première de leur petit commerce.

— Nous allons te conduire tout de suite à l'hôpital, lui glisse Antoine.

— D'accord, mais ça va mieux, répond-elle en tremblant. En bavant un peu aussi.

Antoine essuie sa lèvre avec un pan de sa chemise. Monaco s'agenouille devant la jeune femme, lui tend une bouteille d'eau et lui parle doucement.

— Tu peux patienter un peu ? Tout n'est pas terminé... Deux ou trois choses à tirer au clair... Avec le vioque...

Il se tourne vers Verdriet, toujours couché par terre, à moitié ligoté. Le chef du gang nationaliste a pris soin de ne surtout pas bouger vu la tournure des événements.

— Mémé Tartine... Pourquoi l'avez-vous butée ?

Antoine l'avait oubliée celle-là. Mais c'est la seule question importante pour le mac. Le meurtre d'une de ses protégées l'a atteint dans son honneur de parrain.

— Vous me libérez, je m'assieds et on parle, d'accord ?

Monaco adresse un geste à l'un de ses hommes. La cordelette est rapidement dénouée et Verdriet s'installe sur une chaise posée devant une table en effleurant le coquard infligé par l'un de ses nervis. Petit, sec, il porte encore son imper Burberrys, à peine froissé, un veston en tweed, une chemise à rayures bleues et roses, une cravate en soie jaune clair, des chaussures anglaises aux pieds. L'ensemble est très british, jusqu'à sa fine moustache de major.

— Je vous l'avoue, je me sens mieux.

Ce type n'est même pas bouleversé par le sort de ses complices, se dit Antoine. Lui aussi ne ressent rien malgré l'explosion de violence, malgré la puanteur du sang et de la poudre brûlée. Il ne ressent rien, sauf une pitié débordante pour Sonia, une envie charnelle de l'envelopper, de la couvrir de caresses, comme une mère le ferait de son enfant malade.

— Mémé Tartine, relance Monaco.

— Des connards, commence Verdriet en maniant l'injure en français avec autant d'aisance que dans son dialecte tout à l'heure. Vous avez vu, ces ordures allaient me crever. Du fric, ils voulaient plus de fric. Je les ai envoyés chier ! Des trouillards aussi. Leur copain tué à la station-service, l'abruti à qui vos sous-fifres ont cassé la jambe. Ça les démoralisait, ça leur donnait envie de tout laisser tomber !

— La femme sur la voie de chemin de fer… Tu m'expliques, oui ? l'interrompt Monaco.

— C'était pas mon idée. De vrais connards, je vous dis ! J'ai dû intervenir aujourd'hui encore. Enlever cette fille, ils s'y sont pris comme des manches. En plus, ces enfoirés l'ont violée. Bon, d'accord, c'est pas le plus grave pour une pute, mais j'ai des principes.

Antoine serre plus fort la main de Sonia qui reste sans réaction. Coup de Mosin-Nagant au beau milieu du visage de Verdriet. Monaco n'apprécie pas.

— Sois poli avec la copine de mon ami.

L'ancien collabo s'effondre sur la table sans un cri puis se redresse avec un air de défi. Le sang coule de son nez. Un filet tourne autour de ses lèvres et goutte sur le bois. Il en recueille aussi dans sa bouche et l'avale sans cérémonie.

— Je n'avais pas le choix. J'ai dû recruter des francophones. Je ne pouvais pas m'adresser à nos militants... Avec eux, les choses auraient tourné autrement. Mais je devais garder le secret, ne pas mouiller le parti dans cette affaire. Parce que ça, vous ne pourrez jamais y arriver, impliquer le parti, détruire mon œuvre, le redressement du nationalisme flamand. Notre marche vers l'indépendance, vous ne l'arrêterez pas. J'y travaille depuis la fin de la guerre. Nous avons remonté la pente. La victoire est à notre portée. Vous n'allez pas tout gâcher maintenant.

Monaco brandit son arme pour interrompre la logorrhée militante. La menace suffit.

— D'accord, d'accord, capitule Verdriet. La vieille, je pensais qu'elle avait accès aux documents. Après, ces types ont donné dans l'enfantillage... La ficeler sur une voie, je vous demande un peu... Le badigeonnage du bordel... Vos hommes sont intervenus et les ont tabassés. Bien fait ! Alors, ils ont voulu se venger en s'en prenant à la maquerelle. Bras cassé contre jambe cassée, des primaires. Je leur avais ordonné de fouiller un peu la baraque. Ces branques n'ont pas réussi à ouvrir la porte du dernier étage. Ils ont dû s'enfuir à cause des hurlements de la proxo. Trop de monde dans la rue.

— Une belle bande de minables, crache Monaco. Bon... J'en sais assez... On fout le camp... Sonia a besoin d'un médecin...

L'hôtesse de *L'Alexandrie* est toujours assise sur la couche. Resté muet depuis que Verdriet a avoué le crime des skins, Antoine la tient dans ses bras. Il voudrait lui chuchoter des paroles de réconfort mais a peur de s'y prendre mal, de la blesser. D'accord pour quitter cet endroit horrible, tout de même, poser quelques questions au chef nationaliste. Sa soif d'informations n'est pas étanchée.

— Pour quelle raison avez-vous envoyé vos tueurs nous flinguer sur l'autoroute ?

— Je voulais ces documents. Vous les avez lus, vous connaissez leur portée... Cette histoire, les lobbys judéo-marxistes et la bourgeoisie fransquillonne s'en empareraient pour nous diffamer. Et je le répète, mes efforts auraient été anéantis. Notre combat aurait été sali et la perspective de notre indépendance aurait encore reculé. Ces papiers, il me les fallait à tout prix. Bien entendu, ces abrutis ont foiré, une fois de plus.

— Vous vouliez laisser votre parti en dehors de tout ça, mais pourquoi avoir fait intervenir Zomers dans le bureau de Pol Van Inghelghem ?

— Ah non, lui, ne l'impliquez pas, répond Verdriet avec véhémence. Kurt Zomers est le leader idéal pour la Flandre, celui qui l'accompagnera sur la voie du redressement, de l'indépendance. Zomers n'y est pour rien. Je lui avais demandé de vous toucher un mot des papiers de l'ASVOG. Vous auriez pu être sensible à ses arguments, la mémoire de votre grand-père, votre honneur familial et tout le tremblement. Je devais bien tenter de les récupérer par la manière douce.

— Et Van Inghelghem, quel est son rôle ?

— Bah, c'est un opportuniste qui nous rend des services. Vous savez, un jour nous serons au pouvoir, et nous aurons besoin de professionnels comme lui pour remettre de l'ordre dans notre pays…

Monaco s'impatiente.

— Marre d'écouter ces conneries… Faut conclure…

Le parrain le dit sur un ton définitif, un ton de mauvais augure. De son côté, Antoine prend goût à cette interview. Même si elle a des allures d'interrogatoire musclé en présence d'hommes armés. Verdriet est une source privilégiée, l'occasion rêvée de crever l'abcès Maurits. Le journaliste réclame donc encore un peu de patience à Monaco qui bougonne, et à Sonia.

— Je peux tenir le coup, chuchote-t-elle. Je veux fermer les yeux, ne rien entendre, juste être près de toi.

Antoine l'étreint un peu plus fort, lui caresse les cheveux, ose même un léger baiser sur la tempe.

— J'en ai pour quelques minutes. Le cauchemar sera vite terminé.

Il interroge alors Verdriet sur son grand-père. Soulagé de ne plus devoir s'appesantir sur ses méfaits récents, le nationaliste raconte aimablement son engagement à l'ASVOG.

— Nous n'avons jamais été aussi près de remporter notre indépendance. Pour la première fois, la Flandre n'était plus sous la coupe de l'Etat belge. Même si nos partenaires allemands nous tenaient la bride serrée, nous avions une large latitude d'action. Nous commencions notre marche vers l'autonomie. Et votre grand-père était l'un de nos partisans les plus dynamiques. J'étais plus jeune, je l'admirais beaucoup. Je l'ai secondé pendant plusieurs mois à la tête de l'ASVOG. Nous aidions nos valeureux volontaires blessés à l'Est qui rentraient au pays dans un environnement très dur.

— Oui, l'histoire de la façade, on la connaît, coupe Antoine.

Verdriet tâte son nez qui ne coule plus et reprend tranquillement.

— Comme vous voulez. Sachez donc qu'en définitive Maurits s'est révélé un militant assez mou. Cela avait fini par déteindre sur nos relations. Confisquer les biens des juifs, ça le chagrinait. Moi, je n'y voyais pas d'inconvénient. Là où ils partaient, ils n'en avaient plus besoin. Autant que leur fric serve à notre cause. On nous avait proposé ce mode de financement. C'était ça ou peau de balle. De toute façon, le pognon allait atterrir dans la poche des Fritz. Alors, Maurits commençait à nous emmerder avec ses scrupules hypocrites. Je me suis dévoué pour reprendre le flambeau, récupérer le contrôle de l'ASVOG.

Verdriet s'agite sur sa chaise.

— La succession aurait dû se dérouler tranquillement. Nous lui aurions proposé un poste ailleurs, mais ce pleutre s'est planqué jusqu'à l'arrivée des Anglo-Américains. Votre grand-père était un traître, monsieur Daillez. Et il a fui en emportant de quoi protéger ses arrières pour le cas où nous aurions voulu lui demander des comptes. L'imbécile, après la guerre, nous avions d'autres chats à fouetter. Nous devions reconstruire notre mouvement après la propagande de la canaille américano-bolchevique.

Antoine est surpris de la résistance du bonhomme. Ses deux complices à terre, sous la menace d'un fusil d'assaut, défait, pris la main dans le sac, il refuse toute paternité du meurtre de Mémé Tartine ou des diverses exactions de ses sous-fifres. Mais ses responsabilités de collabo, l'activiste les assume avec détermination. En les revendiquant même. Monaco montre à Antoine sa main ouverte, les cinq doigts dressés. Cinq minutes.

— Pourquoi avez-vous attendu la mort de mon grand-père pour récupérer ces cahiers ?

— De son vivant, son chantage était sans objet. En rendant publics ces documents, il se condamnait. Il le savait et n'a pas bougé pendant toutes ces années. On aurait pu imaginer que le remords le tenaillerait. Ce n'était pas son genre. De toute façon, les traîtres sont rétifs au remords. Mais après son décès je n'avais aucune garantie que vous n'utiliseriez pas ces papiers… Le moment était particulièrement important pour moi et pour mon mouvement…

— Encore une question. Dans une lettre, mon grand-père fait référence à une femme qu'il a aimée… Vous la connaissez ?

— Ah non, les histoires de la famille Daillez, je vous les laisse. Ne comptez pas sur moi pour tout déballer. Arrangez-vous avec vos ancêtres.

Monaco s'énerve.

— Nous devons partir… Ça devient dangereux… On doit encore se débarrasser de ces deux-là…

Et le parrain montre les deux skins. Le blessé respire mal. La fracture du crâne ne fait aucun doute. Antoine se demande si le violeur survivant sera conduit dans un hôpital. Il commence à avoir peu d'illusions.

— Dernière question. Où est passé le trésor de guerre de l'ASVOG ?

— Vous croyez quoi ! Ce fric est dépensé depuis belle lurette. Ça remonte à quarante ans. Nous devions aider les victimes de la répression aveugle de l'Etat belge, reconstruire un parti, organiser les réunions…

Cette fois-ci, Monaco refuse d'attendre plus longtemps.

— Finies les simagrées ! On fout le camp !

Ses acolytes s'activent alors, en hors-la-loi rompus au nettoyage des scènes de crime. Le chauffeur éponge grossièrement les flaques de sang avec la couverture de Sonia. Puis il déplie un sac-poubelle, enfourne dedans la couverture désormais poisseuse et y entasse tous les autres objets qui pourraient les incriminer, les douilles et les restes de corde notamment. Un autre essuie les surfaces susceptibles d'avoir conservé des empreintes digitales. Puis le mort est évacué hors de la pièce.

— Qu'allez-vous faire de moi maintenant ? demande Verdriet. Me livrer à la police ? Après votre démonstration de force ici, ajoute-t-il avec un sourire malin, vous aurez du mal à vous justifier…

Pas de réponse de Monaco.

— Je suis un militant, pas un criminel de droit commun, insiste-t-il. Laissez-moi partir, vous pouvez respecter mes engagements politiques, non ? On n'est pas en démocratie ?

Ignorant Verdriet, le parrain du quartier Nord s'adresse à Antoine.

— Mon chauffeur va vous conduire à l'hôpital… Je reste pour le ménage…

Antoine refuse d'imaginer ce que ce ménage pourrait représenter. A Monaco de prendre ses responsabilités. De toute façon, le nationaliste est mort pour lui, aussi mort que Maurits Daillez.

— Je vous laisse vous charger de ceux-là, moi, je m'occupe des vivants, dit-il en soutenant Sonia avant de se diriger vers la porte.

32

Une perte de plus pour le patrimoine bruxellois !

ANTOINE DAILLEZ

En face de chez lui, sur les hauteurs de la commune de Saint-Josse, Antoine claque la portière du taxi qui l'a ramené de l'hôpital. Pendant le trajet, il est resté à moitié couché, les jambes allongées sur le skaï de la banquette arrière. Impossible de fermer les yeux tant son crâne le lancinait. En permettant à ses paupières de s'abaisser, c'était encore pire. La douleur l'envahissait tout entier, sans plus aucun dérivatif. Alors, Antoine a compté les joints dans le béton qui strient le plafond des tunnels. Ces hachures résonnaient dans sa tête comme les traverses au passage des trains. A chaque entrée de tunnel, il voyait un pendu dégringoler de la voie de surface, accroché à la balustrade. Il le voyait si clairement qu'il ne pouvait retenir un mouvement de recul. Au bout de la corde, les pieds du supplicié paraissaient sur le point de percuter le pare-brise.

La mort du machino, le bourreau de Mémé Tartine, est l'événement qui l'a le plus secoué au cours de ces dernières vingt-quatre heures, pourtant fertiles en drames. Antoine s'en estime directement responsable, sa seule véritable faute dans toute cette histoire. Cette information lui est tombée dessus au moment de sortir de l'hôpital, une demi-heure plus tôt, par la voix d'un flic des chemins de fer. Celui qui l'avait informé de la présence d'un cadavre sur le réseau de la gare du Nord. Le même qui l'avait accueilli sur le ballast samedi dernier.

— Je suis venu conduire un collègue tombé d'un quai, avait dit le vigile.

Et croyant bien faire, pensant participer à l'œuvre civilisatrice de l'information du public, il lui avait glissé en confidence que le cheminot s'était pendu plus tôt dans la journée de dimanche. Au moment où Antoine se morfondait dans les geôles de la PJ.

Jusque-là, les débordements de violence des hommes de Monaco et la nécessité de s'occuper de Sonia l'avaient entraîné dans un tourbillon abolissant toute réflexion, toute conscience des événements. Le chauffeur du parrain les avait déposés à l'hôpital Saint-Pierre, la clinique des éclopés de la nuit du centre de Bruxelles. Sonia n'avait plus dit un mot, continuant à tenir très fort sa main au point de lui donner des crampes. Il n'avait pas osé desserrer sa prise de peur de rompre ce précieux contact. A l'entrée, le personnel des urgences les avait séparés sans état d'âme. On l'avait couchée sur une civière pour l'emmener dare-dare dans un local d'examen.

L'attente avait été longue. Les médecins avaient mis du temps à s'assurer du bon fonctionnement de ses fonctions vitales. Ils s'étaient aussi inquiétés de ses fonctions mentales, le viol étant pour eux patent comme une plaie ouverte. Antoine avait d'ailleurs dû subir un bref interrogatoire.

— Vous êtes le responsable de ces dégâts ? lui avait demandé un interne. Remarquez, je vous pose la question pour la forme. La victime est encore un peu confuse, mais j'ai cru comprendre que vous l'aviez sauvée.

Et Antoine avait eu un pincement au cœur. C'est comme cela qu'elle le voit. Son sauveur.

— Vous voulez prévenir la police ?

— Ce n'est pas la peine, je ne connais pas ses agresseurs, avait menti le journaliste, peu convaincu des chances de survie du violeur rescapé.

Il avait tenu à veiller Sonia dans sa chambre, à l'accompagner dans son endormissement, facilité par quelques médicaments libérateurs. Il lui avait murmuré des paroles d'encouragement, des choses gentilles aussi, plus intimes, enfin, pas trop, vu le contexte. La situation s'était inversée par rapport à la soirée où elle était venue le border après son tabassage par les skins. A l'époque, leurs rapports étaient empreints de légèreté. Le soleil couchant, les Stones, la fraîcheur pimpante de la jeune femme convergeaient pour lui inspirer des espoirs romantiques. Cette nuit-ci, le climat est lourd, tragique. Décidément, avec Sonia, rien ne sera jamais simple…

L'annonce de la mort du conducteur de loco a donc fait voler en éclats l'anesthésie de ses fonctions cérébrales. Cette anesthésie bien pratique l'empêchait de penser au viol, d'imaginer la scène, de visualiser les détails. Un mal au crâne ravageur a remplacé cette torpeur ouatée. Une sombre colère aussi. Colère contre lui pour avoir négligé de rappeler le cheminot, de lui transmettre le nom de son copain psy. Colère contre son grand-père toujours. Colère contre Verdriet et ses foutus nervis qui se sont servis de Sonia dans leur quête obstinée des cahiers de l'ASVOG. Pour eux, la jeune femme était un bon coup à jouer. Antoine enrage. Au fond, et jusqu'à présent, sa vie se résume à n'être que cela. Un bon coup.

Tout à sa fureur, il pousse la porte de sa maison sans s'apercevoir qu'elle n'est pas verrouillée. A l'intérieur, il marche sur des fragments de sa mosaïque, ravagée par des vandales. Les skins vraisemblablement, à la recherche des documents... Le tourbillon de flammes a explosé. Des morceaux de carreaux rouges sont dispersés aux quatre coins de la pièce. Le fond est dans un état aussi misérable, laissant apparaître la chape. Ce drame l'aurait bouleversé une semaine plus tôt, hier matin même. Avec un peu d'étonnement, Antoine se sent envahi par une indifférence radicale.

— Marre de cette baraque, marre de cette mosaïque, râle-t-il à haute voix.

S'étant saisi d'une masse, il termine méthodiquement le travail des casseurs. C'est sur les violeurs qu'il frappe, sur son grand-père, sur Verdriet. Et un peu sur lui. Antoine s'arrête après cinq minutes, à moitié asphyxié par les poussières de ciment et de céramique. Le hall d'entrée est désormais irrécupérable.

La splendeur imaginée par l'architecte pour accueillir les visiteurs ou pour mettre en joie le propriétaire des lieux est désintégrée. Le précieux labeur de l'artisan qui avait cuit ses carreaux patiemment, s'ingéniant à ajuster l'exacte nuance de chaque partie du motif, de l'orange clair au rouge le plus brûlant, est anéanti sans rémission.

— Et une perte de plus pour le patrimoine bruxellois, ricane Antoine en escaladant péniblement l'escalier pour se rendre dans sa chambre. Au premier, une lumière diffuse l'attire dans le salon. La télévision baigne la pièce d'une lueur blanchâtre. A court d'émotion, parvenu au bout de toute sensibilité, il ne sursaute pas en découvrant une ombre assise sur une caisse.

— Désolé pour ta mosaïque, murmure Martial. J'ai cru entendre que tu avais terminé le massacre…

— Ah, c'est toi.

— Tes visiteurs avaient laissé la porte entrouverte. Je me suis glissé à l'intérieur… Un cas de flagrant délit en quelque sorte. Ils ont fouillé partout, je n'ai pas vu d'autres dégâts.

Antoine est trop crevé pour s'étonner de la présence du flic de la PJ, trop crevé pour s'inquiéter de dommages supplémentaires. D'ailleurs, que pourraiton voler chez lui, à part des disques ?

— Désolé aussi pour Sonia… Un collègue de la police ferroviaire m'a prévenu après t'avoir croisé à l'hosto. Elle va s'en tirer ?

— Faut croire… Enfin, tu sais comment ça se passe dans ces cas-là…

Silence de Martial. Dans la pénombre de l'aube, il verse un verre de whisky à son hôte, une bouteille trouvée sur l'appui de cheminée. Et s'en ressert un d'autorité.

— Cette nuit, tu es resté à l'hôpital pendant plusieurs heures, c'est exact ?

— Ouais, depuis minuit, à regarder les médecins recoller les morceaux. A quoi riment ces questions, six heures du matin, c'est pas le meilleur moment pour un interrogatoire... Franchement, je préférerais me pieuter...

— En conséquence, insiste Martial, tu as une sorte d'alibi.

Pour le coup, Antoine se secoue. Les questions de son ami ne lui paraissent plus si innocentes. Compte tenu des événements récents, mieux vaudrait montrer un minimum de prudence.

— Et pourquoi j'en aurais besoin ?

— Vers trois heures du matin, on a retrouvé un vieillard sur les voies, à peu près à l'endroit où Mémé Tartine avait été tuée... Deux balles de 7,62 mm dans la tête. La victime avait ses papiers. Son nom... Verdriet, Karel Verdriet. Le leader nationaliste. Le maître à penser de Zomers.

Antoine est transpercé d'un fort frisson. Monaco n'a donc pas perdu de temps. C'était bien ça le ménage annoncé. Et le flic des chemins de fer, son fidèle informateur, qui lui a caché l'info...

— Je ne te demande pas où tu as traîné avant d'arriver à l'hôpital, ni comment tu as sorti Sonia du pétrin. J'en ai une vague idée...

Martial saisit la bouteille, remplit les verres et vide la moitié du sien. Antoine l'imite et frissonne encore. A cause de l'alcool cette fois.

— Je t'avais dit de te méfier de Monaco.

Martial n'a donc aucun doute sur l'identité de l'auteur du meurtre. Antoine préfère laisser le silence s'installer. Moins il en racontera… Son ami n'a pas parlé des deux skins. Où déterrera-t-on leur cadavre à ces deux-là ? Les retrouvera-t-on jamais ?

— Tout à l'heure, quand je suis arrivé sur les lieux du crime, Van Inghelghem a piqué sa crise. J'ai reçu l'ordre formel de dégager séance tenante. Pas question de polluer son dossier… Tu peux en être certain, l'enquête n'ira jamais beaucoup plus loin. Notre cher Pol ne prendra pas le risque d'exhumer des histoires compromettantes pour son copain Zomers. Dommage, j'aurais bien voulu coincer Monaco…

Martial se ressert encore un verre. Le niveau de la bouteille a sacrément baissé. Il est outré. Bourré aussi. Mais sa curiosité de flic est tenace.

— Quand même, si tu m'en disais un peu plus, histoire de me tenir éveillé tant que cette bouteille n'est pas vide…

Hors de question de raconter ce début de nuit. Trop dur… Le viol, le cadavre du gars aux Stan Smith, le coup de crosse avec le FAL… Verdriet revendiquant ses sinistres faits d'armes… Il n'est pas trop sûr non plus de la réaction de son ami, officier de police judiciaire assermenté. Or, son rôle à lui n'est pas particulièrement exempt de tout reproche pénal. Martial pourrait se sentir tenu de le dénoncer et Antoine n'a pas envie de mettre sa loyauté à l'épreuve.

— Je ne parlerai qu'en présence de mon avocat, se contente-t-il de répondre, avec un faible sourire pour adoucir sa détermination.

Martial discerne une fermeté suspecte derrière cette tentative d'humour bravache. Mais sa lassitude est trop profonde : il abdique sans combattre devant le blocage du journaliste.

— D'accord, laisse tomber. Parle-moi plutôt des cahiers de ton grand-père. Bogda t'a renseigné ?

Les frasques de son aïeul sont loin de constituer le sujet de conversation favori d'Antoine. Au moins, le terrain n'est pas miné, aucune conséquence judiciaire à redouter faute de justiciables survivants. Il lui raconte donc, l'ASVOG, le paravent humanitaire, la spoliation des juifs, les détournements au profit de l'aile la plus extrême de la collaboration, l'horreur ordinaire d'une guerre qui ne l'était pas.

— Une belle bande de charognes, conclut Martial.

Il se relève et se dirige en vacillant vers la fenêtre du salon. Le petit matin s'est levé. Bruxelles s'ébroue avec peine de son week-end. Par l'un de ces mystères météorologiques qui font le quotidien de la ville, les nuages de la nuit sont partis encrasser le ciel d'autres contrées. Le sommet du tilleul, déjà dégarni, reçoit l'illumination glacée d'un soleil nordique. Martial ouvre la fenêtre et respire un grand coup avant d'allumer l'une de ses Belga. Il souffle la fumée et se retourne vers l'intérieur de la pièce, l'air épuisé. Il tire une deuxième fois sur sa cigarette, paraît prendre une décision et jette son mégot dans la cour.

— En fin de compte, je suis heureux de ne pas m'occuper de l'enquête sur Verdriet. D'accord, j'ai horreur de la vengeance privée. Mais ma répugnance a des limites… Ce salopard n'a pas volé son sort.

En écoutant cette oraison funèbre lapidaire, Antoine comprend que jamais l'inspecteur ne précisera dans un rapport ses soupçons sur l'affaire. Jamais il ne divulguera le rôle de Maurits, ses lugubres cahiers. Jamais il ne fera part de ses doutes sur sa compromission à lui dans l'assassinat de l'ancien collabo. Antoine est trop épuisé pour en éprouver un réel soulagement. Et puis quoi, lui-même n'est pas responsable de ce meurtre. Ce pensant, il entend en écho le nationaliste dévoyé se disculper de la mort de Mémé Tartine. Cela le met mal à l'aise. Un malaise que ne perçoit pas Martial, préoccupé par autre chose.

— Je voudrais t'informer d'un truc. Quand Van Inghelghem m'a éjecté, j'ai piqué les clés de Verdriet. J'ai foncé chez lui pour une visite domiciliaire privée. J'imaginais trouver de quoi emmerder le Pol, de quoi l'empoisser dans ses complicités avec l'extrême droite. J'ai arrêté de chercher en découvrant ça... C'est d'ailleurs la raison de ma présence ici, je tenais à te le donner. Pas question de voir ces documents tomber dans les pattes de la Crime.

Et Martial indique une enveloppe en papier kraft posée sur la table devant lui. Antoine ne l'avait pas remarquée. Mince, elle semble contenir quelques feuillets. Le nom de son grand-père est écrit à la main sur le rabat.

— C'est assez intime, lui dit Martial, si tu préfères, je descends à la cuisine pour te laisser lire...

— S'il te plaît, reste.

Antoine n'ose pas s'aventurer seul dans des découvertes susceptibles d'aggraver encore la migraine qui lui cisaille les tempes.

DERNIER INTERLUDE

OÙ L'ON S'APERÇOIT QUE SI LE DIALOGUE INTERGÉNÉRATIONNEL EST RAREMENT AISÉ, IL PEUT SE RÉVÉLER DANS CERTAINES CIRCONSTANCES DRAMATIQUEMENT IMPOSSIBLE.

Depuis quelques jours, je suis glacée par un pressentiment qui se mue en conviction absolue. Je m'en suis ouverte à ton père. Avec précaution, de peur de l'entendre confirmer mon intuition. Attentionné comme à l'accoutumée, il s'est efforcé de me rassurer. Sans pouvoir cependant dissimuler l'hésitation dans son regard. Cette étincelle d'inquiétude a suffi. Au fond, tous nos efforts n'auront servi à rien. Sauf, je l'appelle de mes vœux, à te protéger. Pour ma part, je n'en doute plus. Ils viendront me chercher. La date de mon arrestation reste la seule incertitude.

Le courage me manque pour me préparer à l'inéluctable. J'ignore ce que l'on réserve précisément aux gens comme moi. Parfois, en tendant l'oreille dans la cage d'escalier, j'écoute des soldats, en bas, évoquer leur campagne en Russie ou en Ukraine. Ils chuchotent en racontant ces histoires, comme si leurs souvenirs étaient trop terribles pour être commentés à voix haute. Dans l'alanguissement de leur conversation, je ne saisis pas toutes leurs paroles. Je discerne néanmoins beaucoup d'effroi, l'effroi d'avoir assisté, peut-être participé, à des scènes indicibles. Je n'en connais pas les détails exacts, mais ce sort est affreux, je le sais. Je sais aussi que je ne supporterais pas d'avoir à le subir.

Je ressens l'urgence de t'écrire. Cette lettre représente, j'en ai la douloureuse révélation, la dernière occasion de m'adresser à toi. Je ne serai pas longue. J'ai toujours détesté les adieux déchirants. De toute façon, ma douleur est au-delà des mots. Pas la douleur de mourir, celle de ne plus pouvoir te dire de vive voix que je t'aime. Pour ta sécurité, je dois t'ignorer, nier ton existence, prétendre que tu étais le fils d'une autre. Me le pardonneras-tu ? Je me suis imposé ce sacrifice pour ta sauvegarde. Ma seule motivation est celle-là.

Aujourd'hui, comme tous les jours depuis notre séparation, j'ai tenté d'imaginer le visage qui est le tien désormais. J'ai regardé tes dernières photos. Elles remontent à plus d'un an et demi, nous venions de souffler ta première bougie. J'ai essayé de deviner comment tes traits avaient évolué en grandissant, quelles parties s'étaient affermies, quelles autres s'étaient creusées. Me ressembles-tu ? Ressembles-tu à ton père ? Et tes cheveux, ont-ils poussé ? A un an, tu avais encore le crâne effeuillé comme au coupe-chou. Pour te préserver des courants d'air, je te couvrais d'un bonnet de laine. Ce couvre-chef, ce déguisement dérisoire, je le posais aussi pour te dissimuler aux voisins, aux passants. J'avais peur qu'ils ne détectent sur ton visage la marque de mon hérédité. J'en avais si peur que j'ai fini par me séparer de toi.

Ton visage. J'étudie longuement tes photos. Je crois avoir lu que les oreilles ne changeaient pas de forme tout au long de la vie. Je me suis efforcée d'en apprendre par cœur le contour, les reliefs, la petite protubérance du lobe, les enroulements du pavillon. J'espère ainsi te reconnaître si par extraordinaire tu m'étais rendu un jour. Ce jeu est cruel. Il me laisse épuisée car ton visage d'adolescent, ton visage d'homme, je ne les contemplerai jamais. J'ai oublié ta voix aussi. Et je ne t'entendrai plus jamais prononcer des mots tout simples. Comme maman. Pardonne-moi, j'arrête là. Je ne veux pas t'arracher de larmes.

Ces derniers temps, mon existence n'est pas drôle. Je ne suis plus sortie depuis six mois. Ton père a jugé plus sûr de me confiner dans cet appartement. Les rafles s'accélèrent dans les rues. Des bandes armées patrouillent dans le seul but d'appréhender des suspects. Elles traquent leurs proies, même les mieux cachées, en y consacrant toutes leurs ressources. Et ces ressources sont immenses. Cela te semblera bizarre plus tard, quand tu apprendras que ta maman passait pour une criminelle. C'est pourtant la vérité.

Six mois donc sans sortir. Souvent, si je ne contemple pas tes photos, j'observe les trains au départ de la gare du Nord, toute proche. Je vois leur panache de fumée escalader à grosses volutes le ciel de Bruxelles et se fondre dans les nuages opaques qui, ces derniers temps, paraissent s'incruster. Je rêve de m'asseoir dans l'une des voitures. Mais les convois partent dans une seule direction, vers l'Allemagne où je n'ai aucun salut à espérer.

En arrivant au travail, ses bureaux sont en dessous de l'appartement, ton père m'apporte des provisions. Surtout des colis destinés aux familles des militaires. Mais il ne rate jamais une occasion de me gâter. Une fois, j'ai reçu un vrai homard, avec une merveilleuse mayonnaise. Le résultat d'un chapardage dans un restaurant où ces messieurs ripaillent. De temps en temps, j'ai droit à des gourmandises du marché noir, un œuf, un peu de beurre, des légumes frais. Ces jours-là, je passe l'après-midi à accommoder des petits plats et nous les mangeons ensemble le soir. Il m'achète des livres aussi, dénichés dans le stock d'avant-guerre de quelque libraire. Dans ma prison, la lecture est l'une de mes rares joies. J'en ai d'autres, rassure-toi. Certaines nuits, Maurits me rejoint dans ma cachette. Et nous nous aimons comme avant. Silencieusement. Ces instants de tendresse sont, avec ton souvenir, ma seule raison de vivre.

A mon grand désespoir, nous ne nous voyons pas assez. Il travaille beaucoup pour donner des gages à ses maîtres. Quand les choses se sont précisées, quand les premières ordonnances sont tombées, il a décidé de s'engager à leurs côtés. Ton père espérait bâtir autour de moi une muraille infranchissable en cultivant l'amitié de ceux dont le métier est de me persécuter, moi et mes semblables. J'ai essayé de l'en dissuader. A quoi bon perdre son âme, même si c'est pour sauver la mienne ? Il s'est obstiné. Pour moi. Je me suis résignée lorsqu'on lui a proposé une place dans une association caritative, le danger me semblait minime. Cet entêté souhaitait la refuser, figure-toi. Ce poste lui paraissait trop éloigné des cercles du vrai pouvoir. Il était prêt à s'exposer davantage pour agir plus efficacement en ma faveur. Je lui ai soufflé de rester prudent. La guerre n'était pas nécessairement terminée. Un renversement demeurait envisageable. Ce jour-là, il risquait de devenir la cible de tous ceux qui voudraient prendre leur revanche. Ce jour-là, j'en mourrais si mon bien-aimé devait échanger sa liberté contre la mienne.

Pendant la nuit, quand je ne dors pas, j'écoute la radio de Londres. Par moments, les nouvelles venues de l'autre bord me rendent un peu d'espoir. Les Anglo-Américains progressent, mais si lentement ! Souvent aussi, je m'effraie en entendant les diatribes des speakers. Le gouvernement belge en exil se montre plus menaçant de jour en jour à l'égard de ceux qu'il appelle les collaborateurs. Et dans le pays, la situation s'aggrave. Des relations de ton père ont été assassinées ces derniers temps par des terroristes. Je sais, à la BBC, on parle de patriotes.

Leurs méthodes me mettent cependant mal à l'aise. J'ai peur pour lui.

Quand tout sera fini, ne le condamne pas. Ce que ton père a fait, il l'a fait pour moi. Au début, son engagement ne lui pesait pas. Ses idées nationalistes n'étaient pas incompatibles avec la politique des autorités d'occupation. Au fil du temps, son déchirement m'est apparu évident. Les autres s'en sont aperçus. Avant-hier, il m'a confessé ne plus être en odeur de sainteté. On le juge timoré, moins fiable. Son adjoint le lui a vivement reproché. Ton père a reconnu du bout des lèvres que ce jeune Flamand, pourtant bien disposé à son égard, avait formulé des menaces à mots couverts à mon encontre. On reparle de moi. On doit se demander où je suis passée, le soupçonner de me cacher. La protection qu'il a cherché à me procurer est devenue illusoire. Lui-même y croit encore à peine.

A part celui de ne pouvoir t'embrasser, mon regret le plus vif est de n'avoir pas épousé ton père. Quand j'étais enfant, mes parents ont quitté Liège pour emménager à Anvers. Nous continuions à parler français bien sûr. Mais j'appréciais le néerlandais. De temps en temps, j'assistais à une conférence ou à une pièce de théâtre en flamand. J'ai rencontré Maurits peu de temps avant l'invasion, au cours d'un spectacle organisé par l'association dont il s'occupait alors. Nous nous sommes croisés au buffet. Ce militant sincère s'est étonné de compter parmi ses spectateurs une francophone, hostile par nature à sa culture. Il se moquait de moi. A aucun moment, je n'ai été considérée par lui comme une adversaire. Nous avons poursuivi la soirée dans un café de la métropole. C'était la première fois que je rentrais aussi tard. Mes parents étaient fous d'inquiétude, j'étais ivre de bonheur.

Nous nous sommes revus souvent. Nous nous sommes aimés. Il m'a avoué tout de suite qu'il était marié. J'ai appris – déjà – la clandestinité. Nous nous retrouvions dans un hôtel fréquenté par des officiers de marine. Nous nous donnions rendez-vous dans la maison de Rubens. Nous ne regardions pas les tableaux. Nous nous enfuyions très vite nous promener le long de l'Escaut, là où le fleuve ressemble à la mer. Nous buvions une bière, une vraie pils comme on en servait à l'époque, dans un estaminet peuplé de pêcheurs. Parfois, il prétextait un déplacement professionnel et m'emmenait à Bruges en train. Puis nous prenions un bateau et nous suivions le canal entre les peupliers jusqu'à Damme. Nous y avons passé plusieurs nuits, les plus belles de mon existence. De la sienne aussi je crois. J'étais heureuse, j'acceptais de le partager. Lui imaginait déjà notre vie à deux, prévoyant la maison où nous nous installerions, nos enfants à venir, le mariage à célébrer. Son engagement était total. Il avait entamé la procédure de divorce avec détermination. De mon côté, de façon prématurée je le reconnais, je m'étais offert une robe, la plus extraordinaire que je pusse trouver. De façon prématurée aussi, nous t'avons conçu, le plus beau bébé qu'il me fût donné d'embrasser.

Et puis la guerre a fait irruption, apportant les Allemands dans son sillage. Très vite, de méchantes lois ont été édictées. Notre mariage devenait impossible. Son poste à l'association l'a amené à Bruxelles. Il m'a cachée ici, Anvers n'était plus sûr. Il a supplié son épouse de t'accueillir comme son fils. Avec une générosité qui est aussi une vraie preuve de courage, ta nouvelle maman a accepté.

Pour ma part, j'ai précieusement conservé ma robe. Je ne l'ai plus jamais passée. Parfois, je la sors de la housse et j'imagine le matin où je l'enfilerais soigneusement pour ne pas déranger ma coiffure. Une amie m'aiderait à fermer l'une après l'autre les agrafes dans mon dos. J'épinglerais un bouton de rose sur mon corsage et enfin je me dévoilerais à mon futur mari dans cette toilette cardinale. Et puis, je la range dans l'armoire.

P.-S.

Les voilà. Deux Opel grises se sont garées devant la maison. On ne m'aura pas accordé le temps de finir ma lettre, ni de dire adieu à ton père. Maurits est parti en province cet après-midi. Je t'embrasse. Maman.

33

Rape ! Murder ! It's just a shot away...

THE ROLLING STONES, *Gimme Shelter.*

— Je ne suis pas certain de vouloir comprendre, lâche Antoine en reposant les quelques feuilles sur lesquelles court une écriture féminine assez élégante quoiqu'un peu maniérée. Le papier est de qualité, bien conservé. Seuls quatre plis sont marqués profondément, le rendant presque cassant à cet endroit.

Martial s'est resservi du whisky, Antoine hésite.

— Je sais, murmure le flic, ça fait beaucoup d'informations d'un coup.

— Désolé, j'ai du mal à recoller les morceaux. Elle était juive ou quoi ?

— C'est une évidence.

— Bon, elle était juive. Allons-y pour les déductions.

Antoine essaie de sourire, le cœur n'y est pas.

— Cette femme était la mère de mon père… Ma vraie grand-mère donc.

Il se décide à se servir un verre, un grand. Le liquide brûle son œsophage, pince son estomac, secoue tout son organisme d'une convulsion. La bagarre entre l'envie de rejeter l'alcool et celle de le garder est impétueuse. La gorgée reste en place. Antoine reprend son souffle. Impossible de retrouver le visage de sa grand-mère, celle qu'il prenait pour la sienne jusqu'à ce matin.

— Alors, la voilà, la dulcinée de papy Maurits, la fiancée malheureuse. Sonia avait raison de renifler du tragique…

L'ironie cynique ne fonctionne pas mieux. Comme pour le punir, la lutte qui se déroule dans ses viscères entre l'acceptation du whisky ou son évacuation brutale se traduit maintenant par des spasmes. Bientôt, Antoine est pris d'un hoquet irrépressible, le condamnant à s'exprimer par bribes entre deux secousses.

— Evidemment, la malheureuse n'a jamais pu l'épouser… Les ordonnances scélérates… Noces prohibées entre juifs et aryens…

— Oui, confirme Martial, interdiction de mélanger le sang. Conneries…

L'histoire de la famille Daillez dont Verdriet ne voulait pas parler, complète Antoine pour lui. Nouvelle rasade dans l'espoir de tuer le hoquet. Echec.

— Cette lettre… Tu l'as trouvée chez Verdriet ?

— Je te l'ai dit.

— Mais pourquoi l'a-t-il conservée ?

— Je l'ignore… Peut-être qu'elle lui servait de contrepoids aux cahiers de ton grand-père. Après tout, ta grand-mère l'implique directement dans les activités de l'ASVOG, même si elle lui cherche des excuses. Ces deux couillons se seraient tenus mutuellement. A l'un la comptabilité, à l'autre la lettre.

— Le pacte des félons, réussit à articuler Antoine entre deux soubresauts. Mais d'abord, cette femme s'appelait comment ? Tu le sais ?

— Eva, Eva Wassergold, j'ai trouvé d'autres documents chez Verdriet pour l'attester.

— Eva... Le salopard... Merde alors !

— Calme-toi, n'accable pas ton grand-père, il a tout tenté pour la protéger...

— Tout tenté, c'est sûr ! Maurits s'est acoquiné avec ceux qui déportaient les juifs, qui voulaient arrêter la mère de son enfant. Les types en Opel étaient là pour ça, non ?

La phrase, Antoine l'a crachée sans être embarrassé par la moindre contraction de son estomac. Qui se rattrape par une violente torsion.

— C'était un salopard, par amour peut-être, mais un salopard !

Il a envie de fermer les yeux. La pièce tourne trop vite. Son regard ne parvient plus à se fixer sur les arabesques du châssis de son salon.

— Qu'est-elle devenue ? Elle a été arrêtée, déportée ?

— Je te l'ai dit, j'ai trouvé d'autres documents chez Verdriet. Trois photos en noir et blanc et un rapport de la gendarmerie belge.

Martial sort une deuxième enveloppe de sa veste et étale les photos devant Antoine, de même qu'un PV en français. Les trois clichés montrent la façade de l'ASVOG. On y discerne vaguement une forme étendue sur le trottoir, une tache assombrit le pavé autour de sa tête. Quelques hommes debout entourent le corps, en uniforme de gendarmes. Un civil les accompagne, qui pourrait ressembler à un Verdriet jeune. Antoine sent ses entrailles se tordre.

— Les ordures... Ils l'ont balancée par la fenêtre...

— J'ai lu le rapport, c'est très bref, on parle d'un suicide. Pas de raison d'en douter. Si les nazis avaient voulu camoufler un assassinat, on se demande d'ailleurs pourquoi, ils n'auraient pas appelé les Belges pour maquiller le constat. Et puis, ça correspond à sa lettre...

— Si je comprends bien, elle s'est balancée dans la rue, sous le nez des types en Opel qui venaient la cravater ?

— Ça m'en a tout l'air...

L'estomac d'Antoine est gagné par une sarabande infernale. Il se lève, quitte le salon en courant, non sans se cogner. Son épaule gauche heurte le chambranle de la porte, l'autre s'écrase contre le mur. Il fonce vers les toilettes et les atteint juste à temps. Il vomit dans la cuvette. Il commence par vomir Verdriet et la rage homicide de Monaco. Il vomit son absence totale de remords à l'égard du meurtre du nationaliste d'extrême droite. Il vomit aussi les vers compassés de Maurits Daillez. Ses lamentations sur cet amour perdu par la faute de ses complices. Ce sanctuaire idolâtre érigé pour immoler son chagrin sur l'autel de sa bien-aimée. Cette robe de mariée pendue comme le cadavre d'une sainte, relique écœurante exposée à la vénération de son adorateur. Antoine vomit la souffrance imposée à sa fausse grand-mère, contrainte de recueillir le fruit de l'adultère. Il vomit l'atrocité infligée à sa vraie grand-mère, une parmi tant d'autres commises à l'époque. Il vomit de ne vomir que celle qui le concerne et pas les autres. Il pense à Sonia aussi, et à la violence qui l'a rattrapée quarante ans plus tard. Son métier y passe, les vitrines, l'asservissement des femmes, la veulerie masculine. Et puis, il vomit parce que sans être fondamentalement raciste il a bêtement adhéré aux préjugés idiots. Avouez, les juifs sont nombreux aux postes de commande, sont doués pour faire du fric. Et les Noirs ont le sens inné du rythme, courent plus vite, sont incapables de s'organiser. Il vomit encore cette révélation matinale et alcoolisée : ses petites intolérances, ses préventions imbéciles, ses idées préconçues continuent à nourrir le monstre qui a poussé Eva par la fenêtre. Il vomit tant qu'un peu de sang finit par se mêler à sa bile.

Et puis, sa colère asséchée, Antoine pleure. Pas sur lui. Sur sa grand-mère. Sur ce deuil impossible.

POSTLUDE

OÙ COMMENT ON TRANSFORME UNE VILLE POUR LUI FAIRE EXPIER LES PLAISIRS QU'ELLE S'ARROGE EN DÉTRUISANT SES LIEUX DE VICE ET EN LES CONVERTISSANT EN ASSOMMOIRS A COLS BLANCS.

Tout à l'heure, Antoine a bu une bière au bar de l'hôtel *Métropole* où il est descendu pour trois jours. L'endroit n'a pas désempli de sa population de dames mûres venues siroter leur apéritif, mi-champagne, mi-vin blanc. Il les a écoutées papoter en relevant quelques glissements dans les accents, moins de finales traînantes à la wallonne, pas un seul mot en flamand dans les phrases, peu d'élisions brutales, de chocs rocailleux, de consonnes gutturales dont l'articulation s'attarderait du côté du voile du palais. Bref, un gommage appuyé de l'accent bruxellois à l'ancienne. Leur parler est toujours aussi exclamatif, et c'est à cette emphase que l'on reconnaîtra longtemps les Bruxellois. Mais les buveuses de champagne coupé s'expriment avec des intonations snobs dans la volonté évidente de rejeter des origines peu patriciennes.

Antoine a observé avec amusement cette évolution rendue perceptible par son éloignement prolongé de Bruxelles. A la sortie du bar, la place de Brouckère correspond à son souvenir. Bien entendu, le cinéma s'est converti à la mode du multiplex. Des agences de travail intérimaire ont remplacé les magasins de vêtements. Le mobilier urbain griffé Decaux a envahi l'espace. Et les voiries ont profité d'un réaménagement complet. Mais dans l'ensemble les lieux conservent l'atmosphère d'urgence, l'ambiance empressée qu'il leur connaissait. Bus, voitures et piétons se bousculent en ce début d'après-midi. Une foule de citadins retournent travailler après s'être restaurés d'un rapide sandwich pris à l'un des snacks du quartier. Des chômeurs, des pensionnés, des étudiants entre deux cours flânent, aimantés par l'effervescence rassurante de la ville.

Antoine se fraie un passage dans cette cohue trépidante. La place de Brouckère est l'un des rares endroits d'une Bruxelles alanguie où l'on puisse goûter à l'agitation des mégapoles. Il se dirige vers le boulevard Adolphe-Max pour rejoindre la place Rogier, ce même boulevard arpenté avec Martial un jour de novembre 1984, après un filet américain qui lui était resté en travers de la gorge. L'artère voit défiler davantage de voitures encore. Ses immeubles haussmanniens demeurent aussi peu engageants. Et si leur alignement continue à évoquer les boulevards parisiens, l'interprétation est toujours d'un genre maussade. Ici l'agitation s'essouffle, sauf celle du trafic qui se précipite dans cet axe. Les commerces n'ont pas proliféré. Antoine note la disparition d'un cinéma tous publics, comme d'ailleurs celle des salles qui promettaient des scènes pimentées sur l'écran et du spectacle à l'entracte. L'industrie du porno n'a cependant pas été évacuée du boulevard. Les peep-shows se sont multipliés, accouplés à des boutiques de DVD crades.

En débouchant sur la place Rogier, Antoine en prend plein les yeux d'un changement spectaculaire, le plus radical depuis son retour dans la ville. La tour Martini, où se nichait le petit bureau de ses premiers pas en journalisme, est rayée du paysage. Une nouvelle construction lui a succédé. Sa forme générale est moins gracieuse, moins originale. Disparues l'élégante ondulation de la façade et les galeries de balcons. Place aux lignes droites, aux angles aigus, à toute cette ponctuation acérée qui signe la nouveauté en ce début du XXe siècle.

Antoine se demande s'il s'abandonne à la nostalgie, un sentiment considéré d'ordinaire comme négatif. Surtout à Bruxelles, où la course du progrès, l'élan vers la modernité sont les convictions les plus solidement ancrées chez ceux qui imposent à la ville de suivre le cours du temps à marches forcées. Regretterait-il les égouts à ciel ouvert ? La Senne qui, avant d'être voûtée, répandait ses miasmes mortels dans les masures accrochées à ses rives ? Serait-il opposé à la transformation de cette bourgade provinciale en capitale européenne dont le nom s'affiche en bandeau sur les écrans de télévision du monde quand celui du pays qui l'abrite reste méconnu ? Deviendrait-il passéiste, un mal aggravé par l'âge ? Autrement dit, a-t-il pris un coup de vieux ?

Antoine veut bien l'admettre, la fuite du temps porte sa part de responsabilité dans cet accès de mélancolie. Pour autant, à près de cinquante ans, il n'a pas le sentiment d'être devenu un vieillard. Il pense à ce que disait Bogdanovitch, l'historien de Louvain-la-Neuve, peu avare de considérations académiques sur son métier. "L'histoire, déclarait-il, est déterminée par les rapports de l'homme à la nature et par les rapports entre les hommes qui en découlent." Une vision très marxiste de sa discipline avec au moins un mérite, celui de ne pas assimiler l'examen du passé à une émotion aussi vaine que la nostalgie. Cet effort est au contraire tourné vers l'avenir puisqu'il s'appuie sur la volonté de découvrir le code qui organiserait l'ordre et le développement de l'humanité. Quel rapport avec la destruction de la tour Martini ? s'interroge Antoine en concluant ce débat intérieur qui, il le sait, ne pourrait le mener très loin.

Après avoir longé la tour flambant neuve, il entre dans la rue du Progrès. Nouveau choc. Autrefois sale, bruyante, animée, bordée de commerces interlopes et de bâtiments décatis, elle affiche désormais son adhésion à la modernité la plus hygiénique. A gauche comme à droite, toutes les épaves branlantes ont été remplacées par des constructions neuves, pimpantes, un rien tape-à-l'œil dans leur agencement. Les trottoirs sont confortables, le mobilier urbain est presque élégant et la chaussée a été entièrement refaite en privilégiant les transports en commun. Entre deux tours, spectacle anachronique, on distingue encore la voie de chemin de fer surélevée. L'entrelacement métallique du fouillis de câbles, de caténaires et de poteaux a tout de l'exposition d'archéologie industrielle.

Le voilà maintenant au coin de la rue de la Bienfaisance. Antoine y pénètre le cœur battant. Le vieux trou cerné de palissades est rempli par des immeubles à appartements de trois étages. A gauche, des constructions semblables se sont substituées aux taudis qui s'y alignaient. *L'Alexandrie* a disparu, rasée pendant le chambardement du début des années 1990.

Antoine ne se rappelle pas l'emplacement de la maison de son grand-père. Ont-ils conservé l'implantation des anciens bâtiments ? Voici le numéro 17, identique au 19 et au 15. Peut-être est-ce ici, à cet endroit précis, que s'élevait *L'Alexandrie*. Peut-être est-ce ici, à cet endroit exact, que sa grand-mère s'est écrasée sur le trottoir. Trottoir refait à neuf, de luxueuses dalles proprettes d'un ciment sans grain. Pas un papier gras ne traîne dans le caniveau. Ce mot paraît déplacé, il faudrait en préférer un moins vulgaire, parler de dispositif technique d'écoulement des eaux de surface par exemple. Ou utiliser toute autre expression dont les technocrates de cet urbanisme aseptisé adorent faire étalage pour épater leurs mécènes publics.

Les scories du passé ont été pulvérisées par les démolisseurs. Les derniers résidus des derniers vestiges ont disparu sous des tonnes de béton, comme cette poussière repoussée sous un tapis. Il ne subsiste plus le moindre indice pour témoigner qu'autrefois des hommes s'étaient enivrés, avaient déchargé leur trop-plein de désir, s'étaient bagarrés, avaient abusé de femmes, étaient morts parfois. Plus la moindre trace du labeur qui courbait ici l'échine des femmes. Evanouis leurs rêves. Effacé leur désespoir. Dans les limbes leurs souffrances. Destruction totale du Disneyland carré blanc. Eradication radicale d'un lieu où, si quelques-uns s'amusaient un soir, d'autres étaient durablement à la peine.

Antoine n'est plus entré dans *L'Alexandrie* depuis la nuit où Monaco l'avait informé de l'enlèvement de Sonia. L'établissement avait sombré dans la foulée des événements, Gudule ne l'avait jamais rouvert. Quelques semaines plus tard, elle lui avait envoyé un mot pour lui signifier son congé. Elle raccrochait et rentrait en Egypte pour y monter un restau, “parfaitement honnête”. Antoine avait mieux compris pourquoi son bar était baptisé du nom de ce port égyptien. Sa passion pour Claude François n'était donc pas seule à l'animer. Six ans après le départ de Gudule, on lui avait notifié que son expropriation était mise à exécution. On lui expédiait un chèque pour solde de tout compte en le priant de vider les lieux. Antoine avait encaissé l'argent sans autre formalité. La ville pouvait tout détruire, souvenirs de sa grand-mère compris. Et il avait imaginé la scène. La boule de la grue percute les murs, les éventre, fracasse la cage d'escalier et les cloisons intérieures. Ses meubles dégringolent, sa robe de mariée s'envole, ses disques se brisent, ses livres éparpillent leurs pages. Ces reliques d'une vie arrêtée depuis longtemps s'engloutissent dans les gravats. Et les pelleteuses chargent les camions à pleins godets. Et tout ce fatras part vers une décharge inconnue. Qu'il ne reste aucune trace terrestre de son aïeule lui avait paru dans l'ordre des choses. Ce musée entretenu à sa mémoire par son grand-père, il lui semblait incongru de le préserver. Ce bric-à-brac servait uniquement à cultiver les remords de Maurits. Et ces remords, lui ne les partageait pas.

Il avait cependant tenté de retrouver la tombe de sa grand-mère. Mais aucune trace dans aucun registre d'aucun cimetière, de Louvain à Malines, de Braine-l'Alleud à Jodoigne. Seule mention officielle, son acte de décès enregistré dans les archives de la commune de Bruxelles. Avec, comme pièce faisant foi, la référence du procès-verbal de la gendarmerie, celui que Martial avait découvert chez Verdriet. Ce document constatait la défenestration sans précision d'aucun lieu d'inhumation. Elle dont la vie avait été oblitérée pendant quarante ans restait sans sépulture. Antoine avait fait graver son nom sur le mausolée de ses parents. Il s'était aussi permis de solliciter l'autorisation des Israéliens de l'inscrire sur la liste des victimes de l'entreprise nazie de destruction des juifs d'Europe. Souhait exaucé après quelques complications administratives. Il n'avait conservé d'Eva que sa dernière lettre. Lettre adressée à son père et jamais lue par lui.

Les traces de l'ASVOG ont disparu avec le souvenir de sa grand-mère. Enfin, pas totalement, note Antoine. Il vient d'arracher un tract d'une boîte aux lettres dont les couleurs, un jaune et un noir revendicatifs, ont attiré son attention. Les couleurs du parti de Kurt Zomers aujourd'hui au faîte de sa puissance. Rétrospectivement, tout le monde a eu tort de s'agiter pour les fameux cahiers. Lui-même n'y a jamais consacré aucun article. La prudence commandait de ne donner aucune indication susceptible de le relier au massacre de Verdriet et de ses sbires. De son côté, Bogda en a tiré une publication scientifique qui lui a valu des commentaires élogieux dans le cercle des historiens de la Seconde Guerre mondiale. Et l'affaire est passée à l'as… Pas le plus petit frémissement dans le Landerneau politique, pas le moindre ralentissement dans l'irrésistible ascension de Zomers, pas de mouvement d'indignation, même hypocrite. Rien.

Ce désintérêt presque unanime l'avait ébranlé. C'est cela qui l'avait poussé à quitter la Belgique après avoir vendu sa maison de Saint-Josse. Cela, et la honte d'avoir eu un grand-père comme le sien. Antoine n'a pas encore fait la paix avec lui. La question ne le préoccupe pas vraiment. Un jour peut-être, l'acceptera-t-il dans toute sa vérité. Quant à lui pardonner, Antoine ne veut pas l'envisager. Donc, il avait décidé de partir en Israël, destination la plus indiquée pour nouer un lien ténu avec cette grand-mère inconnue, pour lui témoigner sa fidélité, pour choisir son camp aussi. Qui n'est pas celui de la Belgique de Maurits. En même temps, la mort du cheminot avait sonné le glas de ses ambitions journalistiques. Il avait cessé ses activités six mois plus tard et s'était inscrit en fac de psychologie. Par la suite, il s'était engagé au service d'une association humanitaire israélienne spécialisée dans les blessures de l'âme des victimes de la violence. Victimes juives et palestiniennes. De grâce, ne plus jamais opérer de distinction…

Antoine jette le torchon d'extrême droite. Une impression de malaise le force à se retourner. Il regarde le tract roulé en boule dans le caniveau. Ce déchet souille cette rue si propre, où personne ne se promène. Une rue comme une façade. La vitrine d'une Bruxelles idéale, un faux-semblant qui dissimule dans ses boîtes aux lettres une réalité basée sur une histoire haineuse. Et ce tract marque l'intrusion du réel dans ce décor. Antoine se dit que, dans le temps, l'hypocrisie ne régnait pas dans le quartier. Il reflétait une certaine vérité. Le vernis se fendillait, craquait joyeusement. Cela faisait mal souvent. On pouvait contempler l'être humain dans toute sa nudité et si ce spectacle n'avait rien d'affriolant, il permettait au moins de ne pas oublier qui nous sommes, ce que nous sommes. Déjà une bonne base de départ pour construire quelque chose.

Antoine entend son téléphone sonner. Son épouse. Il rejette l'appel. Il a envie de marcher encore un peu. Parlant d'hypocrisie, la métamorphose du quartier n'a probablement apporté aucune solution en termes de prostitution. Le phénomène a dû simplement se déplacer. Les filles auront pris possession d'autres trottoirs pas très loin d'ici. Il s'avoue ne pas avoir d'opinion très tranchée sur la question. Créer un district spécial ? Chasser celles et ceux qui s'adonnent à cette activité ? Les clients, les envoyer en prison ? Antoine ne sait pas. En revanche, il sait que ce petit monde a changé, s'est considérablement durci. Monaco s'en est aperçu à ses dépens. Monaco ? Antoine n'avait jamais cherché à le revoir, l'exécution de Verdriet imposait la plus extrême distance avec le truand. Au cours de ses premières années en Israël, il était resté abonné à son ancien quotidien. A l'époque, ce devait être au début des années 1990, on avait retrouvé le cadavre de Monaco dans le coffre arrière d'une Mercedes, la sienne, garée sur un chantier autoroutier sur la côte. Selon son ex-confrère, les autorités judiciaires privilégiaient la piste des mafias de l'Est. Le parrain aurait été éliminé pour faire place nette aux trafiquants qui importent des filles par cars entiers depuis la chute du mur de Berlin. Ceux-là, s'ils agitent le mirage de la prospérité occidentale, ne négligent jamais la matraque, le vitriol ou la balle de revolver.

Cette évocation déprime Antoine qui boirait volontiers un verre. Comme de juste, le quartier manque furieusement d'établissements où se rincer le gosier. La bière est bannie de ces rues. Adieu donc *La Licorne*, un souvenir agréable qui le ramène à l'inspecteur de la brigade des mœurs de la PJ. Il se rappelle aussi cette nuit cataclysmique. Après avoir vomi tout ce qu'il pouvait et plus encore, il était redescendu au salon. Martial l'attendait. Ils avaient peu parlé, Antoine n'avait plus la force. Les deux amis s'étaient revus souvent après l'affaire. Martial était resté son informateur à la PJ pendant ses derniers mois de journaliste. Le flic n'avait jamais abordé les conséquences judiciaires de cette histoire. Les meurtres de Mémé Tartine et de Verdriet étaient demeurés insolubles. Pol Van Inghelghem avait rempli son office consciencieusement. Même les corps des deux skins n'avaient pas été retrouvés. Plus tard, après son installation en Israël, Martial était venu lui rendre visite. Au cours de l'un de ces voyages, il lui avait raconté la promotion carabinée de Van Inghelghem à l'occasion de la réforme des polices. Martial avait pris sa retraite anticipée à ce moment-là. Et ce soir, Antoine se réjouit déjà de le revoir, c'est prévu. Ils iront manger avec Bogda dans un restaurant et passeront une partie de la nuit à boire, en se remémorant peut-être l'affaire. Cela dit, Antoine n'accompagnera pas ses amis jusqu'à l'aube. Demain, il doit intervenir lors d'un colloque sur les séquelles psychologiques des guerres, colloque qui justifie son court séjour à Bruxelles.

Antoine parvient au boulevard Albert-II. Dans sa tête trotte un air des Stones, *Gimme Shelter.* Un vieil air de blues avec les riffs de Keith Richards qui scandent l'amère dénonciation d'une violence de fin de monde. *Rape ! Murder !* La brutalité de ses souvenirs le prend à la gorge. Il rôde maintenant entre des tours de bureaux affligées de cette caractéristique désagréable pour un piéton de ne pas avoir de fenêtre au rez-de-chaussée. Il passe entre deux parois de béton séparées par une large voie bitumée et recouvertes d'éléments décoratifs préfabriqués, à base de poudre de marbre agglomérée et rapidement polie. L'impression de traverser des murailles infranchissables se renforce en levant les yeux. Le sommet des nouveaux buildings culmine très haut, bien trop haut pour un promeneur. En les observant, Antoine est surpris de constater que les fantasmes caressés, dans les années 1960, par les promoteurs et les responsables politiques, ont fini par se concrétiser. Tout dans leur volonté de projeter la ville à l'assaut de la modernité était démentiel, à commencer par leur vision de la société et leur avidité à peine masquée. Le plus fou, s'emballe l'ancien journaliste, c'est que ces prophètes n'avaient pas d'autre tort que d'avoir raison trop tôt. A l'époque, les crises pétrolières avaient envoyé par le fond ces projets grandioses. Vingt-cinq ans plus tard, Bruxelles s'était peu à peu remise à apprivoiser les rêves du XXIe siècle et les tours avaient repris leur envolée vers le ciel. Bruxelles, ville sans mémoire, où l'on fait table rase du passé pour mieux reconstruire. Mais sur quelles fondations ? se demande Antoine quand son téléphone sonne une nouvelle fois. Encore son épouse. Antoine est fatigué de ce détour dans ses souvenirs. Il prend l'appel.

— Bonjour ma sirène.

— Bonjour mon amour, lui répond Sonia.

OUVRAGE RÉALISÉ
PAR L'ATELIER GRAPHIQUE ACTES SUD
ACHEVÉ D'IMPRIMER
SUR ROTO-PAGE
EN OCTOBRE 2008
PAR L'IMPRIMERIE FLOCH
A MAYENNE
POUR LE COMPTE DES ÉDITIONS
ACTES SUD
LE MÉJAN
PLACE NINA-BERBEROVA
13200 ARLES

DÉPÔT LÉGAL
1re ÉDITION : NOVEMBRE 2008
N° impr. : 72163
(Imprimé en France)